WORLD
CULTURAL HERITAGE LIBRARY

. A. GHISLANZONI

ABRAKADABRA
STORIA DELL'AVVENIRE

First published 1883
REPRINT 2014 ISBN 1-4330-9170-4

A. GHISLANZONI

ABRAKADABRA

STORIA DELL'AVVENIRE

INDICE

A. GHISLANZONI
ABRAKADABRA
STORIA DELL'AVVENIRE

ANTONIO GHISLANZONI

Antonio Ghislanzoni 25 November 1824 – 16 July 1893) was an Italian journalist, poet, and novelist who wrote librettos for Verdi, among other composers, of which the best known are *Aida* and the revised version of *La forza del destino*.

Ghislanzoni was born in Lecco, Lombardy, and studied briefly in a seminary, but was expelled for bad conduct in 1841. He then decided to study medicine in Pavia, but abandoned this after a short time to pursue a singing career as a baritone and to cultivate his literary interests.

In 1848, stimulated by the nationalist ideas of Mazzini, Ghislanzoni founded several republican newspapers in Milan but eventually had to take refuge in Switzerland. While travelling to Rome, where he wanted to help defend the nascent republic, Ghislanzoni was arrested by the French and briefly detained in Corsica.

In the mid-1850s, having forsaken the stage, Ghislanzoni became active in journalism in the bohemian circles of Milan, serving as director of *Italia musicale* and editor of the *Gazzetta musicale di Milano*. He also founded *L'uomo di pietra* the magazine *Rivista minima*, collaborating with, among others, Arrigo Boito.

In 1869, Ghislanzoni retired from journalism and returned to his native Lombardy, where he dedicated himself to literature and writing libretti for operas. He wrote many short stories in verse and diverse novels including *Un suicidio a fior d'acqua* (1864), *Angioli nelle tenebre* (1865), *La contessa di Karolystria* (1883), *Abracadabra and Storia dell'avvenire* (1884). His novel of theatrical life *Gli artisti da teatro*, (1865), was republished into the 20th century. He also published musical essays, the most important being *Reminiscenze artistiche*.

Ghislanzoni wrote some eighty-five libretti, including *Edmea* for Catalani (1866), *Aida* (1870), *Fosca* (1873) and *Salvator Rosa* (1874) for Gomes, *I Lituani* for Ponchielli (1874) and the second version of *La forza del destino* (1869). He also contributed a few verses to the revised translation into Italian of Verdi's *Don Carlos*.

Ghislanzoni died in Caprino Bergamasco, Bergamo in 1893 at age 69. He was an atheist

LIBRETTOS

Aida - and Naples. 1880, collectionFrancesco Paolo Frontini .

The two girlfriends (Antonio Baur - 1857)
The Earl of Leicester (Antonio Baur - 1858)
Mary Tudor (Vladimir Nikitič Kašperov - 1859)
Marion Delorme (Giovanni Bottesini - 1862)
Cola di Rienzi (Vladimir Nikitič Kašperov - 1863)
The star of Toledo (Tommaso Benvenuti - 1864)
The two bears (Constantine Dall'Argine - 1867)
The island of bears (Constantine Dall'Argine - 1867)
Adventurers (Gaetano Braga - 1867)
The artists at the fair (Lauro Rossi - 1868)
Valeria (Edoardo Vera - 1869)
Giovanna of Naples (Errico Petrella - 1869)
The Betrothed (Errico Petrella - 1869)
A woman's whim (Antonio Cagnoni - 1871)
Aida (Giuseppe Verdi - 1871)
Dad Martin (Antonio Cagnoni - 1871)
Reginella (Gaetano Braga - 1871)
Adelinda (Agostino Mercuri - 1872)
Caligula (Gaetano Braga - 1873)
Fosca (Antônio Carlos Gomes - 1873)
The eternal talker (Amilcare Ponchielli - 1873)
Salvator Rosa (Antônio Carlos Gomes - 1874)
The Duke of Tapigliano (Antonio Cagnoni - 1874)
Lithuanians (Amilcare Ponchielli - 1874)
Atahualpa (Charles Henry Pasta - 1875)
Sara (Luigi Gibelli - 1876)
Francesca da Rimini (Antonio Cagnoni - 1878)
Don Riego (Cesare Dall'Olio - 1879)
Adelina (Luigi Sozzi - 1879)
Mora (Luigi Vicini - 1880)
Edmea (Alfredo Catalani - 1886)
Juana la Loca (Eliodoro Ortiz de Zárate - 1886)
I Doria (Augusto de Oliveira Machado - 1887)
Edward Stuart (Cipriano Pontoglio - 1887)
Carmosina (João Gomes de Araújo - 1888)
Flame (Nicholas Ravera - 1890)
Andrea del Sarto (Vittorio Baravalle - 1890)
Spartacus (Peter Platania - 1891)
Celeste (Francesco Spetrino - 1891)
Cleopatra (Melesio Morales - 1891)

Gualtiero Swarten (Andrea Gnaga - 1892)
Phryne (Giovanni Carpaneto - 1893)
The frenzy master (Cesare Stowaways - 1894)
Alda (Luigi Romaniello - 1896)
The Moors of Valencia (for Amilcare Ponchielli , completed by Arturo Cadore - 1914)
Onesta (Nicholas Massa - 1929)
King Lear (Antonio Cagnoni - 2009)

LIBRETTOS FOR OPERAS NOT PERFORMED

Alba Barozzi (Paul Giorza - not represented in 1884)
The witch (Luigi Vicini - not shown)
The son of the forest (Cesare Dall'Olio - not shown)
Evangelina (for Luigi Sozzi - unfinished at the composer's death)
The Sphinx (for John Carpaneto - not completed 1890)

LYRICS FOR MUSIC

We read together , with music by Amilcare Ponchielli
Story of love , music by Giacomo Puccini (the text is the same as *we read together*)
Salve regina , music by Giacomo Puccini
Loves! , Music by Francesco Paolo Frontini , sm napolitana, 1898
The Mignon Singing , music by Francesco Paolo Frontini , sm napolitana,
1898 Video

CASA EDITRICE SONZOGNO

MILANO
Via Pasquirolo, 14
Printed in Italy
Al mio ottimo amico
Professore Angelo Vecchio.

Tu lo volesti, ed io ho compiuto l'«*Abrakadabra*». Lo dedico a te, che mai non cessasti di insistere perchè io conducessi a termine questo bizzarro lavoro, tante volte ripreso e sospeso.—Ecco un libro, che ai più sembrerà una stravaganza, fors'anche una insensatezza Tu, arguto e gentile, scoprirai in esso qualche seria intenzione, qualche tema sociale e politico degno di meditazione e di studi. Io ho pagato il mio debito a te ed ai pochi dei quali ho ambito la stima e l'affetto. Questo mi stava a cuore; del pubblico superficiale e svogliato poco mi preme. Ti ringrazio del bene che mi hai fatto incessantemente, spronandomi al lavoro e combattendo le mie diffidenze. Ricordami sempre quale uno de' tuoi amici più affezionati.

A. GHISLANZONI

Caprino Bergamasco, 28 novembre 1883.

PROLOGO

CAPITOLO I. PERCHÈ QUELL'UOMO SI CHIAMASSE «ABRAKADABRA».

Nell'aprile dell'anno 1860, un eccentrico personaggio venne ad abitare l'alpestre paesello di C....

Era un uomo sui cinquant'anni, magro, sparuto, dagli occhi incavati ed immobili, dal sorriso amorevole, tratto tratto mefistofelico.

La foggia del suo soprabito nero, ampio, abbottonato fino al mento e lungo fino al tallone; la callotta di tela ch'egli portava, a guisa di turbante, involta a più riprese da una fascia azzurra; tutto il suo abbigliamento formava una strana figura di prete e di pascià, che lungi dal riuscire ridicola, ispirava simpatia e rispetto.

Quell'eccentrico personaggio aveva preso in affitto una casa di rustiche apparenze, ma comoda e decente. Tutti lo sapevano ricco e di gran cuore. I poveri del paesello dicevano che quel forestiere era stato mandato in paese dalla Provvidenza. Nei primi tempi lo chiamavano il *signore*.

Erano con lui due domestici ed un medico. Questi gli stava sempre a lato. Rare volte parlavano assieme. Quando uscivano al passeggio, il medico leggeva o fumava; l'altro a giudicarne dalla immobilità dello sguardo, pareva assorto in una sola, irremovibile idea. In paese correva voce che il *signore* fosse malato di cervello per eccessiva applicazione agli studi, e avesse appunto abbandonata la città per ritemprarsi nella buon'aria dei monti.

In fatti, dopo un mese di vita campestre, a dire dei paesani, *il signore aveva fatto una ciera più lustra*. I suoi denti di alabastro brillavano più spesso nel sorriso dell'amorevolezza che non in quello della ironia mefistofelica.

Usciva più sovente al passeggio. Si intratteneva sulla piazzetta a udire i colloqui dei contadini, a veder giuocare i fanciulli. Riceveva qualche visita alla sera. Il curato, il sindaco ed il farmacista erano divenuti assidui nella sua sala, ed egli stava le lunghe ore ad ascoltare le loro polemiche religiose e politiche.

Il curato, il sindaco e il farmacista di C... per lui rappresentavano i tre partiti, la eterna invariabile trinità del pensiero umano, che a suo credere, era cominciata nella mente dei tre primi abitatori dell'universo.

Il curato rappresentava il *non possumus*, la forza reazionaria;

Il sindaco il liberale *moderato o moderatore*;

Il farmacista l'uomo del progresso ad ogni costo, l'utopista rivoluzionario, che non ammette intervallo tra il pensiero e l'azione.

Questi tre principii, come ognuno può immaginare, si detestavano cordialmente; e il loro attrito era scabro e sfavillante come quello dell'acciaio colla pietra.

Ciò nullameno, il curato, il sindaco e il farmacista venivano ogni sera ad occupare nella sala del *signore* tre lati di un tavolo coperto di ricco tappeto.

Nel centro di quel tavolo, quegli spiriti eterogenei, intolleranti, irreconciliabili, avevano trovato un punto di coincidenza simpatica. Era un'immane bottiglia, un'anfora imponente e generosa, il cui sugo inesauribile produceva nei tre antagonisti il doppio effetto di rifiammare gli ardori politici e di ammorbidire le gole. Il curato, il sindaco e il farmacista pigliavano un gusto matto a bisticciarsi e a contraddirsi in quel tiepido ambiente dove la più gustosa delle bevande era sempre là per estinguere ogni ardore di sete e di entusiasmo.

Essi amavano il buon vino con esemplare concordia; e siccome il buon vino non corre le bettole e le cantine del volgo, così la loro ripulsione politica si era mutata in attrazione pel fascino di un barolo squisito.

Il curato si scusava:—Forse che alla chiesa non conveniamo tutti, uomini dabbene e peccatori, papisti e scomunicati, intorno all'altare del Dio uno e vero?

E il farmacista rifletteva:—Dinanzi alla malattia non conosco avversarii politici; io prodigo i miei medicinali anche ai vili moderati che vorrei avvelenare di arsenico. La malattia e la sete stanno al di sopra di ogni rancore di partito.

Il sindaco, nella sua qualità di moderato, credeva dar prova di sublime tolleranza, trincando coi due partiti estremi.

Di qual modo si erano introdotti nella casa dell'eccentrico *signore* tre individui di opinioni così avverse?

Il signore li aveva *conquistati* nei primi tempi del suo soggiorno in paese. Ciascuno alla sua volta, il curato, il sindaco e il farmacista, avevano ricevuto dal forestiere una carta di visita ed un autografo accompagnato da un biglietto a stampa di effetto miracoloso.

Sulle carte di visita era impresso uno stemma gentilizio sovrapposto ad una parola enigmatica, che i tre sapienti del villaggio non avevano osato interpretare: *Abrakadabra.*

I biglietti a stampa erano altrettanti boni della banca nazionale del valore di cinquecento franchi cadauno.

Le tre lettere determinavano lo scopo e l'indirizzo dell'oblazione.

La prima, al curato, per *l'obolo di San Pietro*;

La seconda, al sindaco, pel monumento a Vittorio Emanuele;

La terza, al farmacista, da suddividersi fra le due collette promosse da Garibaldi e da Mazzini pel *milione di fucili… e pel soccorso alla libera stampa.*

Il curato, il sindaco e il farmacista, nell'aprire quell'inatteso dispaccio, nel constatare le intenzioni del generoso oblatore, si erano fregati le mani a versarne sangue, esclamando con enfasi da partigiani: il *signore* è dei nostri!

Ed ecco per quale impulso i tre avversari politici del paesello si erano recati a visitare il *signore*, coincidendo intorno alla grossa bottiglia, che poi doveva riavvicinarli quotidianamente a discutere i grandi problemi della politica mondiale.

Durante la polemica, il contegno del *signore* era sempre enigmatico. Taceva con disperante costanza. La sua fronte spaziosa a volte si corrugava: i suoi occhi profondi vibravano lampi; le labbra tumide e sorridenti si contraevano, e i denti si serravano con sinistro cigolio.

Pareva ch'egli facesse uno sforzo violento contro gli impeti della propria volontà, per reprimere un torrente di idee e di parole che tentavano prorompere.

Quelle crisi erano passeggiere, ma atterrivano gli oratori, e imponevano agli entusiasmi della loro facondia.

Un silenzio solenne regnava per qualche tempo nella sala.

«Che razza d'uomo!—pensava il curato—credo ch'egli abbia il diavolo in corpo!»

E gli occhi dei tre antagonisti si incontravano nell'espressione di un sentimento comune; vattel'a pesca come la pensi costui!

Queste pause della politica erano ordinariamente impiegate nelle libazioni più generose. Tutti vuotavano il bicchiere, e si affrettavano a riempirlo come soldati che si preparino a nuovi attacchi.

Brevi uragani. Si scioglievano senza rumore e senza danno.

La fronte del *signore* riprendeva la sua calma severa—l'occhio si dileguava nelle palpebre folte, e il labbro si ricomponeva al più mite sorriso, nell'articolazione di una parola misteriosa: *Abrakadabra*.

Quella parola era il terrore del curato, il quale la riteneva diabolica.

Il farmacista, cui le spiegazioni del *dizionario di scienze mediche* l'avevano resa incomprensibile, sorrideva con aria sapiente e faceva lo sbadato.

Qualche volta, per soccorrere alla intelligenza dei suoi ospiti, il *signore* traduceva l'*Abrakadabra* nel motto latino: *ibis, redibis*.

Poi accennava ad essi di ripigliare la discussione—e in mezzo al frastuono delle voci mormorava fra i denti un *fiat lux*, che pareva il gemito di un Epulone assetato di luce.

Abrakadabra, che non cessava di essere un enigma per tutti, era divenuto dopo alcuni mesi il soprannome del *signore*.

CAPITOLO II. IL DISCORSO DEL FARMACISTA.

Una sera i tre antagonisti di C... si erano infervorati più che mai nella discussione politica.

Le finestre della sala erano aperte, e parecchi paesani attratti dalle grida, sporgevano dai parapetti le bocche spalancate. La *Camera* del *signore* aveva le sue tribune.

Quella sera l'assemblea era completa. Il medico e i due domestici sedevano a poca distanza dal *signore*.

Il farmacista aveva la parola:

«—No!... colle mezze misure non si otterranno che deplorabili risultati—e fra poco le idee liberali dovranno soccombere, a meno che sull'apatia universale non prevalgano gli uomini del nostro partito.

«I moderati sono la peste delle rivoluzioni. L'oppio è il più esiziale dei narcotici, in quanto esso uccida cogli allettamenti di un sopore delizioso.

«Questa nostra società, corrotta dal despotismo, incadaverita dall'inazione e dal servaggio, domanda rimedii eroici—fuoco, sangue, terrore. Di tal guisa si rigenerano le nazioni.

«Tronchiamo le membra guaste, e il corpo sorgerà vivificato! Dovunque elevasi un campanile, si pianti una ghigliottina! I nemici del progresso sono i sicarii della umanità, la negazione di Dio. Esterminiamoli! La voce del popolo li ha colpiti del suo tremendo anatema.

«Gli schiavi, gli oppressi, i sofferenti, sono la maggioranza. Questa maggioranza... è onnipotente. Già da secoli le ossa di quel misero Laocoonte che è il popolo, stridono nell'improbo amplesso di pochi rettili coronati—il Briareo dalle cento braccia si lascia stritolare senza gemiti, come un gramo fanciullo nelle fascie.

«Riscuotiti, o gigante! Strappa a' tuoi carnefici quelle squame dorate che finora ti abbagliarono la vista. Schiaccia sotto il forte tallone le teste dell'idra.—Sperdi nel fango le bave velenose!... Guai se una sola testa uscirà intatta dall'eccidio! Ella andrà a rintanarsi fino a quando non abbia ricuperate le sue spire e il suo veleno. Al primo intiepidirsi della stagione, spiccherà un salto per morderti alla carotide e succhiare il tuo sangue.

«Che abbiamo fatto noi? che facciamo, colla nostra rivoluzione tanto vantata e tanto infruttuosa?... Abbiamo atterrito il dispotismo col tuono di una cannonata—abbiamo lanciato una bomba di carta in mezzo a questo intrigo di rettili. Ma i rettili si ritrassero nelle loro tane sibilando minaccia, e aspettando gli eventi.

«Poi misero fuori la cresta, e si sparsero fra il popolo coll'aria mansueta del primo serpente. E noi li vediamo, li incontriamo nelle nostre vie—li accogliamo nelle nostre case—li riscaldiamo nel nostro grembo—e istupiditi dall'oppio, non sentiamo le nuove trafitture. Oh la bella, la grande rivoluzione!

«Metà dell'Italia è schiava degli stranieri. I moderati ci promettono il compimento dell'opera, predicando la rassegnazione e la pazienza.—Noi ci prepariamo!—gridano essi.—O che? Forse i tedeschi, i clericali, i nemici nostri non profittano anch'essi della tregua per prepararsi alla lor volta?...

«Aspettiamo! diamo tempo alla reazione di completare la sua trama! Così, il giorno in cui i soldati d'Italia dovranno schierarsi sul Mincio per attaccare i tedeschi, ovvero spingersi a Roma alla conquista di una capitale, nel volgere il capo dietro i loro passi, vedranno sventolare sulle aguglie delle nostre cattedrali i colori abborriti!

«Stolti! avete perdonato ai despoti quando essi giacevano nel fango ai vostri piedi! Liberi per un quarto d'ora, tremaste della libertà conquistata più che delle vinte tirannidi. Adulaste gli oppressori caduti, confermando nei vostri Parlamenti le leggi dell'oppressione. Temeste di mostrarvi troppo liberali, e vi lusingaste, col rispetto di un abbominevole passato, conciliarvi le simpatie di chi non potrà in nessun modo allearsi con voi.

«Perseguitaste gli uomini della luce, per allearvi, inconsapevoli o colpevoli, agli uomini delle tenebre. Impotenti o malvagi, ritiratevi! Il popolo non è con voi, non può essere con voi.

«Guai, se svegliandosi da quel sonno artifiziale che è il prodotto dei vostri narcotici, il popolo si accorgerà di esser tradito! Allora il vostro sangue correrà nelle vie a torrenti; allora tutti gli alberi e tutti i metalli si convertiranno in ghigliottine, in istrumenti di morte, pel vostro completo esterminio.

«I Robespierre, i Danton, i Marat sorgeranno a migliaia dalle officine pensanti. E questa volta non sarà l'*ottantanove* della Francia, ma quello di tutta l'Europa liberale, coalizzata contro i tiranni. Voi vi troverete accerchiati da un milione di baionette, minacciati da un milione di mannaie—e la libertà, come aurora boreale, splenderà sull'universo imporporata di sangue...

«E badate, che i vostri giorni sono contati; che la pazienza è prossima a mutarsi in furore... In quel giorno, i clericali e i moderati, gli uomini delle tenebre e gli uomini del crepuscolo, saranno travolti dal medesimo turbine. Coloro che si oppongono al progresso come quelli che pretendono moderarlo, rimarranno stritolati sotto le sue ruote prepotenti».

Il terribile oratore pose fine alla sua arringa per essiccamento di fauci, e sedette nel cupo silenzio de' suoi ascoltatori.

La fronte del *signore* annunciava un intimo turbamento, sebbene più volte egli avesse dato segno di adesione con un leggero movimento del capo.

Il curato, durante il discorso dell'implacabile demagogo, non aveva cessato di interromperlo con delle esclamazioni che parevano giaculatorie. Poichè il farmacista ebbe finito di parlare, il buon prete giunse le mani in atto di orrore, ed ai paesani, che ascoltavano dalla finestra, fece un gesto come dicesse: non vi scandalizzate di tante bestemmie!

Il Sindaco aveva ascoltato con *moderazione*, meditando un'eloquente risposta.

CAPITOLO III. IL DISCORSO DEL SINDACO.

—L'*ottantanove*!... sempre l'*ottantanove*!—cominciò il sindaco levandosi in piedi dopo aver vuotato il bicchiere.—Robespierre! Danton! Marat!... Ecco il vostro ritornello, la vostra eterna minaccia, o infelici rimestatori di un passato che non può rinnovarsi.

«Tutto il progresso della civiltà europea, le poche franchigie, le poche libertà acquisite dal popolo da quell'epoca di sangue infino ad oggi, sono, a vostro dire, il frutto della rivoluzione. E sta bene, se col nome di rivoluzione voi intendiate designare il genio innovatore, la ribellione intellettuale del gran secolo che ci ha preceduti, Buffon, Beaumarchais, Voltaire, Diderot, Rousseau, D'Alembert, Volney, tutti i grandi pensatori di un'epoca luminosa—ecco la vera rivoluzione, la rivoluzione irresistibile, indomabile, soverchiatrice di ogni ostacolo.

«Chi ha ritardata l'opera della filosofia? quali furono i nemici più esiziali dell'idea?—quelli che allora rappresentavano il partito di azione, i demagoghi, i tiranni dal berretto frigio. Via! cessate una volta dall'adulare la ghigliottina, attribuendo all'istrumento feroce che ha mietuto tante nobili intelligenze la facoltà di rigenerare la terra e di fecondarvi il progresso!

«La filosofia è luce di verità. Dessa si espande libera e vivace nell'atmosfera tranquilla, ma rifugge dai cieli procellosi. I pensatori di quel secolo di luce, colla logica stringente dei diritti naturali, col sarcasmo demolitore, colla satira, coll'inno di libertà, avevano già compiuta la grande rivoluzione dell'*ottantanove*, prima che la ghigliottina si arrogasse il vanto di averla iniziata colle sue orgie di sangue.

«Quanti anni sono trascorsi dacchè Rousseau inaugorava l'epoca di redenzione col suo *Contratto sociale*; dacchè Voltaire, denudando le vergogne della terra e del cielo le esponeva alla berlina dello scherno popolare! Nondimeno, quante tirannie, quanti pregiudizii nella nostra Europa di oggigiorno! Se la ghigliottina e le stragi napoleoniche non avessero interposto un torrente di sangue fra le idee degli enciclopedisti e le indefinite aspirazioni delle moltitudini ignare; non credete voi che ci troveremmo più avanzati nel progresso?

«Che avete fatto voi, o cannibali del liberalismo? Voi diffidaste della verità. La vostra impazienza sanguinaria non sofferse gli indugi. In luogo di aspettare la convinzione, presumeste violentarla col terrore. Per voi fu delitto l'esitanza. Agli attoniti, ai perplessi, che consultavano la propria ragione e la propria coscienza per ammettere le nuove dottrine; ai timorosi, agli onesti che discutevano, voi gridaste con efferata baldanza: o seguirci o morire!

«Che avvenne? I girondini, i moderati di allora, votarono la morte della monarchia rinnegando una convinzione; ma il re li precedette di pochi mesi al patibolo. Da Luigi XVI a Robespierre, tutte le teste più illustri della Francia caddero inesorabilmente troncate. Il berretto frigio non impose alla ferocia briaca più del diadema reale. E qual rimase la Francia dopo quelle orgie di sangue? Una bottega da macello piena di terrore, esalante ribrezzo. Dopo ciò, meditate quella istoria, e comprenderete come l'orrore delle stragi e del sangue potesse più tardi ispirare l'avversione alle idee.

«Ma non tutte le idee, non tutti i principii dell'*ottantanove* soccombettero ai massacri della ghigliottina. Un genio fatale, sorto dalla rivoluzione, ne impose all'Europa quel tanto che essa era in grado di comportarne. Napoleone, il despota dei nuovi tempi, coi lampi e le folgori della sua potenza, parve precludere il ritorno al despotismo passato; il codice di Napoleone fu il solo, il positivo risultato della grande rivoluzione francese.

«Qual fu la riconoscenza dell'Europa verso quel grande? La gloria di cento vittorie, il fascino del genio, l'apoteosi del trono, tutti i prodigi operati da lui nel più meraviglioso decennio della storia contemporanea, non bastarono ad invertire gli istinti della umanità. I macelli del cannone fecero inorridire l'Europa come i macelli della ghigliottina—e il mondo dissanguato domandò pace ad ogni prezzo, anche a costo di capitolare cogli antichi tiranni.

«Quando il leone dell'Elba scosse le catene per ritornare in campo a ricominciare la lotta, i popoli, scorati o ribelli, lo rinnegarono, lo consegnarono al nemico, l'obbliarono—o, peggio ancora, ricordarono lui vivo e sofferente a Sant'Elena come una sublime figura istorica già scomparsa dal mondo.

«Non serve falsare il passato. I trattati del 1815, che ribadirono i chiodi dell'antico servaggio, perciò solo che significavano tregua dal sangue, furono accolti dai nostri padri come una benedizione del cielo. Nel 1815, una buona metà dell'Europa—e dico poco—intuonò il *Te Deum* con sincera compunzione per quell'indegno mercato di popoli.

«Ho risuscitate queste memorie perchè desse, a mio credere, ritardarono di vent'anni la seconda riscossa, e arrestarono il corso delle nobili idee colla vergogna e col rimorso di atroci misfatti. Il terrore della anarchia repubblicana e di una conflagrazione universale, anche oggigiorno rende sterile il voto ed il lamento di tante nazionalità conculcate. La minaccia di una guerra Europea impone alle aspirazioni generose dei principi e dei popoli. La Polonia, segno di tante simpatie, di tanti voti, dovrà forse soccombere a questa minaccia.

«La guerra! sublime spettacolo nelle epopee di Omero e di Ossian! Quando nel 1859, il cannone degli invalidi annunziò alla Francia la *grande battaglia*, la *grande vittoria* di Solferino, tutta la nazione si scosse di entusiasmo. Le contrade pavesate di drappi tricolori, le luminarie, i fuochi di *gioia* salutarono il *fausto* avvenimento. Ma sotto quella superficie festante, nella retroscena di quei splendidi entusiasmi, quante lacrime, quanti terrori!

«Quarantamila morti! In verità il bullettino non poteva essere più splendido. Chi non ha gustato l'epico entusiasmo di quel grandioso massacro? L'avete voi veduto un campo di battaglia, una pianura di Solferino, dopo una *grande vittoria*? Quarantamila cadaveri o frammenti di carne umana, orribilmente pestati, confusi, ingrommati di caligine e di sangue?...

«Rifuggiamo dall'orribile spettacolo! Voi, filosofi della umanità, voi protettori del povero popolo, che nell'eccesso di una sensibilità altamente benefica, cadete in deliquio, e più sovente imprecate alla società tutta intera se la ruota incolpevole di una carrozza signorile offende lo strascico di una povera donna pedestre—voi che vi intenerite alla vista di uno spazzacamino senza scarpe—voi, che gridate al delitto di lesa umanità, se il poliziotto non si mette i guanti per arrestare il cavaborse—voi, che tutte le mattine versate una lagrima sulla paziente schiavitù del somaro, e sulla fine miseranda del montone che vi fornisce il *gigot*—voi morireste di raccapriccio alla vista di quarantamila cadaveri umani!—Copriamoli di terra e di oblio, e ricominciamo i massacri!...

«Pur troppo! è la storia di tutti i tempi! è la condanna tremenda della razza ragionevole!—La guerra è un disastro inevitabile.—Tutte le riforme politiche e sociali, tutti i progressi della libertà domandano il loro tributo di sangue! Rispetterò questa barbara convinzione, sebbene io vi potrei rammentare la più grande delle rivoluzioni umane, la rivoluzione di Cristo, operata dagli inermi pescatori di Galilea col pacifico mezzo della predicazione—potrei mostrarvi le immense legioni del paganesimo, debellate da poche parabole ripiene di verità e di sapienza—potrei altresì ricordarvi che il codice di un vangelo altamente umanitario, allora soltanto cominciò ad ispirare diffidenza ed avversione, quando i successori dei primi apostoli si arrogarono di imporlo colle spade e coi roghi.

«Forse che l'Europa del 1864 si troverebbe meno avanzata nel progresso delle idee liberali, ove gli anni degli eccidii e del terrore fossero stati impiegati nella educazione del popolo, nella diffusione dei lumi? Vi par egli che un secolo padrone della stampa, del telegrafo, del vapore, abbia proprio bisogno dei massacri per civilizzarsi, per ottenere ciò che desidera?...

«Ma l'Europa *liberalissima* vuole affrettarsi. Un indugio di trent'anni, di mezzo secolo, sarebbe troppo grave alla impazienza dei dittatori umanitarii.—Povero popolo!... bisogna far presto a redimerlo, a patto che egli paghi il suo riscatto con un miliardo di vittime.

«Ebbene! accettiamo il barbaro assurdo! Ammettiamo che l'animale ragionevole non ceda che alla logica delle bombe. Dichiariamoci antropofagi, e rinunziamo ad ogni speranza di convertire il mondo alle pacifiche utopie.—Ma almeno—poichè la carneficina dovrà aver luogo, procuriamo di assicurarne i risultati a benefizio delle nostre idee; non prodighiamo le vittime; non avventuriamo ad un improvvido azzardo il passato, il presente e l'avvenire. I moderati non chiedono altro. Facciamo che questa lotta sia breve, sia decisiva, e sopratutto vittoriosa.

«Mentre voi, uomini *dell'azione*, urlate nelle piazze i vostri entusiasmi; noi nei nostri gabinetti calcoliamo i mezzi di riuscita—voi fidate nell'intervento di Dio: noi numeriamo i nostri cannoni e le nostre navi corazzate—voi dite: *popolo*, come direste venti milioni di combattenti; noi passiamo in rassegna l'esercito, e contiamo trecentomila soldati—voi sperate nell'alleanza di tutti gli *oppressi*, di tutti i *malcontenti* di Europa; noi domandiamo l'appoggio o la neutralità di potenti nazioni—voi minacciate e sfidate, noi destreggiamo perchè ci lascino fare—voi vi fate beffe della diplomazia; noi ci facciamo diplomatici per ischermircene.

«Ecco perchè ci chiamate *moderati, uomini della paura!* Moderati? Oh sì! noi lo siamo... La moderazione è da esseri ragionevoli—i bruti, i selvaggi non la conoscono. Paura? Se la passione non vi impedisse di renderci giustizia, voi la chiamereste prudenza. Una sola cosa noi temiamo: perdere il frutto del sangue versato a prezzo di nuovo sangue.

«Gridateci codardi, impotenti, traditori! Abbiamo fatto il callo alle vostre invettive! Noi aspetteremo fino a quando la convinzione del *poter fare* non ci gridi: avanti!

«Frattanto, i giorni della attesa non saranno sprecati per opera nostra. Noi non turberemo la fede del popolo con suggestioni nefande; predicheremo la concordia e il compatimento—insegneremo la libertà, esercizio di equi diritti e legge di sacri doveri. Mentre l'esercito si agguerrisce, impareremo a divenire nazione.

«Non è malva, non è oppio quello che noi spargiamo nei circoli, nelle associazioni degli operai, nelle scuole gratuite da noi favorite e protette. Noi insegniamo la libertà ogni qualvolta voi non ci interrompiate per obbligarci a combattere la licenza e la violazione delle leggi.

«Più che altro ci sta a cuore di riconciliare alle idee di civiltà e di progresso i molti che finora le guardarono con isgomento. Noi vogliamo persuadere gli onesti di tutte le classi che libertà è ordine assoluto, che rivoluzione non è sinonimo di anarchia e di ghigliottina. La nostra moderazione ha già risolto molte esitanze, conquistato molte simpatie. Procediamo a questo intento! È a sperarsi che il nostro metodo riesca completamente. È a sperarsi che i pertinaci fautori del passato, i più accaniti nemici delle nostre idee, gli stessi clericali, si accostino un giorno al banchetto delle nazionalità redente, e vengano con noi a celebrare la Pasqua di riconciliazione. Non è vero, signor curato revendissimo?»

CAPITOLO IV. NON POSSUMUS!

La inattesa perorazione del sindaco produsse un effetto galvanico sul curato, il quale nella sua canonica riservatezza, avrebbe voluto astenersi da quella vivace polemica. Tacere, dopo una interpellanza così diretta, era lo stesso che approvare o dichiararsi convinto. E quale scandalo per le tribune dei villani! quale sconfitta per il *principio*!

Tutti gli occhi erano fissi in lui. Il *signore* col suo sguardo severo pareva esigere una spiegazione.

Il curato si levò in piedi, e volgendosi all'uditorio con un gesto da *dominus vobiscum*, replicò a tutta voce due parole latine, il motto inesorabile, nel quale si riassume tutto il programma religioso e politico della setta clericale:

«*Non possumus!*

«Non possiamo! non possiamo! proseguì a tutta voce l'onorevole interpellato, traducendo il suo testo per adattarsi alla intelligenza delle tribune idiote.

«Il papa e i prelati della sacra venerabile curia romana, i grandi dottori della Chiesa vi manderebbero a spasso con questo semplice motto, che è il corollario di un coscienzioso e meditato sistema. Ma io non sono prelato, nè dottore della chiesa; io sono un povero curato, l'ultimo fra gli ultimi nella gerarchia ecclesiastica; e voi potreste supporre che io ripeta da papagallo il testo consacrato dalla Curia senza aver studiata la questione.

«Voi vi ingannereste, o signori. Io sono pienamente convinto del mio *non possumus*, più che voi non lo siate delle vostre utopie liberali, umanitarie. Io le ho studiate le vostre utopie, le ho discusse—ho fatto di più—mi sono provato ad applicarle mentalmente alla vita pratica, e sono riuscito a concludere che tutte le vostre riforme, le vostre innovazioni, ciò che voi chiamate civiltà, libertà, progresso, non sono che larve ingannevoli, assunte dallo spirito malefico per insinuarsi nel mondo a moltiplicarvi la miseria e la corruzione.

«Ah! voi predicate la scienza universale; volete che tutti apprendano a leggere, a scrivere, a ragionare, a filosofare! E siete voi che spacciate queste felici teorie!... voi proprietario di seicento pertiche di terreno, e padrone di un vasto opifizio dove lavorano ogni giorno da oltre sessanta operai!

«Avete mai riflettuto cosa avverrà dei vostri campi e dei vostri meccanismi il giorno in cui la educazione universale avrà cessato di essere una brillante utopia per tradursi in una realtà deplorabile?

«Quando voi, beatamente sdraiato nel vostro birroccio, lo zigaro in bocca, la punta del naso fiammante di vino, percorrete la strada che attraversa i vostri poderi, i contadini che non san leggere, si levano rispettosamente il cappello, col sorriso e col cuore vi danno il buon giorno, e ansanti, sudanti, raddoppiano la lena della vanga.

«Essi dicono: il padrone è ricco, e noi siamo poveretti—egli è il nostro benefattore—egli ci mantiene, ci dà la polenta—lavoriamo per lui!—è nostro dovere! senza di lui come potremmo vivere?

«Così gli idioti contadini, che non sanno leggere, nè ragionare. Vedete qual logica balorda! Come si illudono grossolanamente i poveretti sulla legittimità dei vostri diritti di proprietario, e sulla necessità del loro servaggio! Sono ignoranti, sono zotici i vostri paesani!!!

«Via, signor sindaco!... bisogna soccorrere all'idiotismo di questi infelici. Affrettiamoci ad educarli! Poniamo loro in mano l'abbecedario, poi la grammatica, poi l'*istradamento al comporre*, la prosodia, se volete—qualche libro di amena letteratura—e da ultimo, abboniamoli ai giornali politici!

«Tutto sta che i maestri ci si mettano di zelo; e in meno di cinque o sei anni, i vostri contadini, signor sindaco, ne sapranno quanto voi, o per lo meno quanto il vostro segretario.

«Ecco là un'assemblea di scienziati, un areopago di filosofi... Via! battete le mani, signor sindaco presidente! Il grande miracolo è compiuto! I vostri villani erano bruti ed ora sono diventati uomini—erano schiavi, ed hanno infranto le catene—nuotavano nelle tenebre, ed oggi aspirano alla luce. Tanto ciò è vero che essi hanno gettata la vanga e la gerla, e non vogliono più saperne di fecondare coi loro sudori *la gleba del tiranno*.

«E sapete cosa è la *gleba*, signor sindaco?—è il vostro campo. Sapete chi è il *tiranno*?—Il tiranno siete voi. Consolatevi! questa scoperta è dovuta al vostro sistema di educazione universale. Il risultato poteva esser più pronto e più soddisfacente?

«Ma io ho forse abordato con soverchia leggerezza una quistione molto seria, che racchiude il germe di sanguinosi avvenimenti. Il nostro *non possumus* data da secoli, e mette capo a quel libro divino, a cui non vorrete negare qualche autorità—parlo del vangelo. I pericoli e i danni della scienza universale sono prevenuti in quel codice santo, dove la *povertà dello spirito* e l'*umiltà del cuore* stabiliscono la base di una morale feconda di beatitudine.

«Attenendoci ai consigli della sapienza divina, noi abbiamo tremato di ogni nuova istituzione che tendesse a traviare l'umanità pel cammino dell'orgoglio e del disordine.

«Fummo avversi alla stampa, presaghi delle sue abbominazioni infrenabili; perseguitammo Galileo; ponemmo ostacolo per quanto era da noi alle temerarie pellegrinazioni di Colombo—abbiamo negato il vapore, contrastato il telegrafo, imprecato a tutti gli abusi della ragione, alla filosofia, all'esame critico, ai sacrileghi attentati della chimica e del magnetismo, due scienze di terribile avvenire!...

«Se il genio del male fu più potente di noi—se la stampa e il vapore, i più fieri nemici dell'umanità, si scatenarono sulla faccia dell'universo—noi non cesseremo, per quanto i nostri mezzi ce lo permettono, di opporre un freno allo spirito ed alla materia ribelle. Se non ci è dato impedire, noi ritarderemo. Verrà giorno in cui, meditando il nostro *non possumus*, quelli stessi che oggi ci accusano quali nemici della umanità, ci proclameranno ispirati da Dio.

«Poco dianzi, parlandovi dei contadini e degli effetti immediati che dovranno prodursi in questa categoria sociale dal *benefizio* dell'istruzione, io vi faceva presentire la terribile minaccia: «badate! l'uomo che sa leggere e ragionare non può adattarsi a trascinare l'aratro.» In questa verità stanno i germi della più micidiale, della più orribile rivoluzione che mai abbia insanguinata la superficie della terra.

«Come riuscirete a sedarla? quale sarà il mezzo della tregua? il componimento finale?— Via! confessatelo, signori progressisti umanitarii—su questo punto della questione voi non siete più avanzati di noi.

«Basta! a suo tempo ci penseremo—non è vero? tale è la vostra filosofia; ed io mi congratulo di vedervi sorvolare con tanta leggerezza agli scrupoli dell'avvenire. Ma vi è nel presente qualche cosa di più grave, di più contraddittorio, a cui forse non avete ancora badato. I vostri progressi non sono solamente una minaccia che gravita sui vostri contemporanei. Tutte le scoperte che soccorrono ad un bisogno, ad un comodo, o ad un diletto della vita umana—ogni nuovo passo dello spirito inventivo, che, a vostro dire, segna una nuova fase di civilizzazione, moltiplica necessariamente sulla terra il numero degli schiavi, e inchioda più aspramente alla catena quei milioni di paria che voi pretendereste redimere.

«Voi scuotete il capo, signor farmacista! Ciò vi sembra un paradosso... Vi spiegherò il pensiero cogli esempi... Compiacetevi di abbandonare le astrazioni, e di scendere con me sul terreno della vita reale, a cui, se non mi inganno, voi altri liberali vi dimenticate troppo spesso di appartenere.

«Il primo uomo che, camminando per una foresta di vergini piante, corse dietro ad un candido fiocco staccatosi da un ramo, e strofinandolo leggermente fra le dita, concepì il pensiero di ridurlo a filo per tramarne dei tessuti—il primo uomo che si propose coltivare il cotone per farne dei drappi; quell'uomo, nell'ingenua compiacenza di recare un immenso vantaggio alla umanità, segnò la condanna di milioni e milioni di negri—fu l'innocente iniziatore di una mostruosa barbarie, che anche oggigiorno fa inorridire la terra.

«Volgetevi intorno—una occhiata alla vostra mensa—alla vostra guardaroba—ai vostri mobili—ai meccanismi che vi rendono agiata l'esistenza!...

«Dacchè il sale divenne una necessità dei palati istupiditi, parecchi milioni di uomini furono condannati a intisichire onde apprestarvelo. Per variare i vostri foraggi, il riso fu introdotto sulle mense—non importa che migliaia di infelici paghino della loro vita questo capriccio di ghiottoneria. Il *paria* delle risaie lombarde, dopo aver lottato venticinque anni colle terzane, a trent'anni è vecchio, a quaranta è decrepito, a quarantacinque anni è cadavere.

«I cristalli che vi splendono sulla tavola, i colori brillanti delle vostre tappezzerie, i metalli che servono agli usi più comuni, la luce artifiziale della notte; tutto il lusso, tutti gli agi che vi circondano, narrano la istoria dei vostri *progressi* con gemiti e strida disperate.

«La locomotiva che attraversa la terra come un conquistatore inebriato di fumo e di possanza; questo sorprendente meccanismo che accelera il moto dell'uomo e la diffusione delle idee—non ha forse relegati nelle cave di carbon fossile migliaia e migliaia di sciagurati, perchè muoiano nelle impure esalazioni a benefizio del progresso che cammina? Esaminatelo attentamente il grande ordigno civilizzatore—studiatelo in ogni sua parte, in ogni suo accessorio—poi fate bene il vostro computo, e ditemi quanti milioni di schiavi sieno necessariamente aggiogati e stritolati alle ruote di questo carro emancipatore!

«Ed ora vediamo un po' come la intendiate! Questi paria, questi schiavi della civiltà, che dovranno necessariamente moltiplicarsi per servire ai nuovi bisogni, ai nuovi comodi del secolo—impareranno anch'essi a leggere, a filosofare con voi? E qual sarà la catena per vincolarli alle cave tenebrose, al maglio rodente delle officine? Forse la coscienza del dovere?—Io credo, signor sindaco, che il vostro cenno affermativo sia un amaro sarcasmo. La coscienza dei propri diritti farà dire a questi paria conculcati: È oramai tempo che i *felici* del mondo prendano il nostro posto!

«Una volta—ai tempi dell'ignoranza e della superstizione—quando il paesano vegetava nella sua atmosfera più òmogenea, quando l'operaio non si era ancora associato all'esaltazione ed all'ateismo—bastava un versetto del vangelo o una parola del curato per mantenere in questo povero popolo la fede del lavoro, e la rassegnazione alla miseria.

«Noi ripetevamo al villano: i ricchi godono la loro porzione di felicità in questo mondo, ma voi ne avrete a ridoppio nell'altro—beati coloro che soffrono, perocchè saranno consolati!—più soffrirete quaggiù, e più grande sarà la vostra esaltazione in paradiso.

«Gli scorati, i dubbiosi avevano fede nella parola del curato; tornavano ai campi, alle officine—lavoravano, soffrivano... e morivano nella speranza.

«Ah! voi credete utile e morale istillare la diffidenza e il sospetto in quei semplici cuori! Che faranno i vostri libri? Distruggeranno la fede e la rassegnazione sotto pretesto di combattere il pregiudizio. La vostra educazione griderà agli schiavi: «tutti gli uomini hanno uguali diritti», non è giusto che i milioni lavorino nel pianto perchè i pochi tripudiino nell'abbondanza e nel potere—animo, dunque! insorgete! domandate la porzione che vi spetta!...

«E sapete voi quale sarà la vostra porzione? (proseguì il prete volgendosi ai contadini delle tribune). Dopo avervi rapito il maggior di ogni bene, la fede: dopo avervi spogliati della vostra semplicità, dopo aver mutato la vostra operosa pazienza in disperata ribellione—il giorno in cui domanderete il compenso di una libertà tante volte promessa, sarete appiccati ai gelsi delle vostre campagne, o ricacciati nelle officine a furore di mitraglia.

«No! figliuoli delle officine e dei campi! Non vi lasciate adescare dai falsi apostoli della scienza. La scienza, come il pomo del paradiso terrestre, ci insegna il bene, ma ci riempie di mali.

«Ciò che vi si promette è un inganno. Credete al vostro curato. I ministri di una religione, che ha per codice il Vangelo, non potranno mai farsi complici di quest'opera abbominevole. *Non possumus! non possumus!* sarà la nostra insegna, la nostra invariabile protesta, quando anche tutte le ire e le violenze del secolo si rovesciassero sopra di noi!

CAPITOLO V. RASSEGNA DELLE IDEE.

I contadini si inginocchiarono come alla perorazione del *Passio*, e il curato impartì ad essi la benedizione.

Il sindaco e il farmacista non osarono far repliche.

Tutti gli occhi eran fissi nel *signore*, aspettando che egli gettasse in mezzo alla quistione una parola decisiva come la spada di Brenno.

Il *signore* si levò in piedi, e girò intorno una occhiata che fece abbassare tutte le ciglia.

Il medico e i domestici accorsero a lui, come infermieri al primo delirio di un malato.

Regnava nella sala un silenzio solenne.—*Abrakadabra! Abrakadabra! Abrakadabra!* tuonò la voce del *signore*.

E portò la mano alla fronte, rimanendo nella attitudine dell'abbarbagliato che invoca dalle tenebre una luce più veritiera.

Ma quella sera l'*Abrakadabra* non doveva essere l'ultima parola del *signore*.

Trascorsi pochi minuti, egli ritrasse la mano dalla fronte, e volgendosi ai tre antagonisti in sembiante più calmo:

«Grazie! mille grazie a voi tutti!—esclamò—se la vostra polemica, non mi ha dato l'ultimo *verbo* della idea, ha però versato molta luce sul *caos*. Io sento che le acque si separano dalla terra, che l'aria ed il fuoco prendono il loro posto. Fra poco raccoglierò i miei pensieri per ordinarli sotto questo raggio di luce, e forse domani potrò gridare *eureka!*»

Ciò detto, il *signore* fece un gesto di congedo, al quale tutti obbedirono. Il medico e i domestici, che parevano esitare, dovettero uscire dalla sala fulminati da un'occhiata inesorabile.

Poichè tutti furono usciti, il *signore* sedette, appoggiò i gomiti alla tavola, e, raccolta la testa fra le mani, si fece a passare in rassegna le proprie idee, adunandole per ordinarle o respingerle, come farebbe un generale con un esercito di sconfitti.

«—Ragione? forse che tutti non hanno ragione?... e non sarebbe più logico il dire che tutti hanno torto?... Il triangolo è necessario, perfetto. Ciascun lato presenta la medesima superficie. Leggete per diritto, leggete per rovescio, capovolgete—le cifre non si mutano, la figura non si scompone—*Abrakadabra!*—Perchè adunque tanto strepito di polemiche?... Acquietamoci una volta! Conveniamo che il moto non viene da noi, che l'uomo è uno strumento, un meccanismo subordinato all'intelligenza mondiale. La regola è stabilita, nè può mutarsi. Tutto ciò che pensiamo, tutto ciò che tentiamo è perfettamente logico, perchè necessario. Ciò che si chiama errore, contraddizione, inganno, è una necessità sapientissima nell'ordine, nell'armonia universale.

«Perchè si dice *progresso*?... *Moto* è la parola. Se l'umanità progredisse nel meglio; quanto sarebbero da compiangere i nostri antenati, che vissero seimila anni prima di noi! Pure anch'essi lavoravano per la medesima illusione... e si affannavano in questo moto d'idee e di tentativi che non dà requie allo spirito umano.—Seimila anni di corsa; e dove siamo arrivati?...—Al punto di partenza. Valeva la pena di mettersi in cammino?...

«Eppure, tutti i giorni si parte, e si corre... Non vi è dunque una meta?... Il farmacista, nel limite delle sue idee politiche, vi dirà che la sua meta è la repubblica universale. Il sindaco non vuol andare così lontano—egli si arresterebbe alla unificazione completa dell'Italia, con un voto di simpatia per le nazionalità oppresse. Tutto ciò può avverarsi. Ma quando il sindaco e il farmacista saranno arrivati?... Da capo, signori! L'umanità non può arrestarsi—bisogna riprendere la corsa, lasciarsi rimorchiare... o farsi stritolare, che è peggio!

«Chi rallenta, chi si fa rimorchiare è *moderato*—chi si ferma e pretende arrestare, è reazionario.—Convenzioni! Moda!—Quest'ultima parola mi chiarisce l'idea.

«La moda è prepotente; o tosto o tardi, tutti dobbiamo uniformarci al figurino dell'epoca. Gli ultimi che adottarono la coda, appendice delle teste rivoluzionarie di un'epoca liberalissima, furono gli ultimi a tagliarsela. Per averla portata fuori di tempo, il mondo li chiamò reazionarii, e il *codinismo* passò in proverbio.

«I primi che mettono fuori il *figurino di una idea*, son chiamati liberali. La moda viene accettata, si propaga, si allarga—a lungo andare, tutti debbono svestire l'abito vecchio, per adottare la nuova foggia. Ma dopo alcuni anni comparisce un altro figurino, un figurino che alla sua volta si chiama *progresso, civiltà, democrazia, socialismo,* ciò che meglio vi piace. Gli iniziatori della moda precedente, i liberali di un'altra epoca, vorrebbero resistere e persistere. Essi gridano il *non possumus* del curato, e in rapporto ai nuovi tempi divengono reazionarii.

«*Abrakadabra! ibis! redibis!* Ciò che ieri era il bene, oggi rappresenta il male; ciò che pei nostri predecessori era la meta, per noi diviene il punto di partenza. Sarebbero dunque, anche il bene ed il male, una illusione del convenzionalismo? Il principio delle nazionalità, che rappresenta il *non plus ultra* del liberalismo contemporaneo, come dovrà apparire meschino e puerile fra un secolo, quando nel pensiero della comunanza di origine e della fratellanza naturale, l'uomo si dirà cosmopolita; quando le frontiere delle Alpi, dei fiumi e dei mari, scompariranno, insieme ai pregiudizii di razza; e l'umanità, che oggi pone il suo vanto nel suddividersi in cento frazioni nemiche, si riunirà tutta per formare una sola famiglia!

«Bene, male!... per disingannarci di codeste distinzioni che non hanno senso, rimontiamo alla origine delle cose, a Dio.

«Dio non è una parola—è una idea innata, congenita all'uomo, trasfusa in tutto il creato. Dio è l'essere, la luce, il moto del pensiero. Dio è la perfezione—tutto che emana da lui è perfetto.

«Orbene, a che discutere il torto e la ragione, il bene ed il male?—parole! Poichè l'universo riflette la perfezione di Dio, le leggi che lo governano e gli atomi che lo compongono debbono considerarsi irriprovevoli. Potete voi concepire la perfezione del tutto, escludendo la perfezione delle parti?

«L'uomo, nella sua vanità provvidenziale, facendosi centro della creazione, credette che quest'opera gigantesca e inconcepibile non avesse altro scopo che il di lui individuale vantaggio. Tale è il nostro peccato di origine, la superbia incarnata, da cui si genera il dolore, l'impotente desiderio del meglio.

«Tutto per noi! ecco la strana illusione!—Cerca, prova, rimescola, agita, va, torna, edifica, dissolvi; tutto questo moto, questa operosità incessante dell'uomo non può migliorare di un solo grado la di lui condizione. L'illuso egoista non vuol persuadersi che il suo moto intelligente e appassionato è diretto ad uno scopo più universale, cui è interessata tutta la creazione.

«Se l'umanità potesse raggiungere il meglio a cui tende, allora la sua esistenza diverrebbe un assurdo, il moto cesserebbe, e il mondo intero sarebbe disorganizzato.

«Il *vos non vobis* è la legge di tutti gli elementi mondiali.—Forse che il sole percorre ogni anno il suo giro indeclinabile a benefizio della propria individualità? Il moto è una legge di sacrifizio per lui come per gli altri pianeti, parimenti subordinati a reciproci rapporti, ad inevitabili dipendenze. Tutto per il *cosmos*, nulla per noi; ecco la legge di tutte le intelligenze organizzate che si agitano nel creato.

«E l'atomo vanitoso che si classifica ragionevole presumerebbe emanciparsi dalla legge universale! Non deridiamo, non insultiamo! Questa pretesa dell'istinto umano costituisce appunto il motore della sua efficienza. Illuso, inconsapevole, l'uomo segue il suo corso di rotazione. Cercando il meglio nell'esclusivo interesse della propria individualità, il suo moto, la sua azione diviene, come quella delle altre intelligenze mondiali, un perpetuo sacrifizio al bene dell'universo.

«Misterioso, imponente, pieno di sublime poesia è questo sacrifizio di tutti per il tutto. Il sole, questa grande intelligenza luminosa, che non può uscire dalle sue rotaie inesorabili, che non può arrestarsi, che non può svestirsi della sua immensa luce, nè temperare gli ardori della sua combustione perenne—la terra che si affatica nel rapido movimento di ogni giorno, roteante fra i nembi e le folgori, sospinta e ribalzata da più potenti pianeti—la belva che ruggisce per fame, il montone che dev'essere divorato, l'augello che canta per dolore, l'uomo che ride per impotenza, la pianta che piange e geme negli sforzi della vegetazione, la materia e l'intelligenza che si accoppiano per dissolversi nella corruzione—tutto ciò che vediamo o immaginiamo, tutto ciò che si nasconde ai nostri sensi, ma si rivela al nostro spirito—tutto rappresenta l'individualità che si sacrifica all'ordine dell'universo.

«Una volta riconosciuta questa legge, una volta stabilita questa fede, che risulta lucidissima ai sensi, tanto che la mente più pregiudicata non oserebbe rinegarla; è egli più possibile di prender sul serio queste miserabili questioni di parole e di formole, le quali non sono che il risultato di un errore vanitoso, per cui l'uomo vorrebbe disconoscere, adempiendola, la propria missione?

«Non fanno pietà queste gare mal definite tra il passato e il presente? queste lotte di principii ugualmente erronei? queste verità dell'oggi che domani si trasmuteranno in menzogne? queste riforme che scaturiscono dall'antico e sono da uomini antichi respinte come nuove? queste sillabe accozzate che vorrebbero dar corpo ad una larva? queste larve che si decompongono e svaniscono il giorno in cui prendono corpo? queste scoperte della scienza che accusano la stoltezza dei nostri predecessori e fra un secolo accuseranno la nostra? questi trovati dell'arte e dell'industria che forniscono un diletto creando mille bisogni? queste rivoluzioni che massacrano le moltitudini per istabilire una idea? queste idee che aspettano di essere accettate e tradotte nell'azione pratica per divenire intollerabili ed esecrate?

«E quanto ardore nelle polemiche! quanto entusiasmo negli assurdi!... qual cecità nelle contraddizioni!—Un dabben farmacista crede di aver inventato il liberalismo perchè osa dire: ammazziamo chi vorrebbe soperchiarci! Questa politica era già nella mente solitaria di Caino, il figliuolo primogenito dell'uomo. Ma la storia è troppo antica—non è meraviglia che il farmacista l'abbia dimenticata.

«E il curato, che pretende egli col suo *non possumus*? Arrestare il movimento? Uccidere l'idea?—Non ha egli appreso dalla istoria che una idea, antica o nuova non importa, purchè lusinghi questo istintivo desiderio del meglio che è il principio motore della umanità, deve fare il suo cammino, svolgersi e completarsi nella esperienza fino a quando l'esperienza non la riprovi? Non si avvede egli, il buon curato, che il suo *non possumus* sta al moto delle idee come la zavorra alle navi—invece di sommergere, equilibra ed assicura?

«E il sindaco, ignora egli che le violenze e le stragi sono del pari una necessità del movimento? che, per dar passo alla locomotiva, il ferro e la polvere debbono prepararle il cammino, distruggendo la vegetazione, appianando la montagna, divergendo il torrente?

«Non è questa la istoria inevitabile del movimento umano?... Ma chi bada alla storia? Chi la comprende? L'uomo è sempre nuovo sulla terra. L'esperienza de' suoi predecessori non è lezione per lui se non in quanto lo ammonisca che essi nulla hanno fatto di bene, che tutto bisogna rifare.

«Oh! se l'uomo potesse leggere l'avvenire! Forse riconoscerebbe la sua vera missione, l'inanità de' suoi sforzi per migliorare la condizione propria, e la sua divina efficacia nel cooperare all'equilibrio ed allo sviluppo del *cosmos*! Ove ciò avvenisse, un nobile orgoglio potrebbe egli sostituire alla vanità disillusa dell'*io*, e dire con più soda convinzione: io sono una leva della intelligenza di Dio—agisco per lui e con lui—tutto che produco è perfetto—e forse, l'atomo perduto nell'universo, compiuto il sacrificio del dolore operoso, si riunirà, si identificherà in quell'Essere Uno, che è la Causa e l'Effetto dei mondi.

«Scriviamo la storia dell'avvenire. Dessa troverà fede più che la storia del passato. Per essa la vanità e la follia si acquieteranno in un concetto filosofico e morale...!

«Per scrivere questa storia, non è mestieri di profonda dottrina, nè di penose investigazioni, nè di lunghi e meditati raffronti. La logica naturale può dettarla. Raccogliamo le idee dei nostri tempi, i principii innovatori che oggi si presentano in germe; seguiamo il loro movimento, il loro sviluppo—completiamo tutte le aspirazioni dell'epoca nostra traducendole in fatti; l'avvenire non avrà più segreti per noi. La nostra istoria potrà ingannarsi nelle date.—Cosa sono le date?—Una divisione convenzionale del tempo indivisibile. Che importa se gli avvenimenti non sieno numerizzati e disposti a rubriche come le cartelle del notaio? Non basta il saperli veri, necessariamente esatti come il prodotto di una addizione, come la logica di un calcolo algebrico?

«Osiamo dunque!... Poichè la definizione mi sfugge; poichè il verbo si rifiuta ad esprimere l'idea—sforziamoci di tradurla in una serie di fatti!

«Che è mai l'*Abrakadabra* se non il programma, lo scheletro di tutta la istoria umana? Completiamolo—riempiamo le lacune, vestiamolo di muscoli e di nervi! Ch'egli si muova, si agiti, precorra gli spazii dell'avvenire!... Tutti lo riconosceranno, lo comprenderanno, e l'umanità dovrà arrendersi all'evidenza del suo concetto...»

CAPITOLO VI. EUREKA!

Il *signore* aveva *trovato*. Snodò le mani dalla fronte, prese un gran foglio di carta, e in mezzo a quello disegnò con la penna la figura cabalistica del suo concetto:

A B R A K A D A B R A A B R A K A D A B R A B R A K A D A B A B R A K A D A A
B R A K A D A B R A K A A B R A K A B R A A B R A B A

La mente del *signore* non era punto affaticata dal cozzo di tante idee, di tante ipotesi mal definite e peggio coordinate. Quella rassegna aveva portato il suo frutto. Gli aveva suggerito il modo più ovvio per esprimersi. Egli non cercava di meglio.

Vegliò tutta la notte sull'*Abrakadabra*. Quando il medico e i domestici entrarono, al mattino, nella sala, trovarono il *signore* seduto al tavolo, cogli occhi fissi alla figura cabalistica, intorno alla quale avea disegnato un laberinto di lineette e di segni misteriosi, un intreccio di circoli e di triangoli bizzarramente collegati; e in quello sfondo egiziano, inverosimili accoppiamenti d'uomini e di belve, di alberi e di case, una nuova generazione di animali e di vegetali sospesi o inchiodati alla periferia di un mondo impossibile.

Il medico, che era entrato in punta di piedi, si pose dietro le spalle del *signore*, e contemplava quegli sgorbi con espressione di pietà.

—Non sarebbe tempo di prendere un po' di riposo?—disse il medico a mezza voce, come temesse di produrre una scossa troppo violenta sui nervi dell'amico.

Il *signore*, colpito da quella voce, tracciò rapidamente sul margine superiore del foglio alcune lineette ondeggiate, e volgendosi al medico col sorriso più sereno:

«Grazie del buon suggerimento, gli disse! ora che il lavoro è compiuto, posso mettermi a letto col cuore tranquillo. Da dieci mesi non ho mai gustato il bisogno del sonno come in questo momento».

Il medico, come era usato di fare ogni mattina, portò la mano al polso del *signore*, e parve molto sorpreso di trovarlo in piena calma.

—Sono guarito!—disse il *signore* levandosi in piedi—l'*Abrakadabra* è spiegato… Esso è qui… su questo foglio, e quando mi piaccia, io potrò leggerlo all'universo e farlo comprendere a tutti.

—Che!… queste linee?… questi geroglifici?…

—Sono la storia dell'avvenire, sono la soluzione del grande problema mondiale—disse il *signore* coll'accento della convinzione più serena.—A rivederci… domani… volevo dire… stassera…!… fa di invitare tutti i nostri conoscenti… Che tutti prendano parte alla festa!… Io sono guarito!… perfettamente guarito!

Il *signore* piegò il foglio, se lo pose in tasca, ed uscì per avviarsi alla sua camera da letto.

Il medico e i due domestici stettero parecchi minuti a guardarsi in faccia; nè potevano riaversi dalla sorpresa.

—Ch'egli sia guarito davvero?—pensò il medico.—Tanto meglio! Io avrò guadagnato della celebrità a buon mercato... e in pochi anni potrò avere il mio posto alla direzione della *Senavra*!... Così va il mondo, e bisogna lasciarlo andare così per il meglio di tutti!

Il nostro medico aveva assorbito il sistema filosofico dell'*Abrakadabra* senz'avvedersene.

Per tutta la giornata il *signore* fu invisibile. I domestici, inquieti, più volte avevano spiato all'uscio della sua camera da letto—nessun rumore, nessun movimento.

Il medico, verso tre ore, entrò nella camera. Il *signore* dormiva profondamente.

Gli ordini erano stati eseguiti. Fu preparato un copioso desinare. Il sindaco, il farmacista, il curato, il marescalco, il barbiere ed altri notabili del paese furono invitati.

Nessuno mancò all'appello. A sei ore tutti si trovavano nella sala. Il *signore* entrò festevolmente, strinse la mano di tutti, e accennò ai commensali di sedere.

Inesplicabile cangiamento!... La fisonomia del *signore* non era più quella del giorno precedente. Pareva ringiovanito. Un raggio di benessere, di felicità, brillava nel suo sguardo, nella candidezza vivace della sua fronte. La callotta turchesca era scomparsa, e i capelli abbondanti e crespi si espandevano intorno alle tempia d'alabastro, scolpite di intelligenza e di bontà. L'abbigliamento era semplice nella sua eleganza. Il soprabito, aperto sul petto, metteva in evidenza il candore irreprovevole dei lini leggermente ombreggiati da una barba tizianesca.

Al principiare del pranzo, nessuno parlava. Lo stupore imponeva alle lingue. Ma il *signore*, con una disinvoltura, con una spigliatezza ammirabile, aperse la conversazione e ridonò la loquela ai commensali.

Parlava di tutto. Sfiorava gli argomenti più serii con una leggerezza che toccava l'affettazione. Il curato non poteva darsi pace in udirlo celiare sul tema delle scomuniche e sulle strategie bellicose di monsignore De-Merode. Il farmacista più volte dovette fremere nel vedere il suo Garibaldi *degradato* al confronto di Cavour, e la reggia di Torino ritenuta più modesta della reggia di Caprera.

Il sindaco, che credeva passarsela netta dagli attacchi, sull'ultimo dovette trasalire per una terribile sentenza: i moderati, *per trovarsi nel centro dei due partiti estremi, non hanno altro vantaggio che di essere più prossimi alla ghigliottina di questi ed alla forca di quelli.*

Il *signore* si divertiva a tormentare i suoi commensali politici con una sequela di proposte contradittorie, di domande equivoche, di sarcasmi, di sofismi provocanti. Egli sorrideva trionfalmente del loro imbarazzo, e tratto tratto lanciava una ironica occhiata al marescalco ed al barbiere, i quali, senza comprendere, aderivano a tutto.—«Essi mangiano e approvano—pensava egli—ecco la maggioranza, il *coro* di tutti i drammi sociali, il fondo massiccio di tutte le storie».

In sul finire del pranzo, per un gusto di rappresaglia naturalissimo a chi si sente umiliato da una eloquenza intrattabile, il curato fece una sortita veramente pretesca, dove il malumore e la stizza spiccavano in tutta buona fede.

«A dire il vero... signor mio—e voi non vi meraviglierete, nè v'offenderete d'una cosa cotanto naturale—c'erano molti in paese... e anch'io fra questi—vi parlo schiettamente— c'erano molti, che a giudicarvi dalle apparenze esteriori e sopratutto dalla vostra taciturnità... vi credevano...

—Pazzo... non è vero?...

—Io non avrei osato dir tanto—proseguì il curato—ma, poichè la signoria vostra ha voluto buttarla fuori netta e schietta—credo inutile temperare l'espressione con dei sinonimi, che presso a poco si equivarrebbero...

—A meraviglia!... La verità, bisogna aver il coraggio di dirla per intero... Io fui pazzo—ed il mio ottimo medico potrebbe attestarlo meglio di chicchessia—io fui pazzo pel corso di oltre dieci mesi; e la mia guarigione non data che da poche ore. Io mi era smarrito in un immenso laberinto di idee; io mi esauriva in uno sforzo del pari tormentoso che impotente per trovare ad esse una formula precisa ed evidente all'altrui intelligenza. Io cercava questa formula nelle vostre polemiche, nelle vostre interminabili discussioni. Era il mio torto. Seguendo questo sistema, io non faceva che alimentare la mia pazzia coi riflessi della vostra. Ah! perchè io ricuperassi la mia ragione, perchè io potessi rassicurare la mia coscienza e il mio intelletto, era necessario che l'*Abrakadabra* si convertisse in un'avvenimento storico—e che io—sull'appoggio di questo avvenimento— potessi dirvi: i pazzi siete voi!

—Ma in nome di Dio!—sorse a dire il curato—ci spiegherete voi alla fine cosa sia questo vostro *Abrakadabra*?...

—L'*Abrakadabra*—rispose il *signore*—è la storia perenne del movimento umano riflessa in un'epoca sconosciuta all'universale, in un'epoca avvenire.

—Ah! sarei ben curioso di sapere in qual libro voi l'abbiate trovata codesta istoria dell'avvenire! Deve essere un libro raro e preziossimo... ed io mi terrei ben felice che qualcuno me lo prestasse... tanto da sbizzarrirmi una mezz'ora nei mondi sconosciuti!

—Il libro non è raro, signor curato, ma non cessa di essere prezioso. La natura lo ha impresso nella mente di tutti; sebbene noi abbiamo il torto di leggerlo a rovescio. L'istoria del passato e del presente sono una conseguenza logica dell'istinto umano, che non può mutarsi. Studiate in voi stessi le leggi di questo istinto, e avrete la istoria dell'avvenire.

—E voi... credete... di conoscere questa storia...?

—Tanto che, se voi non sapeste leggerla nel vostro libro, potrei prestarvi il mio, perfettamente trascritto e corredato di commenti.

Il *signore* parlava con una calma, con una convinzione, che eccitava all'ultimo grado la curiosità de' suoi uditori. Il curato era perplesso. Non ardiva manifestare il suo desiderio... Temeva per sè, per la fede degli altri... Un segreto presentimento lo avvertiva che la storia del *signore* doveva portare un terribile crollo al sistema del *non possumus* e ad altre teorie venerande. La curiosità del sindaco non era scevra di terrore. La ghigliottina o la forca si affacciavano alla sua imaginazione come un terribile dilemma... La mano ignota dell'avvenire lo stringeva alla gola come un capestro... Il farmacista era più fidente. Un uomo di idee tanto avanzate credeva di non aver nulla a temere dal progresso. Nella storia dell'avvenire egli si vedeva riservata la parte più brillante.

Il *signore* attraverso alle esitanze ed ai terrori, indovinò il desiderio della sua piccola assemblea.

Si levò di tasca il foglio cabalistico che noi conosciamo, lo spiegò sulla tavola, e si fece a narrare la sua istoria.

E poichè la storia dell'*Abrakadabra* vuol essere molto lunga, e, osiamo sperarlo, molto interessante, noi la riporteremo tutta di seguito senza avvertire le pause, le objezioni, le piccole controversie suscitate dai fatti, e quegli accidenti di tempo e di luogo che non hanno da fare coll'azione.

Il *signore* narrò la sua istoria in diverse riprese. La sua fisonomia mutava espressione a seconda degli avvenimenti, o piuttosto a seconda delle momentanee disposizioni dell'animo. A volte grave e severo, a volte scherzoso e beffardo. I suoi entusiasmi erano brevi, intermittenti—si ammorzavano d'improvviso come se un lampo di incredulità gli attraversasse la mente. Rideva nel dipingere una scena di desolazione—declamava tragicamente una inezia. Quando i suoi ascoltatori parevano profondamente impressionati, egli si affrettava a distrarli con una digressione faceta, con un episodio puerile. Non sempre riusciva all'intento. Col procedere della narrazione, collo svilupparsi degli avvenimenti, egli prendeva pe' suoi personaggi immaginarii, un reale interesse. Finiva coll'amarli—e da ultimo, come il Dio della *Genesi*, si pentiva di averli creati.

Comprendete voi quest'uomo singolare?... Lo vedete?...

Ascoltate la sua istoria come egli ve la narra—meditando e ridendo.

CAPITOLO VII. DOVE CONDUCE IL PRINCIPIO DI NAZIONALITÀ.

A quell'epoca—parlo del 1977—l'*Unione Europea*(1) era un fatto compiuto.

Quante transazioni di idee e di principii, quante lotte della intelligenza e della materia, quanti dolori, quanti sacrifizii, quanto sangue, per riuscire al patto federativo di tutti i popoli di Europa!

Non per questo dobbiamo ritenere illogici gli sforzi del secolo precedente per determinare e circoscrivere le nazioni entro i confini segnati dalla natura(2) e dalla tradizione storica.

A prima giunta parrà assurdo. Ma l'idea di costituire l'Europa in una sola e grande nazione non avrebbe potuto sorgere nella mente dei popoli se il principio di *separazione* non si fosse preventivamente concretato.

La mente umana procede a gradi, ma non si diparte mai dalla linea retta.

Un po' di storia retrospettiva per intenderci meglio.

Vi fu tempo—quando le aspirazioni, che più tardi si chiamarono nazionali, si agitavano in embrione nella mente di pochissimi—vi fu tempo in cui l'Italia era patria ignorata per la massima parte degli Italiani.—Ciò che per l'Italia, ripetasi per la Francia, per la Spagna, per tutte le altre nazioni.

Da noi si diceva: milanesi, bergamaschi, lucchesi, aretini, faentini e via via.

Ci vedevamo di rado. Poco ci conoscevamo: disgiunti da naturali barriere, da pregiudizii ereditati, ci detestavamo per tradizione.

Si aprirono delle strade—le comunicazioni si resero più facili—il commercio mise a contatto queste popolazioni limitrofe, che per molti secoli si credettero antipode.—Oh che?... non siamo tutti fratelli?... Non si parla tutti la medesima lingua? E dopo una tale domanda, in un giorno di buon umore o di comune pericolo, i cittadini di Lodi e quelli di Bergamo, i cittadini di Arezzo e i Pistoiesi, i cittadini di Faenza e quei di Ferrara, si fusero in una denominazione più collettiva—Lombardi, Toscani, Romagnoli. Il Municipio si eclissò nella provincia—più tardi le grosse provincie assorbirono le minori—le mille divisioni si restrinsero a cento—e quando le cento divennero dieci, la parola *italiani* uscì finalmente dallo spirito del popolo, e da quel giorno l'Italia fu fatta.

Più tardi—(le proporzioni si dilatano, ma il processo è sempre uguale)—italiani, francesi, spagnuoli, portoghesi, quattro nazioni di indole omogenea e strettamente collegate da reciproci interessi, un bel giorno si accorgono di aver comune l'origine.—Chi siamo? d'onde veniamo? Meraviglia! stupore!... E dire che per tanti secoli ci siamo guardati in cagnesco, chiamandoci stranieri con reciproca diffidenza ed abborrimento! Noi siamo *latini!*—La parola è trovata.—Una razza distinta dai *germani* e dagli *slavi*—una razza che deve fare da sè, che deve fondersi, serrarsi in vincolo dissolubile...—*Latini, tedeschi, slavi*—ecco la nuova divisione che deve fondare il nuovo principio separatore, che deve condurci alla unità europea.

Le strade di ferro, il compiuto traforo del Cenisio, il telegrafo parlante, le locomotive aeree, ed altre facilitazioni di contatto fra popoli e popoli, affrettano necessariamente l'applicazione del nuovo principio. Dal 1884 al 1890 la *questione di razza* tiene agitata l'Europa, come trenta anni prima la questione di *nazionalità*.

Non intendo farvi attraversare tutta la storia di un secolo; ma l'incidente che venne a determinare questo nuovo progresso verso la fratellanza universale vuol essere accennato come una terribile minaccia alla diplomazia incongruente ed egoista. I popoli latini erano prossimi a fondersi. Convenuti i patti, accettati in massima dalle singole parti. L'iniziativa latina doveva necessariamente seguirsi dai tedeschi e dagli slavi, informati al nuovo principio. Che si tarda?... Come si spiega questa lunga esitazione? Dal 1888 al

1890, pel corso di due anni, eterni, fastidiosi, rovinosi, le tre razze si guardano, diffidenti e non osano fare il passo decisivo.

Che farà l'Inghilterra?—ecco la domanda che tutti si ripetono. Da qual parte vorrà mettersi l'Inghilterra?—Rimanere neutrale?... isolarsi?—non è possibile—Unirsi ai latini?—Gli antichi pregiudizii vi si oppongono.—Mettersi cogli slavi?—C'è troppa ruggine colla Russia.—Farsi tedesca?—Non c'è il suo tornaconto.

L'Inghilterra diplomatizza..... minaccia interventi... piega a destra... piega a sinistra... giuoca di ministeri e di note contraddittorie... oggi parla latino... domani sbuffa degli *off* tanto lunghi o si prova a belare degli *oschi*...! A forza di svolgere, di invertire, di avviluppare la questione, l'Inghilterra perde la bussola... non riconosce più la propria razza... minaccia di dichiararsi calmucca...

Tutta Europa rimane per due anni sospesa, aggirata dal vecchio manubrio di lord Palmerston...

Finalmente... la mattina del 20 agosto 1890... un dispaccio dell'*Agenzia Stefani* leva i popoli dall'ansietà, l'Europa dall'immenso fastidio...

Il dispaccio annunzia un terribile cataclisma già preveduto fino dal secolo precedente...

La grande isola Britannica, a forza di proteggere e di mantenere l'equilibrio di Europa, ha finito col perdere ella stessa il proprio equilibrio, e si è capovolta..., sommersa nell'Oceano!

I bastimenti a vapore partiti quella mattina dall'Havre per approdare alle foci del Tamigi, dopo breve tratto di mare, furono attratti da un flusso irresistibile e condotti a naufragare sovra un informe ammasso di carbon fossile e di balle di cotone, che il giorno innanzi si chiamava Inghilterra.

Questo avvenimento storico era troppo grave perchè io potessi pretermetterlo. E debbo aggiungere—a vergogna dell'umanità—che il raccapriccio dell'orribile cataclisma non fu espresso dall'Europa colla desiderabile ipocrisia. A Parigi e a Pietroburgo si fecero luminarie e fuochi di artifizio. La *questione di razza* era sciolta, e nel novembre 1890 divenne un fatto compiuto.

Che manca ora all'unificazione completa di Europa?—Un breve passo dell'*idea.*

Cessate di chiamarvi latini, tedeschi e slavi!—non siete tutti *Europei*? Perchè fantasticare una differenza di origine? Una è la terra che vi ha generati; identici i costumi, pari la civiltà. Per una vicenda di tristissimi secoli, invasori ed invasi, persecutori e perseguitati, rimescolati da cupidigie prepotenti, da odii ed amori nefasti, qual'è di voi che porti nel volto e nello spirito i caratteri originali della propria razza? La Provvidenza vi ha resi bastardi perchè un giorno abbiate ad abbracciarvi e chiamarvi fratelli. Qual marchio vi distingue gli uni dagli altri?... Come potete riconoscervi?—Al diverso linguaggio?—Ebbene: perchè mai questo epilogo di razze non potrà parlare la medesima lingua?... Si stabilisca una lingua per tutti—la lingua universale, la lingua *cosmica!*—e tutte le differenze spariranno.

Credereste?—l'idea della unificazione di Europa fu appena enunziata dai pensatori, che subito venne sancita dall'universale consenso.

Parimenti ben accetto fu il pensiero di creare una lingua *cosmica*; ma la scelta di questa lingua diede origine a fatali dissensioni.

I vecchi pregiudizii tornarono a galla—i puntigli si inviperirono—la lotta fu lunga e piena di fastidi.

—Inventeremo una nuova lingua?—A che pro, mentre tante ne abbiamo?
Perchè incomodare tutto il mondo allo studio di un nuovo dizionario?
Non è meglio servirci di una lingua già usata…, della francese,
per esempio, nota alla maggioranza degli Europei?

La questione fu deferita ad un congresso di filologi, i quali si adunarono a Berlino, e dopo tre anni di discussione, convennero nel proposito di creare la nuova lingua incominciando dal riformare l'alfabeto.

Quella decisione fu accolta in Europa con poco favore. Ma l'assemblea dei filologi stette dura! Erano molti, circa duemila, e caparbii.

Si accinsero in buona fede all'arduo lavoro. Si accapigliarono per ben cinque anni prima di decidere se il nuovo alfabeto avesse a cominciare coll'*o* piuttosto che coll'*a*.
Millenovecentonovantanove oratori avevano parlato *pro* e *contro*. Quando l'ultimo inscritto si alzò per parlare *in merito*, una grossa bomba venne a cadere sul tavolo del presidente, e scoppiò con orribile fracasso.

Fuggirono tutti. Que' buoni filologi, nel calore della polemica, non si erano accorti che la razza latina e la razza tedesca trattavamo da due anni la medesima questione cogli argomenti delle bombe e delle cannonate.

I latini entrarono in Berlino la mattina del 10 gennaio 1925, e occuparono la città malgrado le proteste e le minacce di tutta la Confederazione germanica. Era fissato che quella occupazione militare affrettasse l'effettuazione delle nuove idee.

I preliminari della unione federativa delle tre razze furono stesi a Berlino. Quei preliminari, due anni dopo, nel 1930, ebbero conferma di un trattato definitivo, che fu steso a Parigi e firmato da duemila rappresentanti del popolo europeo eletti per suffragio universale.

I latini, preponderanti di autorità per le recenti vittorie delle armi, ottennero di far accettare la francese come lingua *cosmica*. Singolare è l'articolo che si riferisce a questa legge. La lingua francese viene accettata a condizione che, per l'uso universale, essa venga *traslocata dal naso alla bocca, e purgata dalla blague*.

La grande *Unione* non poteva costituirsi che sopra un sistema di discentramento amministrativo molto frazionato e molto libero.

L'Europa si divise in ventiquattro dipartimenti. L'Italia, suddivisa in quindici comuni di primo ordine o centrali, e centoventidue di secondo ordine, nel 1957 era considerata il più popoloso e il più civile dipartimento della *Unione*.

Chi mai avrebbe immaginato che un sì rapido sviluppo di intelligenza e di moralità, dovesse emergere da un impeto di collera popolare, da un avvenimento barbaro in apparenza, e con tal titolo riprovato dagli storici contemporanei?

Questo avvenimento—poichè ci accadde accennarlo—fu l'incendio e la distruzione di Roma, decretata da quel popolo stesso che pochi anni prima aveva eletta la città dei Cesari e dei papi a capitale del nuovo regno italiano.

Istallarsi in Roma, consenziente la Curia, benevolo il papa, voleva dire per il governo italiano abdicazione di ogni idea liberale, di ogni principio di moralità. Tardi ma in tempo lo compresero gli italiani. Quando ai banali entusiasmi della piazza, alimentati dal baiocco papalino; quando al sacrilego connubio delle mascherate e delle processioni, delle riviste e dei tridui, sottentrò la calma normale di una nazione che grande si crede, allora i disinganni cominciarono, il pericolo si annunziò minaccioso, il tradimento della Curia esalò putrido e nero dalle sentine cardinalizie. Il Parlamento invaso da canonici—il Senato una congrega di cardinali e di cappuccini corpulenti—le riforme del Codice affidate ad una Commissione di Domenicani!

L'Italia, più che mai aggravata dalla cappa di piombo simboleggiata; dall'Alighieri, dopo tanti fastidi e tante guerre per la conquista della capitale, ricominciò a cospirare per disfarsene.

La nuova cospirazione affrontò senza esitanza e senza scrupoli il dogma religioso. Rénan preso il posto di Mazzini. La *Vita di Gesù Cristo* divenne la *Giovine Italia* dell'epoca nuova.

Pio X vide gonfiarsi la marea della rivoluzione anticattolica, e tremò di esser l'ultimo dei papi. Assediato dalle riforme fin dentro le mura del Vaticano, mal trincerato negli antichi sofismi e inesorabilmente aggredito dalla logica universale, stolidamente pertinace, pertinacemente crudele, si avvisò di sommergere la idea in un oceano di sangue umano. E il Nerone dei papi non ebbe raccapriccio a pensare che, per riuscire nel suo immane proposito, l'eccidio di tutti gli italiani, di trentadue milioni di italiani, non avrebbe rappresentato che un impercettibile episodio dell'universale macello.

Ad esempio di un suo predecessore, del pari insensato ma meno cannibale, Pio X fuggì da Roma con poco seguito, lasciando dietro i suoi passi benedizioni e scomuniche derise. Ma fuori dell'Italia, segnatamente in Francia e nel Belgio, il gonzume cattolico prestò al pontefice un contingente di armati abbastanza numeroso. Tutto il pantano, tutta la feccia del sanfedismo fermentò per la nuova crociata. Ricondurre il papa a Roma fu l'ultimo grido della setta impotente.

Questo supremo attentato dei papi contro il progresso, quest'ultimo sforzo per estinguere nella umanità la ragione, il soffio di Dio, allarmò gli Italiani, e convertì la pazienza di lunghi secoli in furore disperato. Si distrugga Roma!—fu il grido di tutta Italia.—E l'Italia, stanca di preti e di atroci pregiudizii, era pronta ad incenerire le sue cento città, a suicidarsi in un ammasso di ceneri.

La città dei Cesari, la sentina dei preti, la capitale di un nuovissimo regno, il giorno 24 settembre 1888, non era più che un mucchio di macerie e di carboni.

Due idolatrie, la pagana e la cattolica, furono sepolte in quell'incendio per non lasciare alcuna traccia della loro esistenza. Gli ultimi torsi di Apollo e di Vesta si rovesciarono nell'amplesso degli scheletri santificati, delle carogne adorate. Le due superstizioni sprofondarono nell'immenso rogo, irridendosi, imprecandosi. Da quell'incendio una gran luce si diffuse per tutta la Italia, la luce della riforma. Al vangelo dei papi sottentrò il vangelo che grida all'umanità: siate fratelli!

Che poteva la reazione dopo una protesta sì imponente?—I crociati si perdettero d'animo. Pio X, vedendo la sua causa disperata, domandò asilo alla Francia. Voleva morire nel castello di Avignone. Ma la città che altre volte aveva assaggiato la mala gramigna, non volle saperne di calze rosse nè di chieriche. E certo avrebbe accolto a sassate il venerando corteo, se il papa ed i suoi, con opportuno consiglio, non si fossero arrestati in una città *meno guasta*.

L'ultimo papa finì i suoi giorni a Carpentras, come un vecchio mobile obliato nel solaio.

Nell'anno 1890 il governo italiano trasferì la sua sede a Napoli, che ebbe titolo di capitale del Regno. Ciò avvenne con grande soddisfazione di tutti. Un conte Ricciardi, che dietro un tal esito avrebbe consentito ad accettare il portafogli degli interni, morì per esuberanza di gioia.

Questa digressione sulle cose di Roma mi ha preso il tempo che io intendeva consacrare ad un quadro statistico di tutti i dipartimenti e dei principali Comuni della *Unione Europea*, nell'anno 1977.

Io vi prego dispensarmi da tale fatica. A chiarire gli avvenimenti che sto per narrare sarà più opportuno un rapido cenno delle leggi che formano la base della nuova Costituzione, delle istituzioni, delle opinioni politiche e religiose dell'epoca, degli usi introdotti nella vita pubblica e privata, delle condizioni morali e fisiche della nuova società, considerata nell'individuo e nelle masse.

Tutto ciò occuperà lo spazio di un breve capitolo.

CAPITOLO VIII. L'AVVENIRE COMINCIA A BEFFARSI DEL PRESENTE.

Conciliare la più ampia libertà individuale colle maggiori guarentigie di sicurezza e di ordine pubblico, ecco il principio a cui si informano tutte le istituzioni politiche e sociali dell'*Unione Europea*.

Il secolo precedente disputava di forme. *Monarchia costituzionale o Repubblica*, tale il dilemma rappresentato da due frazioni ugualmente ispirate da liberalismo.

Le moltitudini si lasciavano imporre dalla parola senza badare all'essenza. Ignare di storia o dimentiche, non comprendevano che la tirannia può prendere tutti i nomi e inalberare tutte le bandiere.

Si discuteva, si pugnava per le apparenze, per le etichette, per il timbro delle carte pubbliche.

L'*Unione Europea* riflette quegli antichi assurdi nei mirabili risultati della sua tolleranza. I capi dei dipartimenti, e perfino i capi dei comuni si chiamano capricciosamente *Gran Proposti, Sindaci, Presidi, Re, Imperatori, Capo-famiglie, Padri, Czarri, Sultani, Borgomastri, Consoli, Dogi, Centurioni, Pretori, Custodi, Moderatori, Gonfalonieri, Istromenti, Bani, Governatori, Commissarii*, ecc., ecc. Tanto è vero che la nuova civiltà non fa caso dei nomi.

Le attribuzioni di questi Capi, comunque si chiamino, sono perfettamente identiche. Vittorio Emanuele III *re* del comune Dora, Berretta III *gran proposto* dell'Olona, Manin II *doge* di Venezia, Libeny II governatore di Vienna, Camillo Ugo presidente di Parigi, Carlo Bixio borgomastro di Genova, non sono che mandatarii del popolo, eletti per voto universale, incaricati di presiedere il *Consesso degli Anziani o Padri di famiglia* nelle adunanze Comunali. Vittorio Emanuele III, con titolo di Re, rappresenta il capo del dipartimento Italia, sebbene i *proposti* dei singoli comuni sieno affatto indipendenti da lui.

Tutti i proposti (usiamo questo titolo per intenderci) sono anche rappresentanti del comune nelle assemblee del dipartimento e nei congressi generali della *Unione*. Le *assemblee parziali* del dipartimento, per l'Italia, si tengono a Napoli nell'ultimo giorno di ciascun mese. I congressi *generali* si adunano a Berlino due volte all'anno, alla fine di ciascun semestre. I rappresentanti del popolo *Europeo* sommavano, nel 1976, a duemilasettecento quattordici.

Lo statuto della Unione ha per base la santificazione di un diritto naturale che l'umanità per lunghi secoli disconobbe; il diritto di esistenza. Ciascun cittadino di Europa, dal giorno della nascita fino al giorno dell'estinzione, è alloggiato, vestito, nutrito a spese del comune.

Questo comune, che noi chiameremo *Famiglia* per conformarci al linguaggio dei tempi, diviene necessariamente l'esclusivo proprietario delle terre, l'amministratore della sostanza pubblica.

Tutti i cittadini della *Unione* sono guarentiti dalla miseria, e l'educazione si estende a tutte le classi del popolo.—Ed ora, chi vorrà consacrarsi alle manuali fatiche? Chi vorrà sottomettersi ai disagi, alla servitù dei lavori agricoli? I campi e le officine rimarranno deserte...

I terrori del nostro parroco reverendissimo si sono realizzati da oltre venti anni. La rivoluzione del 1935 ha tolto di mezzo le ultime tirannie sociali. Il mondo ha dovuto convincersi che disuguaglianza di condizioni non può esistere dove tutti abbiano raggiunto l'uguale sviluppo di civiltà.

L'uomo *che pensa* non può essere il volontario dell'aratro. La scienza conquistava gli intelletti, le braccia disertavano dal campo. La reazione del 1835 si provò di respingere alla gleba gli spiriti ribelli, ma si riconobbe impotente. I paria si emanciparono.

L'Europa tremò del futuro—l'umanità tutta intera ebbe a dubitare della propria conservazione.

L'agricoltura è una necessità della esistenza umana—l'agricoltura è dunque un dovere di ciascun uomo.

Questo assioma sociale arresterà il disastro minacciato. La *coscrizione agraria* prenderà il posto della coscrizione militare. Dai venti ai venticinque anni, per legge del nuovo Statuto, ciascun individuo della *Unione* sarà coltivatore.

Vanno esenti dalla coscrizione gli impotenti ai lavori manuali, e gli *Eletti dell'intelligenza*. A questi ultimi, di numero assai limitato, lo Statuto accorda l'esenzione per rispetto ai privilegi del genio.

Godremo più tardi l'imponente e giocondo spettacolo di un campo di coscritti. Vedremo come la vegetazione si avvantaggi da questa nuova coltura operata da braccia vigorose e intelligenti. I cinque anni di *agraria* sono pei contadini dell'*Unione*, i più felici, i più caramente ricordati nella vita. Qual differenza fra l'antica e la nuova circoscrizione! Questa destinata a fecondare la terra, a portarvi la salute e il ben'essere; quell'altra condannata a distruggersi distruggendo, al *soldo* di una idea non compresa o ripugnante!

I lavori campestri sono un esercizio riparatore pel giovane estenuato dalle lunghe fatiche della mente. Lo Statuto dell'Unione, accordando a tutti i cittadini i mezzi di esistenza a patto che lavorino, pretende altresì che tutti sappiano. Ma il sapere non è facile conquista—non lo fu mai—oggi meno che mai.

Eccovi, brevemente tracciato, il programma degli studi obbligatorii a ciascun individuo dell'*Unione*.

La lingua *cosmica* è la sola adottata nel pubblico insegnamento. Fra pochi anni lo studio di questa lingua sarà molto semplificato. Purchè i padri e le madri si facciano scrupolo di parlarla in famiglia a tutto rigore di grammatica e di stile, i figliuoli la apprenderanno naturalmente, si risparmierà il tempo e la noia degli esercizii scolastici. Ma i padri e le madri, nel 1977, risentono un poco dell'antica barbarie. La lingua *cosmica* non ha peranco distrutti gli antichi dialetti, e a Milano si odono ancora dei vecchi sessagenarii ricambiarsi il loro meneghino con qualche pretesa di municipalismo.

Lo studio della lingua *cosmica* fa dunque parte del programma scolastico. Il fanciullo l'apprende dai cinque ai sette anni. A otto anni egli ne sa quanto basta per comporre i suoi temi in prosa ed in versi, e sostenere un dibattimento improvvisato dalla cattedra di eloquenza.

Poichè tutta Europa parla in lingua *cosmica*, ne viene di conseguenza che lo studio d'altre lingue si rende superfluo. Se l'Asia o l'America vorranno intendersela coll'*Unione* converrà bene che apprendano a parlare come noi. Questa massima vanitosamente praticata dai francesi in epoca più remota, oggi è all'ordine del giorno in Europa.

Ciò fa sperare che fra un altro mezzo secolo la lingua *cosmica* diverrà praticamente la lingua di tutti.

Dagli otto ai quindici anni—il tempo che i barbari del secolo precedente sprecavano nel latino e nel greco—oggi viene impiegato negli studi matematici e filosofici, nella storia, nella fisica, nella astronomia, nella geologia, e nella spiritodossia, di cui fa parte il magnetismo, il galvanismo animale, e l'ipoteticonia.

Grulli, grullissimi i nostri nonni, che si ebetizzavano dieci anni a imparare una lingua morta, per non averne più traccia cinque anni dopo!

Ma venti volte più grulli, e pazzamente spietati, quando alla povera vittima del Ginnasio e del Liceo, inesperta dei propri talenti, della propria individualità, imponevano la scelta indeclinabile delle quattro professioni universitarie—la medicina, la farmacia, le matematiche, o il diritto!

Forse che ciascun uomo non è tenuto a conoscere le leggi del proprio paese, i diritti e gli obblighi che gli insegnino a governarsi, a tutelare i propri interessi? E la scienza della economia animale, dell'organismo umano, non è forse un bisogno di tutti? Come può l'uomo provvedere alla propria conservazione, alla igiene propria, esercitare la beneficenza e l'amore verso i congiunti e le persone più care, quando non sia in grado di applicare opportunamente i pochi trovati dell'arte farmaceutica?... E la matematica? Potete voi reggervi sulla persona, camminare, muovere un passo—che dico?—affidarvi ad un consiglio della ragione, se questa scienza non vi presti il suo appoggio e la sua logica?

Or bene: dopo un corso regolare nella Università della *Unione*, all'età di venti anni, ciascun cittadino è giurisperito, medico, farmacista, ingegnere, architetto e magnetizzatore. Vale a dire: egli conosce delle singole scienze quanto può occorrergli per l'uso proprio e pel servigio altrui. Le Università della *Unione* vi danno l'*uomo completo*, l'uomo che basta a sè stesso, che a tutti può giovare.

Nel secolo gaglioffo del *latino* e del *greco*, chi avesse osato proporre un tale programma di studii universitarii si sarebbe buscato dell'utopista, del matto! Eppure, a quei tempi, uno studente, purchè si ricordasse di sfogliare il suo testo una settimana innanzi all'esame, apprendeva in poche ore tutta la scienza medica o legale di un intero anno scolastico. Che vuol dir ciò? Vuol dire che i professori di quell'epoca diluivano in otto mesi di insegnamento la scienza aquisibile in poche ore. Vi pare inverosimile che, dopo cinque mesi di studi patologici e chimici e dopo altrettanti mesi di clinica pratica, un giovane di buona volontà sappia conoscere le febbri al moto del polso, e sia in grado di comporre una purga, di forare la vena per un salasso, di strappare un molare o una mascella? Eppure, i grandi dottori del secolo precedente non erano più illuminati nè più pratici.

Ma il massimo torto dei metodi antichi era di insegnare le scienze *ab origine*, discutendo i vari sistemi, raffrontando, eliminando, riproducendo tutte le ipotesi e tutti gli assurdi, pel gusto di confutarli e di agglomerare nei cervelli una erudizione, al meno danno, superflua.

Che m'importa di Giustiziano e delle Pandette?—fatemi conoscere il mio codice, i miei doveri e i miei diritti! ne saprò abbastanza per l'uso mio, ed anche un poco per l'uso degli altri.—In medicina, riepilogate il buono degli antichi, e i risultati positivi delle esperienze più recenti. In una parola: dateci la scienza dei tempi nostri, la sua ultima parola. Più tardi, per lusso, per capriccio di erudizione, consulterò le Pandette, o leggerò il vecchio Ippocrate.

Così ragiona il secolo nuovo—su questa logica si basa il nuovo programma degli studi universitari. I giovani, che in un ramo speciale della quadrupla scienza, dimostreranno una attitudine fuori della comune; gli *Eletti della Intelligenza* godranno la esenzione dalla legge *agraria*, e a spese della *Famiglia* verranno mantenuti per altri cinque anni in qualche *Ateneo di perfezionamento*. Ivi, sotto la scorta dei più illustri *Primati* si applicheranno al più ampio svolgimento della scienza preferita, per divenire più tardi *Medici consulenti*, *Legali di ricorso*, o *Ingegneri di miracolo*. Meno questi pochi eletti, tutti gli altri escono dalla Università per divenire coscritti dell'agro. Ivi si completano con esercizii corporali molto favorevoli alla salute ed alla vigoria.

Mi sono un po' dilungato sul metodo di educazione, perchè da quello vi sarà facile argomentare il grado di civiltà generale.

Come vedete, i carichi della *Famiglia* sono gravi e dispendiosi, ma i proventi, le rendite sono enormi.

Oltre ai prodotti naturali delle terre, che esclusivamente le appartengono, la *Famiglia* percepisce le *imposte sul lusso*, le *multe criminali*, e gli *accidenti ereditarii*.

Le multe criminali costituiscono per la famiglia una sorgente di reddito importantissimo. Desse furono sostituite, nel nuovo codice, alla pena di reclusione. Una volta abolita la pena di morte, dietro il principio che l'uomo non ha diritto per qualsivoglia ragione di togliere la vita al proprio simile; come potreste mantenere l'inumana condanna della carcerazione, per cui il cittadino è privato della libertà, diritto sacro del pari e forse più inviolabile del diritto di esistenza? Alla *morte civile*, supremo castigo dei grandi delinquenti, nel *Codice* di redenzione si coordinano gradatamente le multe criminali.

Per comprendere queste multe è mestieri ricorrere alle leggi che provvedono al diritto di esistenza.

Ciascun cittadino della_ Unione_, nato da legale matrimonio, viene, dal giorno di sua nascita, iscritto nel libro di *famiglia*, e da questa iscrizione ha principio l'*assegno di vita*. I genitori, o chi per essi, ritirano l'assegno fino a quando il fanciullo abbia toccato l'età *gestiente*, vale a dire ch'egli sia in grado di governarsi. Raggiunta questa età—dodici anni—l'adulto percepisce direttamente il proprio assegno. La *Famiglia* gli fornisce l'alloggio, il mantenimento, l'*uniforme*, e una somma di cento *lussi* (franchi) all'anno, fino al compimento del corso universitario. La posta lettere, le strade ferrate, i vapori di mare, tutti i mezzi di trasporto sono gratuiti, ad eccezione dei palloni aereostatici, delle navi sottomarine, e delle locomotive a ribalzo. Il popolo ha libero accesso in tutti i teatri di prosa, direttamente amministrati e sorvegliati dal Consiglio di Famiglia.

Sospendete questi provvedimenti, queste agevolezze, questi comodi, questi piaceri al cittadino che ha mancato a' suoi doveri verso la società—ecco un eccellente codice di punizione!

Cento *lussi*!... Ah! voi non potete apprezzare il valore di cento *lussi* per un nullatenente, per un povero diavolo che non abbia risorse fuori della piccola pensione che gli viene pagata dalla *famiglia*!

Figuratevi la disperazione di un borsaiuolo, quando, alla scadenza del suo premio, udrà la voce del pubblico tesoriere gridargli alla coscienza:—il tribunale ha posto il *veto* su' tuoi cento *lussi* per il *battizza* che hai fatto sparire, per la catena che ti sei appropriato!

Procedete dai minori ai maggiori delitti, applicate le pene in proporzione. Sospendete il premio de' cento *lussi*, vietate l'ingresso ai teatri, negate il trasporto sulle ferrovie, su tutti i veicoli della *Unione*, diminuite l'assegno *necessario*, salite di grado in grado alla più terribile delle punizioni, alla morte civile. Voi avrete una idea generica, ma precisa del nuovo codice criminale.

Però anche in queste leggi tanto provvide e benefiche, appare, a chi ben le consideri, lo stigmate inevitabile della umana imperfezione.

Perchè esclusi dal *benefizio di esistenza* i nati da unione illegittima? Forse hanno colpa i miserelli della loro origine meno legale? Non hanno diritto alla vita?

I dottori dell'epoca vi rispondono:—la eccezione si è fatta per ristabilire e generalizzare il matrimonio, orribilmente screditato nel secolo precedente. Sotto questo aspetto, è mestieri confessarlo, legge più efficace non potevasi ideare.

E perchè l'*uniforme* obbligatoria agli adulti che percepiscono l'*assegno di famiglia*?—Una misura economica basata sull'orgoglio umano. Non accordandosi l'assegno agli adulti che a patto di indossare la uniforme del *nullatenente*, molti si asterranno per vergogna, e penseranno a guadagnarsi l'esistenza col lavoro. Ma i poveretti che moriranno di inedia piuttosto che far mostra della loro miseria? E i ricchi sfrontati che indosseranno la livrea per vivere a spese altrui?—Meno male che la *Legge ereditaria* restringerà, fino a renderlo impercettibile, il numero degli accumulatori e degli usurai. Ma di questa legge, e d'altre importantissime, come di tutti i progressi giganteschi delle scienze, delle arti e delle industrie, si vedranno manifestamente gli effetti, quando al breve accenno delle istituzioni seguiranno le storie del fatto.

L'anno 1977, da cui appunto principiano queste storie, presenterebbe l'apogeo del moto saliente dell'epoca. L'ordine pubblico, la pace, la moralità, il sentimento umanitario e religioso diffuso in tutte le classi e perfettamente armonizzante colla intelligenza e col sapere, il rapido succedersi delle scoperte, la pronta effettuazione di ogni idea veramente utile, gli incredibili ardimenti del genio, e l'impotente cooperazione di tutte le forze animate e materiali che si associano per tradurli in fatto, ci obbligherebbero a chiamar questo il vero secolo d'oro, l'era preconizzata della felicità universale, se...

Questo *se* è il punto nero di tutti i tempi, di tutte le storie umane. Noi lo vedremo disegnarsi, prender corpo, agitarsi nella nuova epoca, mischiarsi a tutte le sue aspirazioni, a tutte le sue feste, a' suoi trionfi, per gridarle eternamente: «il secolo peggiore e il secolo migliore per l'umanità non esistono!»

Ma prima che si rivelino i dolori latenti, illudiamoci ancora un istante su questa superficie di bene.

CAPITOLO IX. IL PRETE E LA DONNA.

Il secolo ventesimo è eminentemente spiritualista.

Un secolo di temperamento nervoso, di umore ipocondriaco—sentimentale fino alla affettazione.

Un secolo che abusa di fantasia, che stravizza nello studio e nella operosità, che si strugge dietro l'ideale di una perfezione impossibile.

Un secolo che delira di ascetismo e di amore.

Il prete e la donna, come nel medio evo, rappresentano le figure predominanti di questa nuova società, che intenderebbe sublimarsi emancipandosi da ogni istinto materiale.

Dopo la riforma religiosa, che ebbe principio colla distruzione di Roma, due foggie di preti, il bianco ed il nero, simboleggiarono distintamente la chiesa novella e la antica, le superstizioni del passato e la fede dell'avvenire.

I preti della chiesa riformata vestirono la tunica bianca come gli antichi leviti. I settarii del *non possumus* mantennero il loro abito nero, fatto più sudicio e più lugubre.

Poco ci occuperemo degli avanzi sdrusciti della Curia romana, sopravvissuti all'ultimo papa di Carpentras, all'ultimo Lamoricière della Vandea. Nell'anno 1977 le statistiche del *Monde* e dell'*Union* si gloriavano di poterne contare venticinque in tutta Europa.

Il prete riformato, il prete bianco, era l'incarnazione più pura del progresso del secolo. Per lui l'Europa si era unificata anche nel pensiero religioso. Il Cristianesimo contava sulla terra settecento milioni di credenti.

Un vangelo che si riassume nel sublime precetto: *non fate agli altri ciò che non vorreste fosse fatto a voi, perdonate, amate,* non poteva tradursi nell'osservanza generale che in un'epoca molto civile e illuminata. I secoli ignoranti inneggiarono a Cristo senza comprenderlo. La superstizione, l'idolatria, il fanatismo tennero luogo del culto morale. Era tempo che il cristianesimo riprendesse la sua alta missione libera e umanitaria. Era tempo che una convinzione illuminata si sostituisse al cieco entusiasmo, per proclamare questa verità incontestabile—che un Dio sapiente e benefico non potrebbe dare alla umanità un codice più santo del vangelo.

Il prete bianco divenne apostolo, fratello, consolatore della umanità.

I templi, consacrati esclusivamente alla predicazione ed alle assemblee, rinunciarono alle pompe idolatre. Le cerimonie del culto si celebrarono a porte chiuse. I sacri bronzi, annunziando la preghiera del levita, trasmettevano al popolo la benedizione, del Dio che è dappertutto.

I leviti erano pochi, ma esemplari di moralità e di abnegazione.

Non era ammesso al sacerdozio chi non avesse compiuti i trent'anni.

Il matrimonio *spirituale* era permesso ai leviti. Si associavano alla donna per avere in essa una ispiratrice, un'emula di virtù e di sacrifizio, per adoperarla nelle missioni più dilicate e più ardue di carità e di consolazione.

Ma voi non conoscete la donna dei nuovi tempi! Voi non potete figurarvi questo angelico tipo dell'*Eva redenta*, che tanto più si sublima quanto più i nostri padri la vollero degradata!

La sorveglianza tiranna è abolita.—E tu pure, o vivace farfalla dalle candide ali, esci dalla tua prigionia secolare; percorri liberamente il giardino del creato; inebbriati di luce e di profumi, raccogli il fiore che ti sorride, e, santificato da' tuoi baci, chiudilo nel tuo seno palpitante!

Povera fanciulla!—Aspettare, desiderare, morire…! tale la legge infame degli uomini antichi, de' tuoi oppressori brutali. Per sottrarti a quella legge, a te non si apriva che una via, una via disperata, tremenda—gettarti nell'abisso delle colpe, annegarti nel materialismo e nell'onta.

Tu non potevi esprimere al giovane amato le forti concitazioni de' tuoi sensi. La tua giovinezza si consumava in disperati desiderii.

Venivano cinque… venivano venti… ma egli non veniva!… Che fare?… Morire senza amore, o prostituirti al libertinaggio o, peggio ancora, immolarti in connubii legittimi e nefandi.

Oggi, colle tue note più vergini, tu canti l'amore alla gran luce del sole. Nessuno ti terrà disonorata!

Le scienze e le arti hanno cessato di respingerti. Al contrario, esse ti invocano. Le infermità reclamano la tua mano leggera ed amorosa, i tuoi farmachi ispirati. Il dolore domanda i tuoi sorrisi, i tuoi pianti. La colpa aspetta l'assoluzione della sacerdotessa *immolata*!

Due vie ti schiude la bellezza, non avventurose del pari, ma ugualmente onorevoli e benefiche.—L'uomo o l'umanità, l'amore o il sacrifizio.

Quale sarà la tua scelta?...

A tale domanda io mi sento invadere da un dubbio affannoso...

Via! rispondiamo una volta a tutte queste ansie, a queste perplessità dello spirito!

Lo scenario è compiuto—le tinte locali son date—la ribalta è abbastanza illuminata—il *coro* ha recitato il suo prologo.

È tempo che i personaggi principali si mettano in azione.

CAPITOLO X. UNA SENTENZA DI MORTE CIVILE.

Trasportiamoci sulla piazza della cattedrale di Milano, nel giorno 15 agosto dell'anno 1977.

Da soli tre mesi fu ridotta a compimento la magnifica facciata del tempio; da soli tre mesi, nella vastissima piazza, larga tre miglia quadrate, auspice il Proposto Terzo Berretta, la *famiglia* dell'Olona ha solennizzata la *Nuova Pasqua delle genti*.

Ed oggi il funebre squillo della *campana di Giustizia* richiama i cittadini nella piazza per assistere ad una cerimonia lugubre, alla condanna di un gran delinquente, cui giusta il *Codice di redenzione* è riservata la pena della morte civile.

Allo scoccare dell'ora sesta, una folla di duecentomila persone si estende dalla gradinata del tempio fino alla estremità della contrada *Santo è il Lavoro*, che termina all'*Arco della Pace*.

Non una donna fra tanta moltitudine.

Questa elettissima parte dell'umana famiglia è dispensata dall'intervenire alla triste cerimonia.—Nell'anno 1977, una donna che spontanea assistesse a tale spettacolo sarebbe disonorata.

La creatura nata per amare, benedire e compiangere, non deve assistere ai sacrifizii inesorabili della legge.

Ma silenzio...! L'ora giuridica è suonata... L'esecutore della legge ha tolte le cortine che coprivano il *palco d'infamia* elevato a poca distanza dalla cattedrale... Il colpevole, vestito di gramaglia, le ginocchia strette di catene e il volto velato... deve udire la sentenza...

I magistrati, i savii, gli anziani del popolo, che seggono nelle tribune laterali, si levano in piedi, si scoprono il capo... Le porte del tempio si spalancano. I sacerdoti preceduti dal gran Levita si schierano sulla gradinata, giungendo le mani in atto di preghiera.

Un colpo di cannone annunzia ai presenti ed ai lontani fratelli dell'Olona che il banditore della giustizia è salito sulla *torre* e sta per proferire la sentenza...

La coscienza del dovere ha imposto silenzio alla folla... Duecentomila persone ammutoliscono... al primo cenno della legge.

Qual è dunque la voce potente, che si propaga dall'un capo all'altro della città, come eco di tuono?

Il banditore della giustizia parla dalla *tromba elettroeufonica*, che ha facoltà di centuplicare il volume dei suoni...

L'Angelo dell'Apocalisse potrebbe servirsi di quella tromba per evocare i morti al giudizio finale.

Ascoltiamo la voce del banditore:

«A me, Federico Manfredi, banditore del Tribunale di Giustizia nella famiglia centrale dell'Olona, incombe il triste ufficio di partecipare ai presenti ed ai lontani, ai cittadini d'Italia e di tutta la *Unione* Europea, nonchè agli abitatori delle altre parti del globo che a noi si legarono o fecero solenne adesione ai nuovi patti sociali e politici dell'*Era di Redenzione*, qualmente all'*adulto* fratello Secondo Albani, reo, confesso e convinto di parricidio, dietro sentenza concorde dei trecento consiglieri giurati, e il voto dei savii e degli anziani del popolo, sia decretata la condanna suprema della morte civile.

«Le sagge riforme del Codice, le benefiche istituzioni civili e i tanti provvedimenti umanitarii introdotti nella famiglia sociale, resero il delitto meno frequente. Da quattro anni il nostro Tribunale di Giustizia non ebbe a giudicare alcun individuo imputato di assassinio. Ma pur troppo alle leggi e alle savie istituzioni sociali non è concesso mutare la natura dell'uomo. Il progresso ha temperato gli istinti, raddolciti i costumi; ma il germe del male, inerente alla creta viziata, non può a meno di svilupparsi in qualche individuo, e produrre il misfatto.

«Finalmente, oggi abbiamo a deplorare una anomalia di tal genere. Secondo Albani, l'adulto ventenne, che oggi vediamo relegato sul palco dell'infamia, sospinto da una passione indomata, acciecato dall'ira, trafisse di propria mano l'autore de' suoi giorni. Le circostanze del fatto constatate e determinate da giudici incorruttibili, stanno scritte nel resoconto che da tre giorni venne sottoposto al pubblico sindacato nel *Diario del dipartimento*. Nessun difensore essendosi presentato innanzi l'ora prefissa dalla legge, è ritenuto che la coscienza pubblica abbia facoltà di confermare la sentenza del Tribunale. Da questo momento la condanna di Secondo Albani è divenuta irrevocabile.

«Ed ora mi rivolgo a te, fratello reietto; e bada che la mia voce è la voce di tutta l'umanità che grida anatema sul tuo capo.

«In epoca non lontana che con stolida jattanza intitolossi civile, l'assassino era condannato a morire per mano del carnefice sulla piazza, al cospetto di un popolo, che assisteva a quella scena di sangue come a spettacolo giocondo. Il delitto punito col delitto, in luogo di moralizzare le masse, le abituava al ribrezzo dell'orribile vista. Il popolo fu veduto ammirare ed applaudire al cinismo del condannato.—Sul palco di morte il delitto parve circondarsi di un'aureola gloriosa—la vittima fu compianta, il boia imprecato.—E nondimeno, a quell'epoca, molti eminenti legisti facevano l'apologia della forca. I più miti, riconoscendo l'immoralità del supplizio, lo dissero terrore indispensabile a reprimere istinti feroci.—Non avrei evocate le memorie dei barbari tempi, se non fosse rarissimo il caso in cui il *Tribunale di Giustizia* debba applicare ad un grande colpevole gli estremi rigori del *Codice di redenzione*.—È necessario che al fratello del reietto, e a tutta la famiglia che mi ascolta, io ricordi in che consista la pena della morte civile, e come debbasi applicare, e quali sieno quindi innanzi i soli rapporti possibili fra il condannato e la società che lo respinge dal suo grembo.

«A te dunque, Secondo Albani, da questo momento è tolto il diritto di portare il nome de' tuoi avi e dei tuoi congiunti di sangue, perocchè non è giusto che tu abbia cosa veruna di comune con uomini onesti e rispettati.

«Il titolo di *Secondo*, a te conferito nel *giorno dell'adolescenza*, per stimolarti all'emulazione di un padre benemerito della umanità, verrà trasmesso fra due giorni al minore fratello, cui rimarrà il privilegio di portarlo e trasmetterlo al figlio primogenito.

«Per cinque anni e un giorno dovrà cessare ogni comunicazione fra te e il resto della umana famiglia. Non potrai soggiornare oltre ventiquattro ore in una città o circondario, nè penetrare nelle case dei fratelli che ti hanno reietto, nè assiderti alla mensa de' tuoi simili, nè profittare di alcun istituto pubblico, nè viaggiare coi veicoli della *Unione*, nè servirti di cosa veruna che appartenga alla Comunità degli uomini.

«I tuoi fratelli, a qualunque famiglia appartengano o circondario o dipartimento della grande Unione Europea e delle altre comunità che adottarono il *Nuovo Codice*, non ricambieranno con te un saluto nè una parola quando ti incontrino pel loro cammino. Passerai fra le genti come un'ombra invisibile, come larva di un uomo che ha cessato di esistere.

«E perchè tutti ti riconoscano, e nessuno per inscienza o inavvertenza possa opporsi ai voti della legge, l'Esecutore della Giustizia ti imporrà il *collare di riprovazione*, che tu porterai al collo per cinque anni ed un giorno fino ad espiazione compiuta. L'esecutore di Giustizia sarà tenuto a conservare la chiave di detto collare, che egli stesso discioglierà in questo luogo medesimo, al cospetto dei magistrati e del popolo, quando, esaurita la condanna, tornerai all'amplesso dei fratelli.

«Trascorsi i cinque anni ed un giorno, se, per malattia, o per altre circostanze indipendenti dal tuo libero arbitrio, tu non fossi in grado di tornare in questo luogo stesso per ricevere l'assoluzione della famiglia; in qualunque Dipartimento, o Circondario della Unione Europea, avrai diritto di invocare la *risurrezione morale*, che ti verrà prontamente accordata, in dipendenza al messaggio telegrafico che oggi si trasmette a tutti i Tribunali di Europa determinante il tempo e la durata della tua condanna.

«Trascorsi i cinque anni ed un giorno, dacchè l'esecutore della Giustizia ti abbia levato il collare di riprovazione e i fratelli ti abbian reso l'amplesso del perdono e dell'oblio, tu riprenderai il tuo nome di casato, sopprimendo il titolo onorifico che ad altri venne trasmesso. Da quel momento verrai riammesso al libero esercizio di tutti i diritti—tu sarai puro ed onorato al cospetto degli uomini come al giorno della tua nascita. Noi confidiamo nella saviezza del popolo, perchè i voti della legge vengano esauditi. Quegli stessi che oggi si allontanano dal condannato, troncando ogni rapporto con lui, e cooperando per tal modo alla espiazione della orribile colpa, fra cinque anni saranno i primi ad abbracciare il redento e ad accoglierlo come fratello.

«Ed ora, o parricida, la tua espiazione incomincia. L'esecutore del Tribunale faccia l'opera sua. Al terzo squillo di tromba, la piazza sia sgombrata dal popolo—sulla *Via della Misericordia*, che il condannato dovrà percorrere per uscire dalla città, non veggasi persona;—tutte le finestre e le porte dei palazzi si chiudano.—Giorno di lutto è codesto, e gravissimo lutto per l'umanità! Un fratello è morto alla vita civile!»

Le parole del Banditore furono obbedite. Appena le trombe mandarono il terzo squillo, i cittadini silenziosi e commossi abbandonarono la piazza.

Era triste spettacolo.—Le tribune e le logge nello spazio di pochi minuti rimasero vuote.—I magistrati, i savii e gli anziani erano scomparsi... I cittadini pei larghi sbocchi delle vie si disperdevano, affrettando il passo come a fuggire un luogo di desolazione. Sulla piazza deserta, poco lungi dal tempio, non rimaneva che un solo essere vivente— e questi, curvato, immobile, incatenato al palco di infamia, dominava la vasta solitudine, simile ad uno di quei neri fantocci che i contadini pongono a guardia dei campi.

L'Albani, durante la tremenda cerimonia, aveva provato tutti gli spasimi dell'agonia morale. Atterrito dal silenzio e dalla solitudine, il condannato fece uno sforzo per sollevare la fronte... aperse gli occhi... Poi, ricurvando la testa, ruggì coll'accento della disperazione: «Tutti dunque mi hanno abbandonato!»

—Non tutti!—rispose una voce melodiosa e soave come la voce di un angelo.—Non tutti! Gli uomini hanno sentenziato nella giustizia, ma Dio viene a te nella misericordia!

E l'uomo che parlava di tal guisa, posò la mano sulla spalla del condannato: e questi rianimandosi, levò di nuovo lo sguardo, e vide un giovane levita, coperto di bianche vesti, che con affettuosa pazienza si adoperava a rimuovergli le catene.

—Coraggio, fratello mio!—proseguì il sacerdote...

—Voi mi chiamate fratello?—mormorò l'Albani ricurvando la testa.

—Io solo ho questo diritto; è un santo diritto, che mi accorda l'altare, che il tribunale degli uomini non potrebbe contendermi. Al condannato, al reietto dalla umana famiglia, la Chiesa accorda un fratello, un compagno di pellegrinaggio, perchè sostenga il paziente sul cammino della espiazione. Questo incarico di sublime pietà venne a me accordato dal grande Levita, ed io gli resi grazie—e il mio cuore esulta di trovarmi teco.—Sorgi dunque! sorgi, cristiano fratello, appoggiati al mio braccio—noi procederemo insieme o insieme cadremo.

L'Albani si levò macchinalmente, e discese i gradini del palco sorreggendosi al braccio del giovane sacerdote.

Attraversarono a lenti passi la *Via della Misericordia*. Il bianco levita, colla bisaccia sulle spalle, un largo cappello in testa, e un bastone di giunco alla mano, era costretto di soffermarsi ad ogni tratto perchè il compagno riprendesse lena. La lunga via era affatto deserta, le finestre e le porte serrate, la solitudine resa più tetra dalle ombre crepuscolari.

Dopo un'ora di cammino, i due pellegrini si trovarono lunge dalle case, all'aperta campagna. Le ombre si eran fatte più dense—la *Stella d'Amore* spuntava nel firmamento.

I due viandanti udirono uno squillo lontano—entrambi si fermarono.

—Fratello!—disse il levita—è l'ora di benedizione! Questo suono tu devi conoscerlo. In questo punto tutti i tuoi fratelli piegano il ginocchio, e ringraziano Dio colla preghiera del cuore che in parole non si traduce. Il gran levita dalla torre del tempio inaccessibile, stende la mano a benedire tutti i figli della terra… Inginocchiati, o fratello!

L'Albani piegò le ginocchia—un tremito convulso gli scosse le membra—indi proruppe in uno sfogo di lacrime.

Quand'egli levossi per riprendere il cammino:—Ho sentito la voce di Dio!—esclamò l'Albani con accento rassegnato:—io avrò forza per compiere il duro pellegrinaggio… Espierò la mia colpa… rivivrò nella stima e nell'amore dei fratelli… purchè voi non mi abbandoniate!

—Abbandonarti!—esclamò il levita colla sua voce d'angelo—qual altra missione può avere il sacerdote di Cristo fuori quella di portare la croce degli infelici, di perdonare e di redimere?

I due viandanti si abbracciarono, e di nuovo si posero in cammino.

FINE DEL PROLOGO.

IL DRAMMA STORICO

CAPITOLO I. CINQUE ANNI DOPO.

La notte del quattro settembre 1982, da un magnifico palazzo posto nelle vicinanze dell'*Antico giardino* uscivano tre giovani donne—Luce, Viola e Fidelia—tre tipi di quell'angelica bellezza, che l'amore cosmopolita aveva creato da pochi anni rigenerando la specie umana.

—Oh! finalmente si respira!—esclamò Fidelia, la più giovane delle tre.—Se l'ora non fosse tanto avanzata, io proporrei di fare una gita fino al *Larietto* per vedere gli apparecchi della gran macchina.

—Non sono che dieci ore e mezzo—disse la Viola.—Affrettiamo il passo.

—Oh sì! andiamo!—soggiunse Luce.—Ho proprio bisogno di correre un poco su questi tappeti d'erba. La seduta di questa sera fu lunga fino alla noia... Figuratevi ch'io sono entrata al *Circolo delle sorelle* prima delle quattro! In verità, io non credeva di aver tanto coraggio civile da reggere ad una discussione di sei ore e mezzo.

—Dunque?

—Dunque! spieghiamo le ali... e via! Hai tu uno zigaretto, mia buona Fidelia?

—Io ne tengo dei famosi, a me regalati da Speranza, mia sorella d'amore.

—Zigari alla Rosa?

—Meglio!

—Alla vaniglia!

—Meglio ancora!

—Al gelsomino?

—Fatene la prova, e giudicate.

E Fidelia si levò dalla tasca un astuccio elegante, dal quale estrasse alcuni zigari bianchi come avorio, che distribuì alle compagne.

Non appena le donne ebbero appressata alle labbra la foglia profumata e sciolto con legger tocco dell'ugna il *nodo fiammifero*, proruppero in una specie di ovazione.

—Delizioso!

—Inebbriante!

—Tutti i sapori dell'ananasso!

—Tutti gli aromi della terra benedetta!

—Questi zigari—disse Fidelia—si fabbricano alle Canarie colla foglia della *Fragola vergine*, detta *arbusto del paradiso*. Il Parlamento della Confederazione ha deciso che in tutti i dipartimenti di Europa venga piantato quell'arbusto, ed ha votato una somma ragguardevole per incoraggiare i coltivatori, accordando la privativa di smerciare i nuovi zigari a duemila *società anonime*. Lo zigaro della *fragola vergine* è dotato di speciali prerogative, ed esercita un'azione benefica sul cuore, moderandone i trasporti. A quanto pare, esso verrà adottato negli stabilimenti di educazione femminile, a preferenza della rosa e della vaniglia, che pure hanno tanto giovato a raddolcire gli istinti.

—E chi è l'inventore?

—Franco Dolosias, un giovane di circa ventisette anni, del Dipartimento di *Portogallo*.

Luce cavò di tasca un portafogli, e soffermandosi al piede di una *stella elettrica*, scrisse il nome del giovane, dicendo alle compagne:

—L'inventore di questo zigaro deve avere un'anima gentile.—Nelle antiche poesie di Prati Secondo ho letto che la donna allora soltanto potrà dirsi rigenerata, quand'ella avrà succhiato tutti i profumi dei fiori.

—Il Prati ha dimenticato di qualificare i suoi fiori. Pur troppo ve n'hanno di velenosi che rappresentano la essenza del male.

—Hai ragione, Viola; ma il poeta ha forse omessa la distinzione per necessità del verso e della rima. Prati Secondo ha vissuto in un'epoca, che avea ridotta la poesia ad un frivolo giuoco di accenti e di echi. Pure il suo concetto è abbastanza trasparente. Iddio ha posto nel mondo animato gli elementi del male e del bene, spargendoli in tutti gli oggetti visibili ed invisibili, nell'aria, nelle piante, in seno alle onde, perfino nelle intime viscere della terra. Che ha fatto la creatura ragionevole, in luogo di seguire gli istinti che la conducono verso l'utile e il buono? Passando da errore in errore, da abisso in abisso, ella si ridusse al punto da imprecare al Creatore, e da affrettare co' suoi voti il cataclisma. Un branco di scellerati divenne padrone dell'umanità imbecillita, e per dominarla eternamente, la governò colla legge del male fabbricando su quella il despotismo, che durò molti secoli. Quando io penso che il despotismo ha inventato la galera e la forca prima di stabilire il *Diritto all'esistenza*, debbo credere che le generazioni precedenti alla nostra non fossero al mondo che per espiare un delitto. Possiamo noi leggere le storie del passato, senza provare una specie di ribrezzo per coloro che ci hanno preceduti? Eppure noi vediamo che i pochi fautori dell'era antica, coloro che in giovane età succhiarono la corruzione, oggi non sono in grado di comprendere il bene. Essi hanno nel sangue il veleno, ereditato dai loro antenati. La loro essenza non è la nostra—e il *Codice di redenzione* fu ispirato da somma giustizia quando stabilì maggior mitezza di pena pei delinquenti nati prima del 1925.

—Vero! vero purtroppo!—esclamò Fidelia con voce commossa,—I nostri padri sono molto diversi di noi! Bisogna compatirli e rispettarli nei loro pregiudizi, pensando che essi ci hanno preceduti sul cammino della libertà, ch'essi hanno fatto sforzi da giganti per rimuovere quella diga secolare che stava fra le due grandi epoche dell'umanità.

—Ciò che io trovo inconcepibile—proseguì Luce è che molti dell'*Era vecchia*, mentre riconoscono i grandi progressi di questi ultimi tempi, la saggezza delle nuove istituzioni, la squisitezza dei nuovi trovati, non solo rimpiangono sovente il passato, ma non possono interamente rinunziare alle orribili abitudini contratte nella loro gioventù. Mio nonno, cui sono riuscita colle dolci violenze della persuasione e dell'amore a rendere graditi gli zigari alla rosa, che egli per molti anni trovò detestabili, ogni mese riceve dalle Antille una cassetta di zigari alla foglia di tabacco fabbricati da una società anonima di Ottentotti. Dippiù egli ha pagato dodicimila *lussi* per avere mille pacchi di certi fuscellini neri e puzzolenti, di cui si trovarono alcune casse negli scavi dell'antico *Foro Bonaparte*.—Mio nonno si fuma ogni giorno uno di quegli orribili fuscellini, e li trova deliziosi, e dice che noi abbiamo torto di fuggire di casa quando egli ci ammorba di quella puzza insopportabile.

—Oh! pur troppo li ho conosciuti anch'io i fuscellini di tuo nonno! Fortunatamente mio padre ha esaurito la sua provvista, e n'è disperato.—Ogni qualvolta io sento dire che in città vien proposta la demolizione di qualche antico monumento, pensando al pericolo di vederne uscire quella peste, mi viene la pelle d'oca!

—Eppure quelli erano i famosi zigari Virginia, croce e delizia del secolo passato!

—Ora giudicate se la natura umana doveva essere viziata a quei tempi!—L'altra sera, conversando con maestro *Umbold quarto*, io gli ho proposto la questione se sia presumibile che nel secolo passato i fiori avessero colori, fragranza od altra proprietà che in oggi non hanno; non potendo io concepire come i nostri avi abbiano potuto deliziarsi nel fetore dei loro tabacchi!—Le leggi di natura sono immutabili—mi rispose il maestro—perchè sono perfette. Ai nostri padri come a noi la primavera offeriva ogni anno le sue rose olezzanti, i ligustri, le viole, i gelsomini... Il profumo del bene esalava dai campi, si spandeva nell'aria e penetrava nelle cose dell'uomo, per adescarlo a seguire il buon cammino—e l'uomo aspirava l'infezione del tabacco, e si avvelenava il sangue e l'intelletto coll'absinzio e coll'acquavite.

—E credi tu, Viola, che a quei tempi esistesse la santa virtù che si chiama l'amore?

—Io credo che l'amore abbia sempre esistito nel mondo—e che a lui si debba ogni sviluppo delle umane perfezioni. Io mi sento orgogliosa di essere donna—perchè ritengo che, nei barbari tempi dell'abbrutimento universale, la donna abbia sempre conservata e alimentata la favilla della carità. Quando tutte le case erano ammorbate di tabacco, e tutti gli uomini imbestialiti nella crapula, o peggio ancora, mummificati dall'egoismo, o fatti macchina dalla cupidigia dell'oro—tutta la poesia del creato si rifugiava nel cuore di poche donne, angioli predestinati al martirio, che viveano per amare e morivano per aver troppo amato.

—Oh! io non avrei potuto amare quei rozzi e balordi animali d'allora—disse Fidelia ridendo.—Ti giuro, o sorella, che se io fossi vissuta nel secolo scorso, piuttosto che lasciarmi baciare da un uomo... Che orrore! Uomini che all'età di trent'anni non avevano più denti in bocca, nè capelli sulla nuca!

Questa ingenua sortita di Fidelia portava la conversazione sopra un tema favorito. Ragionando di quella misteriosa e gentile aspirazione dei giovani cuori, di quel bisogno imperioso dei sensi che è l'amore, le tre donne divennero eloquenti.

CAPITOLO II. AMORE.

La notte era limpida e serena—il cielo sfavillante di stelle—l'aria imbalsamata. Mille augelletti canori, da poco tempo climatizzati in Europa, svolazzavano tra gli alberi odorosi, tolti alle vergini foreste americane e trapiantati nell'ampio giardino. I vivaci colibrì dalle ali di fuoco precedevano le tre donne, formando sul loro capo una nuvoletta dorata. Tutta la poesia del creato si rifletteva in quei giovani cuori, fecondando i germogli della più sublime, della più santa passione. La voce, la parola, l'accento di quella conversazione era una musica divina, nella quale si fondevano tutte le armonie misteriose della natura.

Presso l'*Arco della Pace* le tre donne fecero sosta. Il lago era a poca distanza, e i gruppi dei lavoratori e dei passeggieri che si dirigevano a quella volta, divenivano frequenti.

—Mutiamo argomento—disse la Viola, trattenendo le compagne.—Qualche profano dell'antica razza potrebbe udirci e burlarsi di noi. Non esponiamo le cose sante al ludibrio dei pervertiti.

—Noi ci siamo slanciati per una via di fiori; abbiamo discusse le illusioni, i sogni gentili della vita, ma nulla abbiamo concluso.

—La sola conclusione possibile—disse la Viola—è che nell'era antica l'amore fu riguardato come un piacere, mentre il piacere non è nell'amore che un modo di manifestazione ed un complemento.

—Io credo che nessuno sia in grado di definire l'amore—disse la Viola—o piuttosto che ciascuna donna lo senta diversamente, secondo l'indole propria e l'educazione degli eventi. Per me l'amore è desiderio.

—L'amore è sacrifizio!—soggiunse Luce.

—L'amore è perdono!—sospirò Fidelia.

E in quel punto una voce vibrata e sonora ripetè le parole della fanciulla, e un giovane di bellissimo aspetto uscì da un cespo di dalie, e mosse incontro a Fidelia stendendole la mano.

Le tre donne trasalirono di sorpresa. Ma gli occhi di Fidelia furono attratti da forza magnetica verso lo sconosciuto—le due mani s'incontrarono—e un fremito di voluttà corse rapidamente dall'uno all'altro cuore. Quel fremito era la parola misteriosa dell'amore, il muto linguaggio delle anime, che l'una all'altra si rivelano.

—Adulto!—disse la Viola allo sconosciuto—noi non possiamo intratterci o camminare in vostra compagnia, se prima non abbiate adempiuto alla legge di *ricognizione*.

—Dispensatemi dal palesare il mio nome—rispose il giovane.—Una sola di voi ha il diritto di conoscerlo... ella che diceva poco dianzi: l'amore è perdono.—Quanto alle mie qualifiche, vi basti sapere che io sono l'inventore della nuova macchina per la pioggia artificiale che domani verrà esperimentata al cospetto dell'universo.

—Voi... il nuovo benefattore dell'umanità!—sclamò Fidelia con entusiasmo.—Voi, l'inventore della macchina che ha destato la meraviglia del mondo!

—Pur troppo io sono quello sventurato!—rispose il giovane con voce commossa. E in quel punto il volto del giovane si coperse di pallore, e una ruga gl'increspò leggermente la fronte.

Luce e Viola si ricambiarono una occhiata significante, poi rivolgendosi a Fidelia:—Vanne,—le dissero,—la pietà accompagni il dolore. Quest'uomo aveva bisogno della confessione, e Dio gli ha mandato il suo angelo!

Fidelia baciò in fronte le amiche, e preso per mano il giovane addolorato, si diresse con lui verso la spiaggia del lago.

—Chi lo crederebbe?—disse Viola alla Luce, seguendo con lo sguardo i due che si allontanavano.—Quest'uomo da oltre venti giorni riempie il mondo della sua fama; domani, per assistere all'esperimento de' suoi meravigliosi meccanismi, dai confini più remoti della terra converranno a Milano tutti i primati dell'intelligenza. Più di tremila areostati sono già scesi quest'oggi all'arsenale di Corsico—la *Casa di ospitalità* dell'antico *Foro* ha già ricoverato ventimila forestieri,—domani prima di mezzogiorno arriveranno i tre palloni smisurati del dipartimento Russia, e la grande arca Americana della forza di cinquecento aquile... Tutti i veicoli della Unione saranno in moto per trasportare passeggieri—le viscere della terra fremeranno per elettrico impulso negli scambi della grande novella... Ed ecco: l'uomo che ha dominato gli elementi, che ha sconvolto l'ordine della natura fisica; l'uomo che domani sarà idoleggiato da tutta la famiglia umana, non può emanciparsi dalla tirannia del dolore, non può con tutti gli sforzi della sua volontà e della sua intelligenza sospendere anche per un momento il battito delle proprie passioni. Sarebbe mai vero il paradosso propugnato dalla nuova setta dei Ginevrini, che l'umanità progredisce a scapito degli individui?...

Per giungere al lago, Fidelia e il suo giovane compagno avevano attraversato una folta selva di pini. Uscendo all'aperta, uno spettacolo meraviglioso si presentò al loro sguardo, spettacolo affatto nuovo per la giovinetta, che arrestossi sospesa sulla punta dei piedi, immobile come la statua dell'ammirazione.

Le acque erano sparite—una immensa lastra di metallo ne copriva la superficie, formando sovr'esse una cupola lucente, dal cui centro usciva una piramide colossale, gigantesca, immensurabile, la cui estremità superiore si perdeva negli oscuri spazi della notte.

La torre di Babele è dunque riedificata? E Iddio ha permesso agli uomini del ventesimo secolo di stabilire una comunicazione fra la terra ed il cielo? E perchè non ha egli punito, come in altri tempi, questo sacrilego attentato della superbia umana?

La favola di Babele non è certo la meno immorale delle tante immoralità delle Genesi.— Iddio non può punire quel provvidenziale istinto della azione che è nella mente della umanità. Oggimai nessuno può disconoscere questo vero immutabile. Rimescolare la materia, agitarla, trasformarla, tale è la missione dell'uomo. Orgoglioso, superbo fino a credersi onnipotente, l'uomo non cesserà mai da questa lotta gigantesca che aspira al perfezionamento e forse conduce alla dissoluzione. Il Titano schiacciato non cesserà di agitare i suoi massi, di accumulare i macigni per salire fino a Dio—perchè egli sente di aver qualche cosa di comune con Dio: l'intelligenza e lo spirito creatore!

CAPITOLO III. I TERRORI DEL GENIO.

—Giovinetta—disse l'adulto coll'accento dell'entusiasmo—l'estasi del vostro volto, l'eloquenza del vostro silenzio mi compensano di cinque anni di patimenti!

—Perdonate al mio egoismo—disse Fidelia, riavendosi dallo stupore.—Ammirando la vostra opera, ho dimenticato i vostri dolori.

—E anch'io li dimentico in questo momento, e siete voi che me li fate obliare!—Prima che l'uomo vi confidi le pene del cuore, permettete che l'artista profitti di questo breve entusiasmo, per rivelarvi le creazioni del suo genio. Questo grande meccanismo che domani verrà posto in azione, io l'ho concepito da oltre cinque anni, nell'estate del 1976, quando una siccità desolante avea costretti buona parte dei cittadini ad emigrare in paesi lontani. Un avvenimento terribile... mi vietò di presentare il mio progetto alla Commissione dei *Primati dell'intelligenza*... E forse fu pel meglio... E l'uomo, che a quei tempi mi sconsigliava dal tentare il voto della Commissione, era forse ispirato dalla saggezza e dall'amore. Ma rifuggiamo da queste ricordanze... Pur troppo esse non danno mai tregua al mio spirito, e fra poco io sarò costretto a dividerne con voi l'amarezza. Cinque anni di aspettazione e di meditazione modificarono in diverse guise il mio progetto, finchè, ridotto e semplificato col soccorso di nuove scoperte, riuscì tale da venire *ammesso all'esperimento* con milleseicento voti favorevoli e quattrocento contrari. La più grande difficoltà del meccanismo stava nel produrre l'ebollizione del lago—ed io spero averla superata, risparmiando le materie combustibili, e derivando il calorico dal sole cogli specchi ustorii di Archimede, riprodotti e perfezionati dal secondo Volta. Questo immenso coperchio di metallo, che si estende alla superficie del lago, chiudendo ermeticamente le acque, non ha che un solo sfogo, la torre gigantesca del centro, dalla quale usciranno i vapori condensati dalla ebollizione sospinti da forza violentissima all'altezza di tremila metri. Gli specchi ustorii verranno posti in attività verso le undici antimeridiane—ho calcolato che, in meno di tre ore, passando pei duecento conduttori che si elevano dalla circonferenza del lago, il calorico si propagherà alle acque, producendo l'ebollizione. Oh quanto mi tarda di udire il brontolìo delle onde commosse!... di vedere una bianca nuvoletta spuntare dalla piccola valvola, e sfumare leggera leggera nell'orizzonte!... Perocchè—lo dico a voi, o fanciulla, a voi sola che avete un'anima per comprendere i dolori e i terrori della vita—io non sono pienamente rassicurato sull'esito dell'opera mia... Io temo che qualche ostacolo impreveduto, qualche fatale combinazione atmosferica, qualche forza fisica da me obliata si interponga fra il concepimento e l'effetto... Temo altresì che la giustizia di Dio mi attenda al varco fatale per intercettare colla sua mano onnipotente l'opera del peccatore!...

—Oh! non dubitate!—esclamò Fidelia coll'accento della convinzione.—Il genio emana da lui, ed egli non lo dona perchè vada sprecato. La vostra opera fu concetta nel desiderio del bene, e ciò che è buono è benedetto da Dio! Ormai non ho bisogno di altre spiegazioni. Contemplando da questo luogo i meravigliosi apparecchi, io già mi figuro il grande spettacolo che deve aver luogo domani. Le acque ribollono come per incanto... I vapori si concentrano nel vasto serbatoio... Al cadere del sole, voi aprite le grandi valvole—una densa colonna di fumo, sospinta dalle trombe pneumatiche, si slancia verso l'orizzonte che in pochi minuti sì copre di nubi... Dalla città si leva un grido di ammirazione, e i vapori agglomerati e rinfrescati nelle alte regioni dello spazio, si sciolgono in pioggia abbondante!...

—L'angelo ha parlato; io non posso più dubitare dell'opera mia;—disse il giovane cadendo in ginocchio dinanzi a Fidelia, e baciandole un lembo della *tunica verginale.*— Ora che avete confermata la fede dell'artista, aggiungete, o fanciulla, un miracolo, rendete all'uomo la pace che egli ha perduto da molti anni!

—Alzatevi!—sclamò Fidelia quasi atterrita.—La pace viene da Dio, che la promette e la dona agli uomini di buona volontà.

—La voce della donna è la voce di Dio—proseguì il giovane coll'entusiasmo dell'ispirazione.—Io non leverò le mie ginocchia dalla terra, prima che voi abbiate risposto ad una domanda. Credete voi che un uomo, il quale un tempo si chiamava Secondo Albani, possa aspirare all'amore di una donna?

—Quale strana domanda!—sclamò la giovinetta, fissando gli occhi smarriti nel volto dello sconosciuto. Poi, non potendo indovinare il senso delle misteriose parole, stese la mano al genuflesso, e con voce commossa:—Sorgete—gli disse;—il nome che avete pronunziato è un suono affatto nuovo al mio orecchio; ma se voi siete l'uomo a cui desso appartiene, io lo scolpirò nel mio cuore per non dimenticarlo mai più.

—Voi dunque ignorate la triste storia del mio passato!...—proruppe il giovane levandosi da terra e premendo al cuore la mano di Fidelia.—Gli uomini sono migliori che io non credeva, poichè obbediscono alla *Legge di redenzione!* Ebbene, poichè le vostre parole mi hanno dimostrato che i fratelli non obliarono il dovere, anch'io avrò il coraggio di prevalermi de' miei diritti. A voi sola, per cui l'amore è perdono, a voi ho rivelato il nome fatale ch'io desiderava nascondere a a tutti. L'inventore della pioggia artifiziale, domani, dopo l'esperimento voleva allontanarsi per sempre da questa città che gli diè vita, per isfuggire ad una amara ricordanza, per involarsi ad una gloria che avrebbe ridestato nei fratelli un'eco di riprovazione. Ebbene, io rimarrò—io sfiderò i pericoli della celebrità—il mio nome allo spuntare dell'alba, verrà proclamato dai banditori—dirigerò lo stesso, alla prima luce del sole, i meccanismi preparati nelle tenebre... Voi non potete comprendere quanto vi sia di terribile nella mia risoluzione... Nulla oso dirvi in questo momento; ma domani a notte avanzata, quando tutto vi sarà noto, io sarò qui, tra gli spasimi del terrore e della speranza, tremante, convulso, ad aspettarvi sotto questo platano stesso, dove mi avete detto che il nome di Secondo Albani rimarrà eternamente scolpito nel vostro cuore. Se prima di mezzanotte voi tornerete a me per ripetermi le sante parole, allora avrò il coraggio alla mia volta di chiedervi qual nome abbia imposto il Signore all'angelo di redenzione.

In quel punto, dalla torre Garibaldi squillò il *richiamo delle vergini.* Era la prima volta, dacchè Fidelia avea compiuta l'*età dell'emancipazione,* che quel suono la sorprendeva fuori della casa paterna. La giovinetta in quella notte avea sorbiti i profumi inebbrianti dell'amore. Ma il tempo inesorabile e pedante non ha riguardo nè pietà per le anime innamorate. Lo squillo del richiamo troncò sul labbro di Fidelia una risposta che il giovane avrebbe pagato a prezzo di sangue.

CAPITOLO IV. IL DESPOTISMO DELLA LEGGE NATURALE.

—Che ho mai fatto!—esclamò la giovinetta riscuotendosi, e volgendo intorno lo sguardo smarrito.—Mio padre! Che dirà egli, mio padre, nel vedermi rientrare sì tardi?

—Tu sarai nella tua cameretta all'ora legale—disse una voce ben nota alla fanciulla.

—Oh! voi... mie buone sorelle!

—Presto! a venti passi dall'*Arco* c'è una stazione di *gondole volanti*—disse Viola, dando il braccio alla giovane amica...—In meno di tre minuti, prima che la campana abbia cessato di suonare, noi scenderemo alla porta del tuo palazzo.

L'agitazione di Fidelia, sopratutto l'accento di terrore ond'ella proferì il nome del padre, agghiacciarono il cuore del giovane innamorato. Non osò muover passo, non proferire una parola. Ma prima di allontanarsi, Fidelia volse a lui uno sguardo ed un addio, che equivalevano ad una promessa.—E mentre le tre donne si dileguavano per l'ampio viale, l'Albani sentiva nell'anima una voce soave ripetergli in mille toni melodiosi: io ti amo!

Presso l'*Arco della Pace*, le tre donne salirono in una *gondola volante*, che elevandosi rapidamente all'altezza di cento metri, si diresse verso la città con moto velocissimo. Luce, Fidelia e Viola, adagiate nella aerea navicella, sorvolavano alle piante ed alle abitazioni, come tre cherubini portati da una nuvoletta.

La campana del *richiamo* vibrava gli ultimi squilli, allorquando Fidelia, salutate le amiche, entrava negli atrii del palazzo paterno. Corse alla *sedia ascendente*, toccò il bottone dorato, e tosto, pel rapido agitarsi delle carrucole, tra il fremito armonioso delle corde vellutate, ella trovossi negli appartamenti superiori.

Le prime sensazioni dell'amore, i moti involontari dell'anima che sente la seconda vita, riflettonsi nel volto di giovane donna. Le guance di Fidelia erano bianche siccome l'alabastro, l'occhio radiante di nuova luce, le labbra voluttuosamente socchiuse. Un insolito abbandono, una melanconica rilassatezza in tutta la persona.—L'amore, che più tardi rinvigorisce e rigenera la donna, in sulle prime si annunzia coi sintomi della febbre.

Al leggero cigolio delle carrucole, che annunziava l'ascensione di Fidelia negli appartamenti superiori, due gravi personaggi mossero ad incontrarla nella galleria. Non appena la sedia ristette, l'un d'essi stese la mano alla fanciulla per aiutarla a discendere—l'altro, il più vecchio, arrestandosi a pochi passi dalla porta d'onde era uscito—figliuola mia, disse con voce severa, tu sai che io non amo di saperti in volta... ad ora sì tarda della notte... Fidelia non rispose.

—È l'ora legale—disse il più giovane dei personaggi...—Il *richiamo delle vergini* suona tuttavìa...

—Sempre da capo con queste vostre teorie della legalità!—proruppe il vecchio con accento di stizza...—Io rispetto le leggi, e mi adopero con tutto lo zelo per farle rispettare dalla famiglia; ma fra un padre ed una figlia i doveri ed i diritti non vanno misurati alle norme del codice. L'amore che io porto a Fidelia mi impone di ricordarle che l'aria della notte è nociva alla salute, e quand'anche non vi fossero per lei altri pericoli andando in volta ad ora sì tarda, questo solo basterebbe perchè ella dovesse piegarsi a' miei desiderii.

—Eravamo uscite un po' tardi dal *circolo*... Luce e Viola mi hanno invitata ad accompagnarle fino al *Larietto* per vedere gli apparecchi della macchina...

Fidelia articolava a stento le parole. Ella appoggiò il suo braccio a quello del padre, e tutti insieme entrarono nella sala.

—Figliuola mia—disse il vecchio assestandosi in un *pieritto*(3), mentre Fidelia si coricava sovra un divano di velluto—non vorrei che queste scappatelle notturne si rinnovassero troppo spesso... So che tu mi vuoi bene... Spero che la voce dell'affetto figliale in avvenire preverrà di due o tre ore il richiamo delle campane... Vedete, Gran Prestinaio; non vi pare che mia figlia abbia un viso da febbre terzana?

—Più pallida, più estenuata... difatti...

—Immaginate, cittadino Rolland, che sono stata ritta più di un'ora al medesimo posto, per udire la spiegazione dei meravigliosi meccanismi che devono produrre la pioggia artifizziale...

—E chi ebbe la fortuna di svelare i misteri della scienza ad un'allieva sì docile e sì gentile?—chiese Rolland a Fidelia.

—Oh! la fortuna fu tutta mia—rispose la giovinetta arrossendo—io non sperava d'incontrare sulla riva del lago un maestro tanto istruito e sapiente. Figuratevi che la spiegazione della meravigliosa macchina io l'ebbi dall'inventore...

—Tu hai parlato con quell'uomo!—esclamò il padre di Fidelia, balzando dal *pieritto*.—Tu dici d'aver parlato coll'inventore della macchina...!—ripetè il vecchio con voce corrucciata.

—Gran Proposto.—disse Rolland levandosi in piedi—moderate quei vostri trasporti dinanzi ad una fanciulla... Non vedete? voi la fate tremare!

—Fidelia! mia buona Fidelia!—riprese il vecchio dopo breve silenzio, accostandosi alla figlia e stringendole la mano con tenerezza.—Rispondi sinceramente al tuo vecchio padre: conosci tu il nome del giovine artista, col quale ti sei intrattenuta a conversare? T'ha egli nulla rivelato delle sue vicende... delle sue... sventure?

—Io non conosco la menzogna—riprese Fidelia con voce commossa.—L'inventore della pioggia artifiziale mi ha rivelato il proprio nome coll'accento straziante di chi confessa una colpa. Questo nome, che domani non sarà più un segreto per alcuno, io non ho difficoltà di ripeterlo a voi... Il giovane artista si chiama Secondo Albani...

—Egli ti ha ingannata, figliuola mia!—proruppe il vecchio con ira.—Colui non ha più diritto di chiamarsi Secondo, dacchè la legge lo ha condannato...

Ma il vecchio non potè compiere la frase... perocchè il Rolland, balzando in piedi, e intromettendosi fra il padre e la figlia:

—Gran Proposto!—disse con voce autorevole;—in nome di quella legge che tu, primo magistrato della famiglia Olona, devi affermare coll'esempio, io ti ammonisco che tu mancheresti al più sacro dovere di fraternità, accusando ed infamando un cittadino, che oggi è *puro ed onorabile come al giorno della sua nascita.*

—Io sono in casa mia, mastro Rolland. Nella libera cerchia del santuario domestico, fra un padre ed una figlia, ve lo ripeto, non può esservi altro codice che quello dell'amore.

—Con autorità di fratello vi ho ricordato un dovere—proseguì Rolland—ed ora fate ciò che la coscienza v'ispira. Badate che questa legge che voi chiamate di amore, non sia piuttosto un avanzo di pregiudizi ereditati.

Queste parole turbarono la fronte al vecchio Proposto. Rolland gli strinse la mano, uscì dalla *comune*, e abbandonandosi al pendio della *glissante*(4), scivolò sino agli atrii inferiori.

Il Gran Proposto fece uno sforzo violento sopra sè stesso. Per quella sera egli non proferse altre parole. Prese per mano la figlia, e, accompagnandola fin presso la *stanza delle rose*, prese commiato da lei col bacio del *buon sogno.*

Fidelia era vivamente commossa. Gli sdegni del padre, le parole concitate e interrotte, le strane proteste di Rolland, tutta la scena cui poco dianzi aveva assistito le riempirono il cuore di tristi presagi. Prima di coricarsi, ella si assise al cembalo magnetico e scorrendo colle dita sovra la tastiera di avorio, parlò alla sorella d'amore.

—Vegli, o Speranza?

—Veglio.

—Finalmente le rose diedero fragranza, ma le spine sono cresciute.

—Narrami la storia del tuo cuore—io chino l'orecchio sul cembalo per udire il melodioso canto della vergine innamorata.

La casa di Fidelia e la casa di Speranza erano disgiunte da tre lunghe contrade—ma le due donne conversarono fino all'alba colle oscillazioni del telegrafo. Per comunicare agli avorii le magnetiche parole, Fidelia raccoglieva tutte le forze dell'anima sospingendole colla volontà verso l'estremo delle dita. Gli occhi della giovinetta mandavano fiamme; le labbra oscillavano; i polsi tremavano convulsi per la pressione del fluido sospinto... E quando Fidelia, stanca da quegli sforzi violenti, reclinava la testa sul timpano sonoro, una musica soavissima le parlava allo spirito—una musica di consigli, di speranze e di benedizioni—la musica di un'anima sorella.—Il telegrafo magnetico di Terzo Bonelli riparava ai tanti peccati dei telegrafi antichi—traduttore fedele dell'anima, esso non poteva in verun modo trasmettere la menzogna.

CAPITOLO V. MENEGHINI PURO SANGUE.

Da tempo immemorabile, alla vasta città dell'Olona non erano affluiti tanti forestieri da tutte parti del mondo.

Nella casa di ospitalità dell'antico Lazzaretto, ove, fino dal giorno antecedente, han preso alloggio trentamila persone—nei quattrocento palazzi di ferro che gli Anziani della famiglia hanno fatto collocare nel Campo Ausiliario, non trovasi più una sola camera disponibile.—Tutti gli alberghi di *lusso*, tutti gli asili gratuiti riboccano di gente.

E dire che siamo appena al mezzogiorno, e dalle cinque ferrovie giungono ad ogni tratto nuovi convogli—e innumerevoli aerostati, immense arche natanti negli spazi del cielo, si librano a trecento metri di altezza sovra il porto Corsico, attendendo il segnale della calata.

I tardi arrivati, disperando di trovare alloggio, si accalcano nelle vie, o nelle sale da rinfresco. Il grande Caffè Centrale della Associazione *Gnocchi*, verso un'ora pomeridiana ribocca di uomini, donne e bestie d'ogni paese.

—Gran bel Milano!—esclama uno dei vecchi abituati del Caffè, il quale da cinque ore sta seduto in compagnia di alcuni buontemponi sulla porta di Occidente.—Gran bel Milano! Per me, ho giurato di non uscir mai dalla mia città quand'anche a due miglia di distanza piovessero beccafichi arrostiti, come ai tempi di Mosè.

—Via! per una pioggia di beccafichi si potrebbe fare il sacrifizio di una piccola corsa in vapore!—dice un altro milanese.—Voi mi avete capito, caro Pirotta—in vapore!

—Che! tu! un uomo che possiede trentamila lussi di rendita... viaggi ancora coi veicoli gratuiti della *Unione*?

—Io amo di andare all'antica, mio caro Perelli; con questi malcreati palloni io lascio viaggiare i matti, che han voglia di rompersi il collo precipitando dall'altezza di due o trecento metri sulla cupola di qualche campanile!

—Non hai torto, mio caro Pestalozza! E pazienza se quei matti, che pretendono viaggiare nell'aria, rischiassero soltanto la propria vita!... Ma pur troppo la loro imprudenza è un continuo attentato alla sicurezza altrui. Anche ieri, causa quei maledetti palloni; avvennero quattro o cinque disastri nella nostra Milano... Il Guardapolli del giardino Balzaretti, mentre stava sulla porta della piccionaia distribuendo il grano alle bestie, ricevette sul ghigno il complimento di un lungo cannocchiale che uno dei viaggiatori si lasciò scappare di mano. Sulla piazza del Duomo, mentre la folla dei nullabbienti si accalcava presso la porta della decima Dispensa per ricevere il pane, venne a cadere una pioggia di grosse ostriche, le quali, ti giuro, non resero il miglior servizio alle nuche pelate di alcuni poveretti...

—Perciò... viva sempre il cilindro! E dicano pure i balordi che noi siamo antiquari, retrogradi, codini, cappelloni, torrioni... Ma un buon cappello a cilindro...

—Della fabbrica Ponzone...

—Bravo! della fabbrica Ponzone! Da centoventisette anni la mia famiglia si serve in quel negozio! Oh!... vedi quanta gente vien su dalla strada dei medici!.... Forestieri arrivati di fresco!

—Se non m'inganno, debbon essere scienziati!

—Primati dell'intelligenza, si deve dire...

—Scienziati o primati fa lo stesso... Chiamali come ti pare meglio, sono e saranno sempre sinonimi di gabbamondo.

—Dove andrà ad alloggiare tutta questa gente?

—Con tutta la loro scienza, i signori primati dovranno rassegnarsi, e far di necessità virtù, dormendo a cielo scoperto.

—È proprio una vergogna che il municipio... cioè... volevo dire... come lo chiamano ora?...

—Il Consiglio di famiglia...

—C'è da perder la testa a imparare queste nuove denominazioni! Che ne dici, caro Perelli?... Hanno fatto un gran sfoggio di belle parole, ma nel fatto non si è punto avvantaggiato! Fra le nostre Giunte municipali e i moderni Consigli di famiglia non veggo gran differenza...

—Io direi piuttosto che siamo andati di male in peggio.

—Figurati se in una giornata come questa non si doveva pensare a far venire da Bergamo o da Como duecento o trecento case di ferro!... Signori no! ha detto il Sindaco... o Gran Proposto... come ora lo chiamano... Milano non deve ricorrere alle famiglie minori—non deve disturbare i vicini—Milano deve fare da sè!—Ed ecco... corpo di mille diavoli!... che per voler fare da sè, il Municipio... non ha saputo far nulla... e il decoro della città è compromesso!...

—Questo nostro Sindaco... o Gran Proposto... vuol durar poco nella sua carica!... Ho sentito certe campane...

—Parliamo a voce bassa... Voi sapete che io vado a pranzo da lui due volte la settimana... E non vorrei...

—Eh! non siamo più ai tempi della repubblica rossa! Ora si può parlare liberamente!...

—Non si sa mai... quello che può accadere... Io non ho dimenticato il precetto di mio nonno: delle autorità, dei magistrati, dei funzionari pubblici—fin quando sono in carica—bisogna dirne bene, salvo a lapidarli quando sieno caduti...

—Io poi, non ho tanti scrupoli, caro Perelli... Anche ai tempi della repubblica era permesso dir male dei sindaci e delle Giunte... Toglieteci il piacere di parlare contro il Municipio, e in verità non sapremmo come passare la vita... Volete che io ve la dica schietta e netta come la sento in cuore?... anche in codesta faccenda della pioggia artificiale io ci veggo del marcio...

—Sicuro che c'è del marcio!—sciamano in coro i circostanti.

—Qui sotto c'è qualche imbroglio, qualche brutto intrigo dei signori anziani...

—E aggiungete pure del Gran Proposto!...

—Quando si pensa che Parigi, Berlino, Lucerna, Varsavia, infine le principali città della Unione respinsero la proposta dell'esperimento!...

—Ciò significa che il meccanismo è difettoso...

—Io dubito piuttosto che una pioggia artifiziale possa recare gravi danni all'igiene pubblica, suscitando dalla terra evaporazioni pestifere... Questa dev'essere la vera ragione per cui i Municipii delle capitali più illuminate non vollero tentare la prova... Oh! vedrete! vedrete!... Grazie alla intelligenza ed al senno del nostro Municipio, avremo fra pochi giorni a Milano la petecchiale o la febbre gialla...

—Quanto a me, nessuno mi leva dalla mente che avremo una pioggia di acqua calda, la quale cremerà in poche ore tutta la vegetazione...

—Voi parlate di danni probabili e possibili; ma nessuno di voi ha avvertito il danno certo, reale, inevitabile.... la morte di tutti i pesci del lago...

—E tu credi, Pirotta, che tutti i pesci?...

—Oh, veh l'ingenua domanda! Poichè il lago deve bollire, ne viene di conseguenza...

—Sicuro! ne viene di conseguenza che i pesci si cuoceranno...

—Ora comprendo!—grida il Perelli, levandosi in piedi, e spalancando tanto d'occhi...—E quando i pesci saran cotti...

—Allora...!

—I signori del Municipio...

—Il Gran Proposto...

—Gli anziani...

—Una buona mangiata fra loro... alla barba dei gonzi, che hanno fatto le spese della pioggia!...

La strana conclusione dell'ultimo oratore fu accolta con una esplosione di viva, di applausi e di risa sguaiate. L'idea che il Gran Proposto e gli anziani del Consiglio avessero approvato l'esperimento della pioggia artificiale al solo scopo di fare un lauto pranzo con pesci del lago, percorse i crocchi vicini, ma venne respinta ben tosto e soffocata dai sarcasmi delle persone intelligenti. Un secolo addietro, quella assurdità grossolana e maligna avrebbe trovato eco nelle masse, e venti o trenta pappagalli del giornalismo l'avrebbero stampata per edificazione del popolo.

CAPITOLO VI. LE PILLOLE ALIMENTARI DI RASPALI.

Ma lasciamo il vestibolo, e spingiamo lo sguardo nelle sale interne, ove stanno adunate più di duemila persone giunte da lontani paesi. Duecento garzoni ed altrettante donzelle vanno, vengono, si incontrano, si urtano presso la Rotonda centrale, per levare le imbandigioni da distribuirsi nei ventiquattro emicicli.

Ad ogni tratto nuovi forestieri sopraggiungono. Dappertutto è un ricambiarsi di saluti, di augurii, di strette di mano. Amici e conoscenti, che vivono disgiunti da immensurabili spazi di terra e di mare: uomini che senza essersi veduti mai, per mezzo di un filo miracoloso si ricambiarono per molti anni le aspirazioni e le idee—eccoli riuniti in una sola città, in un sol punto del globo, per assistere ad un nuovo prodigio dell'intelligenza.

In uno dei più vasti emicicli, conversavano a voce alta due personaggi, che al vestito ed al distintivo di nobiltà ond'erano fregiati, mostravano appartenere alla onorata congregazione dei Primati.

—Povera umanità—diceva l'un d'essi, volgendo uno sguardo di commiserazione alla folla.—Povera umanità! Studia! lavora! inventa pure il miracolo onde migliorare la tua condizione, tu starai sempre a disagio nel mondo. La scienza non può soccorrere a' tuoi bisogni senza crearne dei nuovi. La noia, il desiderio, il dolore aggraveranno eternamente il fardello della vita!... Questa città nel breve corso di un secolo si è estesa di oltre venti miglia in circonferenza. Le più belle, le più utili istituzioni furono qui favorite dalla ricchezza e dalla generosità de' cittadini. Un migliaio di stabilimenti pubblici e privati si eressero come per incanto nell'ultimo decennio; le case di ospitalità, gli alberghi, i palazzi mobili possono dar ricetto a seicentomila forestieri: nondimeno, ecco venire un giorno in cui il concorso strabocchevole dimostra l'insufficienza dei provvedimenti umani, e i disordini rinascono, la confusione si rinnova, e da ogni parte sorgono grida di malcontento! Nel primo caffè di Milano, fornito di venti fornelli e servito da oltre quattrocento *volonterosi*, io veggo dei poveri diavoli che attendono da due ore la colazione!

—Tu hai sempre il tuo umor nero, amico Rousseau;—disse un giovane di circa venticinque anni, che portava sulla fronte il doppio distintivo della nobiltà(5).

—Convengo che il dipartimento Italia, e sopratutto la famiglia dell'Olona, han molto progredito nella civiltà in quest'ultimo decennio; ma rispetto agli altri dipartimenti di Europa, qui trovo ancora un barbarismo deplorabile. Il progresso, come tu dici, crea dei nuovi bisogni, e guai se ciò non avvenisse! l'uomo diverrebbe stazionario, ovvero camminerebbe retrogrado. Una invenzione, una scoperta qualunque, producendo nuovi bisogni, trae seco di conseguenza altre invenzioni ed altre scoperte—e così l'uomo procede gradatamente a quell'apice di perfezione, che è il fine supremo della vita. Guai allo sciagurato che si arresta a mezzo del cammino! Guai tre volte a colui, che si adagia sul presente, rifiutando i benefizi quotidiani della intelligenza! Quest'oggi parecchie migliaia di persone si trovano a Milano senza albergo e senza vitto—ciò non avverrebbe a Parigi, nè a Napoli, nè a Berlino, quand'anche, in un sol giorno, tutti gli abitatori dall'universo si adunassero in quei centri popolosi. In occasione dell'ultima esposizione, a Parigi v'era un'affluenza quotidiana di circa otto milioni di forestieri, ma in meno di due giorni sui tetti delle case vennero elevati cinque o sei piani di piccole camere in guttaperca, e gli alloggi furono quadruplicati. Quanto alla bisogna del vitto, il provvedimento è ancora più facile. Se a Milano i proprietari degli Alberghi e dei Caffè si fossero provveduti di *midollo concentrato di leone*, tutti quei poveretti che attendono la colazione da due ore, con una sola pillola potrebbero nutrirsi per l'intera giornata.

—Bella invenzione davvero, le vostre pillole di midollo concentrato!—disse Rousseau, crollando la testa.—I Milanesi non diedero mai prova di tanto buon senso, quanto nel rifiutare questo nuovo metodo di alimentazione, che debilita lo stomaco e priva l'uomo de' più squisiti piaceri.

—E credi tu, che se in questo momento giungesse a Milano uno speculatore, il quale mettesse in vendita due o tre barili delle mie pillole, non sarebbe un gran benefizio per gli stomachi digiuni?…

Un sorriso di dubbio, quasi di scherno, increspò leggermente il labbro di Rousseau. E già stava per rispondere una amara parola, quando una ondata di giovincelli bizzarramente vestiti irruppe nella sala.

Erano i piccoli banditori del commercio e della industria, venditori di giornali, di zigaretti e fotografie, porta voci di notizie, anticamente denominati *barabini*, ed ora distinti col titolo espressivo di *demonietti di città*. Abbigliati di una semplice blouse di seta color scarlatto, la fronte protetta da un elegante berettino di velluto azzurro, i capelli lunghi e scendenti sulle spalle, la gamba ignuda fino al ginocchio, il piede serrato in uno stivaletto rosso colle calze riverse, di una candidezza incensurabile; snelli, petulanti, loquaci, attraversavano la folla senza toccarla, filtravano nei crocchi, strillavano, sparivano come esseri fantastici.

Il grido di quei piccoli demoni pose fine alla quistione dei due scienziati. Un pallone da commercio giunto da Parigi in quel punto aveva recato a Milano quattromila case di guttaperca e parecchi barili di pillole Raspail preparate col midollo di leone.

All'annunzio inaspettato, tutte le sale furono in moto. I forestieri, che già da parecchie ore languivano a stomaco digiuno, e che non avevano trovato alloggio nella città, assediano la sporta dei piccoli venditori, i quali strillano a tutta gola:—avanti, fratelli!— Una camera per cinque lussi!—Un pranzo in una pillola!—Midollo concentrato di leone! Un vaso di trenta pillole Raspail per sessanta lussi!—Non più fame per un mese!—Non più osti! Palazzi di guttaperca con mobili e senza mobili!!!

—Che il diavolo vi porti!—brontola Rousseau, levandosi impetuosamente dal sedile. E salutando con aria dispettosa il collega scienziato:—amico—gli dice—io non posso reggere a questi orribili spettacoli della umana follia. Le tue pillole di midollo affrettano di due secoli il suicidio totale dell'umanità.

—Il tempo farà ragione delle nostre differenze—rispose l'altro scienziato, il quale era appunto l'illustre Raspail III, inventore dell'alimento omeopatico.—Ma i tuoi sofismi non possono distruggere nel mio cuore la compiacenza che io provo in questo momento!

In meno di un quarto d'ora, i ragazzi aveano infatti esaurita la loro provvisione di pillole; e buona parte dei forestieri, confortato lo stomaco dai sughi efficaci, erano usciti dal Caffè, ciascuno col suo rotolo di guttaperca sotto braccio, che doveva trasformarsi in camera o in palazzo ammobigliato.

CAPITOLO VII. L'UOMO ALATO DI FOURRIER.

Mentre Rousseau usciva dall'emiciclo, entravano dalla porta Orientale tre nuovi personaggi, i quali dopo breve ricambio di saluti, sedettero presso Raspail. Erano tre primati del dipartimento francese: Virey, Michelet e Fourrier, celebri innovatori o piuttosto trasformatori della scienza zoologica.

Michelet era seguito da due magnifiche tigri, sommesse e docili come cani di Terranuova. Le due fiere dell'africano deserto, ammansate da quella forza simpatico-magnetica che Dio ha dato all'uomo quando lo istituì signore del creato, si sdraiarono sul pavimento facendo sgabello del dorso ai piedi del potente domatore. Alla vista delle ammirabili belve, quanti sedevano nell'emiciclo si alzarono mandando un grido di sorpresa. Da oltre dieci anni, i leoni, le iene, gli orsi ed altri animali, che ai tempi andati si chiamavano feroci, soggiogati dal magnetismo e raddolciti dalla educazione, viveano famigliarmente coll'uomo. La sola tigre avea resistito alla potenza dell'elettrico animale, sfidando il coraggio e l'imperiosa volontà dei più temerari. Immaginate la meraviglia dei circostanti in vedere lo scienziato distendere sbadatamente le gambe sui cuscini della pelle contratta, e solleticare colla punta dello stivaletto gli irti mustacchi della belva!

Se non che, a scemare l'impressione terribile di quella scena, un altro fatto meno sorprendente, perchè constatato da altre esperienze, ma sempre interessante e giocondo, distrasse l'attenzione dei curiosi. Un centinaio di augelletti d'ogni specie e d'ogni colore aveano invasa la sala, e svolazzavano dai capitelli alle cornici, dai ventilatori ai lampadari, cinguettando festosamente. Fourrier levò lo sguardo, e sorrise coll'espressione di chi risponde ad un cortese saluto con animo profondamente addolorato. Poi trasse dalla bisaccia una elegante scatoletta ripiena di semi odorosi—e gli augelletti a discendere tosto, beccare il loro granello, e di nuovo sparpagliarsi nelle regioni più elevate.

Sulla fronte dello scienziato era una nube di tristezza. Raspail se ne avvide, gli stese la mano, e coll'affetto dello sguardo gli chiese il segreto de' suoi dolori.

—Il mio dolore non è più un segreto pei miei compagni di viaggio—prese a dire Fourrier coll'accento della più viva commozione, e accennava a Virey e a Michelet.—Pure io ripeterò la confessione, perocchè la mia anima ha bisogno di rivelarsi.

Nella sala si fece un silenzio solenne. Gli augelli ristettero e cessarono dal canto.

—Colleghi, amici, fratelli—riprese Fourrier—la scienza genera la superbia, e la superbia genera l'errore. Questa antica sentenza oggi mi ricorre al pensiero nella sua verità più terribile. Seguendo le orme d'un mio illustre antenato, io mi era prefisso di concorrere alla rigenerazione della umana famiglia perfezionando l'organizzazione fisica dell'uomo, facendo violenza alle leggi istesse della natura. Ho consumata la giovinezza in lunghi e pazienti studi, in esperienze terribili, che più volte mi costarono dei rimorsi; ma l'idea fissa, irremovibile, l'idea dominatrice di tutti i miei pensieri era quella di dare all'uomo una nuova facoltà, la facoltà di volare come l'aquila delle Alpi, come il Condoro delle Indie. Io mi ero detto: finchè l'uomo non potrà elevarsi negli spazi infiniti dell'aere, solo, per suo proprio impulso, senza dipendere da meccanismi che richieggono il concorso di altri uomini; indipendenza e libertà saranno aspirazioni vane, parole vuote di senso. I palloni aerostatici, i vagoni delle ferrovie, i fili telegrafici, le navi sottomarine, saranno mai sempre subordinati a quel dispotismo sociale, che niuna legge può distruggere. Ove altro non esistesse, rimarrebbe la tirannia del denaro, principio e fomite di schiavitù.— Per compiere il volo di Dedalo, si vorrebbe denaro a provvedere la cera e le piume; ali non si avrebbero senza il soccorso di meccanismi costosi. Non sarà dunque possibile modificare la conformazione fisica dell'uomo in guisa da fargli spuntare in sulle spalle questo nuovo organo, che deve aprirgli le libere vie del firmamento? Nel 1940, proposi il quesito ad una assemblea di scienziati americani,—ed ebbi lo scherno per sola risposta. Due anni dopo, passeggiando nel podere di un industre colono di Strasburgo, questi mi fece notare una magnifica pianta, sulla quale maturavano dieci qualità di frutti differenti, sicchè dall'un ramo pendevano le più belle pesche, dall'altro fichi prelibati, qui grappoli d'uva, più in alto pere, e mandorle, e noci; e tutta questa varietà di frutta era cresciuta sullo stesso tronco per effetto di innesto...

—Comprendo,—interruppe Raspail;—l'innesto dei vegetali ti ha suggerito l'idea... di tentare l'ugual prova nei regno animato.

—E l'idea era troppo logica perchè io non mi affrettassi a realizzarla; io, che da tanti anni non vagheggiava che una sola speranza al mondo!... Prima di tentare la prova nell'animale ragionevole, feci parecchie esperienze sui bruti, le quali riuscirono a meraviglia. Nell'anno 1945 non restandomi più alcun dubbio sul risultato delle mie operazioni, presi in alloggio una villa a poca distanza da Lima, e quivi, col soccorso di pochi amici e la benedizione di Dio, produssi per la prima volta il grande fenomeno dell'uomo alato. Due gentili bambini, che oggi amo con cuore di padre, sottoposero le tenere membra al ferro incisore... Le lacrime ch'essi versarono in quel giorno doveano essere compensate ad usura dal benefizio della libertà. Incisi le tenere carni all'estremità della scapola, v'innestai prontamente le ali ancora palpitanti di una colomba... Chiusi la cicatrice con cera vergine ed aromi glutinosi. I due bimbi, nutriti di sughi animatori, per tre giorni rimasero in fasce... Nel quarto giorno, al levarsi dei lini, io vidi le ali agitarsi di novella vitalità... Il ramo innestato non poteva deperire... Le due piccole creature, che mi stavano dinanzi, avevano le forme dell'angelo immaginato dai cristiani.

Il tuono di una cannonata interruppe la conversazione di Fourrier.—Era il primo segnale della pioggia.—Due minuti ancora, e le valvole della gran macchina dovevano aprirsi...

Tutti quanti si levarono per uscire dalla sala. Fourrier, dando il braccio a Raspail e seguito dai colleghi, si condusse sulla porta di occidente, proseguendo a narrare la sua istoria...

I quattro scienziati, affacciandosi alla grande apertura che dominava la piazza del Duomo, ristettero meravigliati.

Il terreno, i balconi, le muraglie, i tetti e gli orti superiori delle case erano spariti. Da qualunque parte volgessero lo sguardo, non incontravano che una folta selva di gente.

A un tratto la folla parve agitarsi come l'onda dell'Oceano ai primi soffi della bufera.— Tutte le teste si levarono verso il firmamento, le braccia e le mani accennarono—un milione di cannocchiali si volsero a due corpi bianchi che nuotavano nello spazio con moto discendente.

A quella vista Fourrier non potè trattenere un grido di gioia.—Son dessi!—esclamò lo scienziato.—Le mie creature!... Rondine e Lucarino, i miei figli di adozione!... Oh! mi perdoni il Signore la colpevole diffidenza!

—Miracolo della scienza!—esclamò Raspail seguendo con estatico sguardo i due giovani alati, che calavano rapidamente sovra la maggiore aguglia del Duomo...

—Io non aveva calcolato le ore del riposo—soggiunse
Fourrier...—Questa fu la sola causa del loro ritardo!...

—Ma donde vengono essi? Qual fu il loro viaggio?—chiesero ad una voce i circostanti...

—Presero il volo da Filadelfia ieri notte, due ore prima che io partissi coll'aerostata La Hoeu... Ma ecco!... Vedete! han raccolte le ali!... Essi precipitano come due frecce!...

Un grido si levò dalla folla... Poi successe il silenzio terribile dell'ansia repressa... Fourrier con moto involontario appoggiò la mano convulsa sulla spalla dell'amico, e levossi sulla punta dei piedi...

Il terrore fu breve... I due pellegrini dell'aria, dopo una discesa precipitosa di oltre mille metri, improvvisamente distesero le immense ali... e scherzando con leggerissimo volo intorno alla cupola del Duomo, ristettero abbracciati sulla testa dorata della Madonna...

In quel punto il cannone della gran torre diede il secondo segnale, che annunziava l'apertura delle valvole!...

CAPITOLO VIII. LA PIOGGIA ARTIFIZIALE.

I cinquanta *subalterni*, che fino a quel momento erano rimasti a guardia dei tubi ustorii, si diressero verso il centro della cupola, e concentrando le loro forze intorno ai manubrii, fecero scattare il coperchio della gran torre.

Allora fu udito un rumore simile al ruggito di mille Leoni; e una densa colonna di vapore lanciossi verso il firmamento; e il limpido azzurro si coperse di nuvole opache, divenne torbido e fremente come un lago all'irrompere di torrente impetuoso.

Io non vi saprei descrivere l'effetto meraviglioso di quella scena, e molto meno ritrarre le agitazioni, le impazienze, i terrori del giovane Albani, il quale da una gabbia sporgente dalla gran torre, aveva dirette le operazioni del pericoloso meccanismo; ed ora, avvolto da una nuvola ardente, fra lo scroscio spaventevole del vapore, somigliava ad Elia profeta, sospeso fra il cielo e la terra sul carro di fuoco.

L'Albani combatteva l'ultima crisi di quella febbre che uccide il genio col disinganno, o lo ravviva col successo.

Ma l'eruzione è cessata—le sorgenti inaridite—il cielo plumbeo, opaco, minaccioso—gli augelli sorpresi dalla improvvisa caligine, si smarriscono per l'aere mandando strida lamentose...

La città si è dunque mutata in deserto?—Ma no—le vie, i balconi, i tetti, le torri, gli alberi sono scomparsi sotto quest'onda di popolo, che dall'agitazione rumorosa è passato d'un tratto all'immobilità, al silenzio più solenne. Si direbbe che, a punire questa titanica ribellione contro l'ordine della natura, Iddio abbia pietrificato di uno sguardo l'umanità tutta intera.

Dopo dieci minuti di attesa terribile, l'Albani sentì piovere sulla fronte uno gocciola refrigerante. Era la stilla invocata dal dannato Epulone... Il giovine levò al cielo uno sguardo più eloquente di ogni parola... e quello sguardo era l'inno di riconoscenza, era l'omaggio dell'intelligenza subordinata, che rimonta alla sorgente divina da cui emana e dipende.

Tutti i calcoli dell'Albani si erano avverati. Una pioggia lenta, fresca, abbondante, simile in tutto alla pioggia naturale, scendeva sulla terra a vivificare gli animali, le piante, i campi e le onde. L'artista non potè contenere un grido di soddisfazione; ma quel grido andò perduto negli applausi, nell'urlo di dieci milioni di spettatori. Quando l'Albani abbassò lo sguardo con sublime compiacenza per leggere su quell'immensa superficie di teste l'ammirazione dell'opera sua, le teste erano già sparite sotto uno sterminato padiglione di ombrelli, ed egli potè sorridere, come Dio, sulla umana debolezza.

Due ore dopo, per mezzo dei fili telegrafici, la riuscita del nuovo meccanismo era annunziata agli estremi confini dell'universo, e l'artefice prendeva il suo posto fra i primati dell'intelligenza col nome di *primo* Albani.

CAPITOLO IX. LA CONFESSIONE.

Al cader della notte, era cessata per l'Albani l'ebbrezza del trionfo. La sua fronte si era nuovamente increspata di una ruga profonda. Le memorie del passato, le trepidanze dell'avvenire riprendevano imperiosamente il loro posto nell'anima del giovine.

Prevedendo il pericolo di una ovazione popolare, l'Albani salì in una gondola volante onde uscire liberamente dalla folla.

Per due ore, il giovane artista si aggirò negli spazi dell'aere, in preda a' suoi cupi pensieri. Il tempo era lento per lui. Le ore per lui si svolgevano lente e terribili, come quelle del delinquente che aspetta il giudizio degli uomini. Ma in quella meditazione, fosca e lugubre come l'inferno, traluceva di quando in quando un raggio di paradiso. La sua anima travolta nelle tenebre si riscuoteva al suono di una voce melodiosa che gli diceva: l'amore di una donna è il santo riflesso del perdono di Dio; per esso si cancellano tutti i peccati e tutti i rimorsi dell'uomo.

—Bada di non iscostarti troppo dalla città—disse l'Albani al *conduttore* della gondola.—A undici ore io debbo trovarmi sulla riva del lago, presso l'antico *Arco della Pace*.

—Il gran *faro cittadino* segna le dieci e cinque minuti—rispose il gondoliere dell'aere, volgendo gli occhi ad un immenso globo di luce che sorgeva a poca distanza dalla cattedrale.—Colla mia gondola potrei condurvi fino a Bergamo, e restituirvi alla spiaggia per l'ora indicata.

—Due ore di attesa!... ancora due ore di incertezza... di terribile agonia!—mormorò l'Albani.—No, io non potrei reggere più a lungo a questa lotta.

Poi, volgendosi di nuovo al gondoliere—ritorniamo alla città—disse ad alta voce—alla contrada di *Riparazione*, numero *zero*.

Mentre la gondola drizzava rapidamente il *rostro* verso il faro cittadino, la fronte dell'Albani si andava rasserenando, riflettendo le intime compiacenze di un'anima che crede aver trovato il farmaco a' suoi dolori.

—Oh! troppo tardi mi è venuta questa ispirazione—pensava egli.—Nelle perplessità, nei pericoli della vita, non mi ha egli pregato di ricorrere a lui? Ed io ho potuto dimenticare le ultime parole del mesto congedo, le promesse che ci siamo ricambiate nel bacio dell'addio? Non fu egli il solo compagno, l'amico mio, nel lungo pellegrinaggio di cinque anni? Quando gli uomini scagliarono sul mio capo l'anatema e la morte, le sue parole furono amore e speranza. Ogni volta che, estenuato dai patimenti, dalla vergogna e dal rimorso, io cadeva a terra, invocando la fine di una insopportabile esistenza, la sua mano mi rialzava dolcemente, ed io sentiva rinascere le forze smarrite, io riprendeva il coraggio al suono di quella voce santa che mi diceva: Prosegui, l'espiazione cancella la colpa!

Mentre l'Albani era assorto in tali pensieri, la gondola, oltrepassato il *Faro cittadino*, sostava all'altezza di duecento metri sopra il *Quartiere di Misericordia*.

Il gondoliere, per riconoscere la contrada sulla quale doveva calarsi, si pose agli occhi una *chatvue*(6), e dopo alcuni minuti di esplorazione, diede moto a' suoi meccanismi, e scese rapidamente nella via di *Riparazione*, toccando terra presso la casa che gli era stata indicata.

Il giovane balzò dai cuscini, ed entrò nella casa senza dir motto al conduttore. Questi riprese l'alto colla sua gondola, e ristette sopra la porta ad aspettare che quegli uscisse.

L'Albani attraversò rapidamente la galleria terrena, o piuttosto un viale di rose d'ogni colore e fragranza, rischiarato da una luce artifiziale, in cui parevano fondersi il raggio melanconico della luna e il vivace candore del mattino.

Ad incontrarlo mosse una donna vestita di tunica bianca, le chiome raccolte in una reticella di perle e di topazi, splendenti come foglie irrorate dal mattino. La tunica, chiusa sul petto da una croce di diamanti, scendeva con ricca onda di pieghe fino all'estremo dello stivaletto. Senza cintura, senza ornamenti. Lo splendore dello sguardo, il vermiglio delle labbra, l'ebano delle chiome, rivelavano la donna sotto la effige dell'angelo.

—Che cercate, o fratello, nella casa di benedizione?—chiese la donna all'Albani con soavissimo accento.

—Io cerco—rispose il giovane con voce commossa.—io cerco il predicatore dell'evangelo, che fra i ministri porta il nome di fratello *consolatore*.

—Il ministro è assente—disse la donna—ma egli sarà di ritorno fra poco. Noi dobbiamo uscire insieme per assistere ad una cerimonia nuziale, che deve compiersi prima di mezzanotte in un quartiere alquanto discosto dal nostro.

—Una cerimonia nuziale prima di mezzanotte!—esclamò il giovane radiante di gioia...—Dunque... sarebbe vero?... Fidelia avrebbe acconsentito?...

—Fidelia!... Il nome che voi profferite—disse la donna—mi dà a conoscere il vostro... Voi siete l'Albani... il fidanzato della mia sorella d'amore!... Venite!... Affrettiamo gl'istanti della consolazione, perocchè sulla terra i dolori sono sempre imminenti... La vostra fidanzata è là, nell'*intimo sacrario* del ministro, ad attendere quell'ora che voi avete prevenuta coll'impaziente desiderio.

Così parlando, la sposa del ministro prese per mano l'Albani e lo introdusse in una *rotonda* scolpita nell'alabastro, dove, sovra un divano coperto di bianchi drappi, sedeva la figlia del Gran Proposto.

L'Albani, al primo vederla, la credette una statua.

Ma le candide forme erano animate, la statua levossi in piedi, e sciolse la voce:

—Amico! fratello!—esclamò Fidelia coll'accento della più viva commozione.—E tu pure hai indovinato la strada più breve per toccare la meta! I nostri cuori si attraggono!

L'Albani non potè profferire parola, e cadde alle ginocchia di Fidelia.

—Poichè l'istinto del bene vi ha qui riuniti innanzi l'ora prefissa—parlò la sposa del ministro—noi compiremo la cerimonia in questo luogo. Fratello Consolatore sarà qui fra pochi minuti; ma i minuti dell'uomo benefico sono preziosi agli infelici, e noi che respiriamo la gioia, non dobbiamo usurpare i diritti del dolore. Prima che il ministro ritorni, noi possiamo dar passo ai preliminari della vostra *unione spirituale*. Innanzi tutto, voi dovete adempiere al dovere di *confessione*, a quel sacro dovere, che ora non vuolsi più considerare, come ai tempi del pervertimento curiale, una formalità ripugnante ed assurda, ma sibbene un attestato di reciproca fiducia necessaria a guarentire la vostra pace avvenire; io vi lascio, o figliuoli! Quando la vostra confessione sarà compiuta, io verrò qui, col ministro, a benedire i vostri legami di spirito!

La sacerdotessa pose la mano di Fidelia in quella del suo giovane fidanzato, e uscì dalla *rotonda*.

Allora l'Albani, rimanendo genuflesso, la mano di Fidelia stretta alle labbra, cominciò la sua confessione:

—Oh sì! Una santa istituzione è codesta, che ci obbliga a rivelare tutte le nostre debolezze, tutte le nostre colpe, prima che il giuramento d'amore sia profferito. Due cuori non possono amarsi davvero se prima non si conoscano. Miserabile quell'uomo che pretende affermare la fede della sua compagna colla dissimulazione e coll'inganno! Ed era la mia una immensa stoltezza di affidarmi ai rigori delle leggi umane perchè tu avessi ad ignorare il triste mistero del mio passato. A te dunque, o giovinetta, che mi rivelasti il divino istinto del perdono; a te, che assumendo la missione dell'angelo, hai steso la mano al caduto per redimerlo dalla vergogna e dai rimorsi, io narrerò quella orribile istoria...

—No!... basta!—interruppe Fidelia con un leggiero brivido di terrore—la confessione non è obbligatoria. Io posso dispensarti dall'accusare le tue colpe, prevenendoti col mio perdono. La donna che si consacra ad un uomo per tutta la vita, non solo deve assolvere il di lui passato, ma anche il di lui avvenire. In ciò la donna è più sublime di Dio!

Così parlando, Fidelia chinò le labbra sulla fronte infuocata, dell'Albani, e vi ristette con un lungo bacio. Poi ella fece un movimento per levarsi in piedi e cedere il suo posto al giovane, che tuttavia rimaneva inginocchiato.

—Mio fidanzato, mio fratello d'amore—riprese Fidelia con dolcissimo accento—dispensandoti dalla confessione io mi sono prevalsa di un mio diritto, ma non intendo perciò esonerarmi da' miei doveri. Al contrario, io ti prego di acconsentirmi questo sfogo dell'anima che la legge m'impone, perocchè io sappia che l'uomo non può gustare, nelle braccia di una donna, tutta intera la voluttà dell'amore, quand'egli non sia ben certo che questa donna non abbia mai appartenuto ad alcuno...

—E potrei io dubitare della tua illibatezza?—esclamò l'Albani trattenendo la giovinetta con dolce violenza.—Tutta la tua vita si riflette nel tuo purissimo sguardo. Nella freschezza delle tue mani, nella fragranza del tuo alito, nelle caste pieghe dei lini che disegnano le tue membra, io respiro la vergine, indovino una limpida fonte, a cui nessuno ha mai portato le labbra! La legge mi comanda di proferire a mia volta la parola *perdono*; ed io, per obbedire a questa legge, ti perdono la sola colpa che in te riconosco, quella di aver amato un uomo immeritevole di possederti.

I due fidanzati, nell'estasi di un lungo abbracciamento, non si accorsero che la porta si era aperta, che non erano più soli.

Speranza e fratello Consolatore entrarono nella *rotonda*.

Il ministro si accostò al due amanti per compiere la cerimonia dell'unione spirituale colla formola prescritta dai canoni religiosi.

—Io ti amo e ti amerò sempre!—disse l'Albani—mentre il sacerdote univa la sua mano a quella di Fidelia.

La giovinetta replicò la promessa con tremula voce. E mentre il ministro baciava in fronte i due sposi, dalla torre Garibaldi partirono i primi squilli del *richiamo delle vergini*.

La cerimonia era compiuta. I due giovani si levarono in piedi. La sposa del ministro offerse il braccio a Fidelia, e tutti quanti uscirono dal sacrario.

Appena sboccati nella via, l'Albani scosse la funicella che pendeva dalla sua gondola, e il *conduttore*, svegliandosi al suono dell'*organetto acustico*(7), calò a terra presso la porta.

CAPITOLO X. PETIZIONE CIVILE.

La cerimonia religiosa era compiuta; l'Albani e Fidelia erano sposi dinanzi a Dio; la benedizione del sacerdote aveva santificato il loro amore, affermati i desiderii e le promesse con vincolo indissolubile; ma essi non potevano convivere sotto il medesimo tetto prima di aver adempiuto alla formalità del contratto civile. Il matrimonio delle anime non imponeva che alle coscienze—il matrimonio civile stabiliva i doveri e i diritti dei coniugi, legittimava la prole, si faceva riconoscere e rispettare dalla *famiglia*.

—Ed ora, mia dolce Fidelia—parlava l'Albani alla sua donna durante il tragitto aereo—bisogna affrettare il compimento della nostra felicità... Purchè tu mi assecondi, purchè non insorgano ostacoli d'altra parte, fra un mese e tre giorni, lo squillo di richiamo non avrà più forza di separarci...

—Non è dunque compiuta la nostra felicità?—domandò Fidelia con ingenua sorpresa.—Che altro ci resta a desiderare? sono amata, e ti amo!

Questa sortita di Fidelia portò un leggiero turbamento nell'anima del giovane.

—Tu sai bene, sorella mia—affrettossi a dire l'Albani—che noi non abbiamo diritto di chiamarci sposi dinanzi alla società, fino a quando la nostra unione non sia riconosciuta dalla *famiglia*.

—È vero!—mormorò Fidelia, e la sua parola parve un gemito.

L'Albani sentì crescere le ansietà.

—Che?... tu dunque non dividi il mio desiderio?

—Poss'io desiderare altra cosa fuor quello che tu desideri?...
Pure... non aveva pensato... non credeva che sì presto...

—Spero di comprenderti, Fidelia! Io so bene che, fra giovani amanti, il matrimonio spirituale quasi sempre suol precedere di parecchi anni la unione civile. A diciotto, a venti anni, si stringono i legami religiosi fra due cuori che si amano, ma difficilmente un cittadino della Confederazione Europea si trova in grado di passare alla conferma coniugale, prima di aver compiuto gli studi universitari e gli esercizi dell'agro. Le fanciulle si compiacciono di questi ritardi, ed è orgoglio per esse poter dire: il *mio* è stato fedele per tanti anni senz'avere altri vincoli che quelli della propria coscienza! E tu forse, mia buona Fidelia, tu vagheggiavi questa prova di sentimento, che ha pure le sue dolcezze sublimi!—Tu non riesci a comprendere perchè io voglia sì presto rinunziare a questa ineffabile voluttà che deriva dall'amore di una vergine.—Se tu non mi avessi generosamente dispensato dal confessarti le mie colpe, ora non avrei mestieri di spiegarti le mie impazienze. Ti basti sapere che la mia giovinezza non trascorse, come quella dei fratelli, nel severo esercizio degli studi, nell'operoso lavoro dei campi. Io fui esentato dalla coscrizione agraria, per una eventualità dolorosa... che ormai debbo tacerti, poichè tu bramasti di ignorarla. Quei cinque anni per me furono lunghi, segnati di incredibili angosce; all'agro, il cittadino corrobora la sua giovinezza; io, precorrendo le esperienze della vita, ho abbreviato il mio avvenire. Che è mai l'esistenza di un uomo ai tempi nostri? Per chi non esca dalla strada comune, la vita finisce a ventisei anni, o a trenta, al più tardi. Per me, trascinato dalla sventura in una carriera eccezionale, il mondo non ha più attrattive fuor quelle della solitudine e dell'amore.

«In meno di dieci anni, noi apprendiamo tutta la *scienza vera*—in meno di due mesi, per mezzo dei palloni aerei, noi vediamo tutto il globo nella sua vasta circonferenza, noi conosciamo i costumi di tutti i popoli; nulla più ci resta a sapere. Io aspirava alla gloria, alla ricchezza—ed ecco, mi chiamano primate dell'intelligenza, e l'invenzione del mio meccanismo per la pioggia artificiale mi verrà pagata oltre dieci milioni. Tu vedi bene, o Fidelia, che io non ho quindi più nulla a desiderare... fuori di te—che tu sola puoi riempiere l'immenso vuoto della mia esistenza avvenire; che nel tuo aspetto soltanto io potrò leggere la ragione della mia vita.—Sovvengati, o Fidelia!...—e così parlando la voce dell'Albani mutò improvvisamente di tono—che se mai un ostacolo insorgesse fra noi, se qualche anima sleale...

—Ma ciò non può essere, amico mio!—interruppe Fidelia atterrita.—Poichè tu vuoi... poichè io sono pronta a secondarti... poichè Iddio ci ha già uniti di un vincolo che vuolsi ritenere il più sacro, il più indissolubile...

—Ebbene... domani vedrai pubblicata la mia domanda... Per un mese e tre giorni noi vivremo disgiunti, come impongono le leggi di *petizione*. Fra noi ogni comunicazione sarà sospesa... E quand'io tornerò a Milano...

—Quando tornerai a Milano... la tua Fidelia avrà risposto alla domanda come il tuo cuore desidera, come io pure desidero in questo momento.

Il conduttore aveva fermata la sua gondola sopra la Cupola maggiore del *Piccolo Campidoglio*.—Erano cessati gli squilli del *richiamo*.

—Presto! scendiamo!... a sinistra... alla casa del gran Proposto.

I due giovani si abbracciarono, ripetendosi mille giuramenti. Fidelia discese a terra, e l'Albani si elevò di bel nuovo colla sua gondola, ordinando al conduttore di dirigersi al *Palazzo di Famiglia*.

Quivi giunto, l'Albani entrò nella *sala d'amore*, e richiesto agli *anziani di guardia* il libro di *petizione pubblica*, vi scrisse le parole seguenti:

«Io, Redento Albani, adulto, costruttore della macchina per la pioggia artificiale, figlio di Primo Albani, inventore delle *stufe cittadine*(8) chieggo legittimare con la cerimonia civile il matrimonio religioso da me precedentemente contratto con la adulta Fidelia Berretta, figlia di Terzo Berretta, Gran Proposto di Milano.»

CAPITOLO XI. DUE PERSONAGGI DI TUTTI I TEMPI.

Quella mattina, il funzionario Torresani, *Capo di Sorveglianza* della Famiglia Olona, fu svegliato innanzi tempo da dodici squilli della campana elettrica.

—Caspita!—esclamò il vecchio balzando dal letto—il Gran Proposto mi chiama di buon'ora... Qualche cosa di serio!...

E il Capo di Sorveglianza si gettò sulle spalle un mantello grigio, si pose in testa un alto cilindro, poi, discese con passo celere la *Cava*(9), e fece levare un *espresso* per recarsi al *Piccolo Campidoglio*.

Il Torresani era un uomo di circa sessantacinque anni, un po' ricurvo, ma ancora vigoroso. La sua faccia ossea, bernoccoluta, dura, affettava una giovialità poco rassicurante. I suoi occhi grigi vibravano dai solchi profondi delle guance una luce sinistra—due occhi, che tratto tratto si eclissavano, rintanandosi nelle palpebre come due teste da serpente.

Cento anni addietro, quel pubblico funzionario si sarebbe chiamato *Commissario superiore di polizia*, ovvero *Questore*.

Nel 1982, il titolo era mutato, ma le funzioni erano identiche. La *Polizia*, la *Questura*, l'*Uffizio di sorveglianza* furono e saranno una necessità di tutti i tempi.

Quando l'*espresso* venne a fermarsi presso la porta *intima* del *Piccolo Campidoglio*, il Gran Proposto Berretta stava sulla soglia ad attenderlo. I due funzionari si salutarono con un cenno democratico della mano, cui il Torresani aggiunse un leggiero inchino della schiena.

I due pubblici funzionari entrarono in un gabinetto terreno. E siccome un vecchio commissario di Sorveglianza (di polizia, se meglio vi piace) non ha bisogno della vista magnetica per leggere in quel viscere opaco che si chiama il cuore umano, al Torresani bastò una rapida occhiata, un'occhiata da basilisco, per indovinare il turbamento del suo superiore.

Il Gran Proposto si era tuffato con tutta la persona in una *sedia liquida*(10) i cui cilindri congelatori girarono con moto rapidissimo. Egli stringeva nella mano una ampolletta di argento, la quale a giudicarne dal timbro, doveva contenere il famoso elisire di ambra distillata, il più potente moderatore degli sdegni umani.

Quelle due circostanze non isfuggirono allo sguardo maligno del Capo di Sorveglianza, il quale non era mai tanto felice come quando poteva accertarsi che alcuno de' suoi superiori versasse in gravi imbarazzi. Il Torresani era stoffa da impiegato. Per dissimulare le proprie impressioni, egli si studiava di prendere un'aria di bonomia che faceva a pugni col suo grugno sinistro. Teneva gli occhi bassi—il labbro semiaperto—e preparava in sua mente dei concettini, delle arguzie, delle banalità umoristiche, tanto da prolungare un colloquio, dal quale prevedeva ottimi risultati. Il Torresani voleva divertirsi a spese del Gran Proposto, e cavare da' suoi imbarazzi il maggior profitto che per lui si potesse.

—Mio caro Torresani... noi viviamo in tempi difficili!—cominciò il Gran Proposto, dopo aver sorbito due o tre gocciole dell'elisire moderatore.

—In verità—rispose l'altro—i tempi non sono facili...

I due interlocutori si sbirciarono di traverso—e ciascuno aspettava che l'altro riprendesse il dialogo.

Il Gran Proposto, dopo breve pausa, dovette intuonare una seconda volta:

—Viviamo in tempi... nefasti!...

—Voi parlate come un giornale dell'opposizione, eccellentissimo signor Proposto.—Moderate le vostre parole, ovvero sarò costretto a registrare il vostro nome fra quelli dei malcontenti, dei pregiudicati politici, dei settari, dei nemici dell'ordine, di quei sciagurati che cospirano contro il migliore dei Governi... contro il Governo attuale...

—Voi non mi avete compreso, ottimo collega—ed io mi affretterò a chiarirvi il mio concetto; altrimenti, da quel fiero e zelante impiegato ch'io vi conosco, voi sareste capace di farmi arrestare al primo tumulto di popolo. I tempi sono difficili—intendiamoci bene—difficili per noi, alti dignitari dello Stato, rappresentanti della legge, e moderatori dell'ordine pubblico!...

—Senza far torto alle sapientissime e ossequiatissime istituzioni della serenissima Confederazione Europea, mi sia permesso di soggiungere che, in ogni tempo, sotto qualsivoglia Governo, gl'impiegati pubblici furono retribuiti meschinamente... Eppure... come si fa?... Bisogna stare col Governo!... sostenere il Governo!... E guai se avessimo ad allentare le redini... alla canaglia!... Nelle rivoluzioni, i primi martiri siamo noi... Meglio la mezza pensione del Governo, che non il congedo assoluto dei popoli!... Basta!... Lasciamo andare questo lugubre argomento... e tiriamo innanzi alle mercè di Dio... e dei nostri superiori!

Nel proferire quest'ultima parola, la voce del Torresani era divenuta fioca e rantolosa, come quella di un infermo accattone.

—Vero... verissimo... quanto voi asserite—riprese il Gran Proposto—i nemici naturali dei governanti sono i popoli governati. Le leggi, per quanto eque e liberali esse sieno—non cesseranno mai di rappresentare, nel giudizio del popolo, altrettanti vincoli di schiavitù. Noi, che ne siamo gli interpreti e gli esecutori, dobbiamo necessariamente subire l'odio delle moltitudini ignoranti e depravate... I popoli troveranno sempre dei pretesti per cospirare contro il principio di autorità che si incarna nei pubblici funzionari...

—Negli uomini più eminenti della Nazione...

—Dunque... come voi dicevate poco dianzi... noi dobbiamo fare a gara nel sostenerci... nel prestarci mano... nel renderci scambievoli servigi... dobbiam stringere una alleanza compatta...

—E solida...

—Usare di tutti i mezzi...

—Solidi...

—Che sono in nostro potere, onde far fronte a questa incessante reazione di popolo, che minaccia la nostra sicurezza personale, i nostri averi, i nostri titoli, e perfino la nostra tranquillità... la nostra pace domestica...

—Gran Proposto—interruppe il Torresani con una animazione artificiale che somigliava ad un impeto di zelo—se dal mio infimo gradino io posso qualche cosa per voi che sedete al più alto vertice della Gerarchia Governativa, non avete che a proferire una parola, ad emettere un ordine, perchè anima e corpo, io mi adoperi a vostro vantaggio... Non dico per vantarmi, ma credo, nel disimpegno delle mie attribuzioni, di avervi sempre dato prova di intelligenza, di abilità e sopratutto di molto zelo.

—Voi portate gloriosamente il nome del Torresani—rispose il Gran Proposto con accento solenne—epperò nelle emergenze difficili, io ebbi sempre ricorso a voi, ed oggi più che mai faccio assegnamento sul vostro ingegno, sulla vostra esattezza...

Il Torresani si levò in piedi e portò la mano al cuore esprimendo la più rispettosa divozione. Poi, ricomponendosi nel *pieritto*, fissò in volto il Proposto con tutta la malizia dei suoi due occhi da serpente.

Il Gran Proposto portò alle labbra l'ampolla dell'elisire, la sorbì fino all'ultima stilla—indi riprese con calma:

—Voi siete padre di famiglia, mio caro Torresani...

—Colle istituzioni attuali, ciò non porta imbarazzi... I miei dodici figli sono mantenuti a spese del Comune...

—Fino a quando la prole fu a carico dei genitori, gli affetti erano meno vivi, meno intensi...

—E i figli più scarsi di numero...

—La vostra osservazione è profonda, ma non serve al caso mio—rispose il Gran Proposto alquanto turbato.—Iddio non ha voluto gratificarmi di una prole numerosa quanto la vostra. Ebbi una sola figlia, e tutti i miei affetti, tutte le mie speranze si concentrarono in essa. Voi la conoscete—mia figlia, che all'ultimo *Concorso di Napoli*(11) ha ottenuto il secondo premio di bellezza—una figlia amorosa, buona, che tutti i padri m'invidiano.—Voi sapete ancora che da molti anni ho perduto la moglie; che io non ho sulla terra altro bene, altro conforto ai vecchi giorni fuori della mia Fidelia...

—Se non m'inganno, la vostra Fidelia deve aver compiuto i diciannove anni... Ella è nata nel 1963, all'epoca in cui ebbi anch'io una figlia... una figlia che si chiamava Stella... no... mi inganno... Giacinta... o piuttosto Camelia... Questi tre nomi c'erano nella famiglia... e so di averli iscritti ne' miei registri... Ah! voi siete un padre fortunato, signor Proposto... Avete potuto tenere presso di voi una figlia per diciannove anni, mentre a me, de' miei dodici, non ne rimane più uno. Le mie ragazze, quale a sedici anni, quale a dodici, quale a dieci, se ne andarono al quinto cielo coi palloni a vapore; e quando una ragazza abbia fatto la sua prima corsa in pallone, domando io chi può fermarla!

Il Gran Proposto si fece pallido in viso.

L'altro, che già cominciava a comprendere il segreto del suo turbamento, riprese, nel sembiante e nelle parole, il suo fare più ingenuo.

—Il vostro esordio, onorevolissimo Gran Proposto, mi darebbe a credere che voi pure abbiate dei gravi dispiaceri nella vostra *famiglia privata*.

—Tanto gravi, che quelli della famiglia pubblica, e sono pure ingentissimi, al paragone mi sembrano inezie.

—Se ciò è, mi spiace, onorevolissimo Gran Proposto, che io non sarò in grado di giovarvi come avrei desiderato.

—Al contrario... Non solamente voi siete in grado di prestarmi aiuto, ma fuori di voi, non avvi persona al mondo sulla quale io possa contare nel terribile frangente in cui mi trovo.

Il furbo Torresani sapeva già tutto, ma proseguiva a fare l'attonito.

—Voi... senza dubbio... avrete letto i giornali di ieri sera—disse il Gran Proposto con un largo sospiro—voi saprete la notizia pubblicata dal *Figaro*, organo uffiziale dei matrimoni, la notizia... che oggi corre sulle labbra di tutti...

—Ah!... To!... Veh!... La gran testa d'oca ch'io sono...! E dire che io mi era già scordato... Vedete se la politica ci rende imbecilli...! Perdonate se io non mi sono affrettato a rivolgervi le mie congratulazioni.

—Grazie, onorevole collega!... Grazie! Non è il caso di farmi delle congratulazioni, ma piuttosto di condolervi...

—Che?... vediamo un poco se ci intendiamo!—proseguì il Torresani abbandonandosi ad una loquacità che escludeva ogni interruzione.—Io voleva alludere alla petizione di matrimonio inoltrata dal cittadino Redento Albani, dal celebre inventore della pioggia artifiziale, in favore di vostra figlia... Figuratevi, Gran Proposto, qual fu la mia sorpresa ieri sera... sì... ieri sera... al teatro degli *Automi*... voi sapete... a quel vecchio teatro che un tempo si chiamava della Scala, e che oggi serve agli spettacoli automeccanici delle grandi marionette. Io vado ogni sera a quel teatro, vi ero abbonato da ragazzo, fino dai tempi in cui vi si rappresentava l'opera in musica... Che volete...? Siamo milanesi... e quindi... per indole... per educazione... fors'anche per influenza di clima... un po' abitudinari. Una sera, invece dei soliti cantanti, delle solite ballerine, ci hanno dato le marionette... Io, e i miei coetanei, piuttosto che abbandonare la nostra sedia fissa, il nostro palco di quarta fila... piuttosto che allontanarci dal nostro vecchio centro, ci siamo accontentati di quel nuovo spettacolo... e vi assicuro... Gran Proposto... che ci si diverte di cuore, e che la vecchia Scala è tuttora il primo teatro del mondo.

Il Gran Proposto sbuffava, ma non ardiva interrompere quella foga di parole. Il vecchio Torresani tirava innanzi con una facondia inesorabile.

—Or bene—voi conoscete il nuovo sistema dei *sipari* adottati recentemente nei grandi teatri—voglio parlare del *sipario-giornale*, che suol calarsi dopo il secondo atto della rappresentazione. Su quella vasta tela sono stampati, a grandi caratteri, i dispacci più importanti della giornata e buona parte delle notizie cittadine. Figuratevi dunque la mia sorpresa... la mia commozione... la mia gioia... quando, ieri sera, volgendo il mio binoccolo al sipario-giornale, potei leggere la petizione del cittadino Albani, riprodotta testualmente dal foglio uffiziale dei matrimoni. Oh! vi assicuro io, onorandissimo Gran Proposto, che quelle poche linee produssero una viva sensazione in tutta la sala... Tutti si compiacevano della vostra buona fortuna... Tutti dicevano che un partito migliore non poteva presentarsi a quella cara, a quella buona, a quella adorabile figliuola...

—Basta così! basta, Torresani!—proruppe il Berretta balzando dalla sedia liquida—ciò che voi narrate è troppo inverosimile...! Io non posso credere che voi, che un uomo qualunque dotato di sana ragione possa congratularsi meco di un tale avvenimento con sincerità di cuore.

Il Torresani portò le mani al petto e stravolse gli occhi, come uomo che chiegga perdono di un fallo involontario. Nel fondo dell'anima egli tripudiava di aver prodotta nel suo superiore quella impetuosa irritazione.

—Torresani... mio vecchio collega!—riprese il Gran Proposto con accento più moderato—mettete una mano sul vostro cuore di padre... e poi rispondetemi ciò che esso vi detta. Dareste voi in moglie la figlia vostra, l'unica vostra figlia, ad uomo come... lui?...

—In verità... giudicando dietro i calcoli dell'interesse... un primate dell'intelligenza... un uomo che può guadagnarsi dieci o quindici milioni di *lussi* colla sua invenzione...

—Torresani...

—Sentiamo... dunque...

—Parliamoci da buoni colleghi...

—Da fratelli... se vi piace...

—Come si poteva parlare... ai nostri buoni tempi... ai tempi dell'*Unione latina*...

Il Gran Proposto parlava con voce commossa, con accento supplichevole:

—Conoscete voi tutta intera la biografia di questo uomo… che osa chiedere in moglie la mia Fidelia…?

—Nella mia qualità di Capo di Sorveglianza, io dovrei conoscere tutti i cittadini che entrano nel circuito del mio Dipartimento; ma pure, dopo l'attivazione di quella malaugurata locomotiva dell'aria, vi confesso, onorevole Proposto, che mi riesce oltremodo difficile assumere su tutti delle informazioni complete…

—Non vi ricorda come or fanno cinque anni e pochi mesi, un giovane, che a quell'epoca si chiamava Secondo Albani, fosse implicato in un processo… in un processo… che fece inorridire la città tutta intera…? io spero che voi m'intendiate… che non vorrete obbligarmi ad esporre certi fatti…

—Fatti… orribili… atroci…

—Voi dunque… vi sovvenite…?

—In verità… nella mia qualità di cittadino… io dovrei…

—Comprendo i vostri scrupoli, mio eccellentissimo…

—Un capo di Sorveglianza…

—Deve necessariamente tener nota di certe precedenze…

—Le quali, in caso di recidiva, o di sospetto…

—Potrebbero fornire… argomenti…

—E servire come prove o titoli aggravanti…

—A meraviglia…! Io vedo che non occorrono altri discorsi… Voi siete una perla d'impiegato!…

—Gran Proposto, voi mi onorate di troppo!

I due funzionari si alzarono come due automi, si ricambiarono un profondo inchino, poi ripresero il loro posto.

Dopo breve silenzio, il Berretta uscì fuori con una domanda risoluta, colla quale egli sperava abbreviare quel disgustoso colloquio.

—Torresani!… Io farei torto al vostro acume, alla vostra perspicacia, e, aggiungiamolo pure, alla vostra provata amicizia, se mostrassi dubitare che voi non abbiate ancora indovinato ciò che io bramo da voi. Siete voi disposto ad assecondarmi?…

—Quanto all'assecondarvi—rispose il Capo di Sorveglianza con un accento di sommissione che fece rabbrividire il Gran Proposto—voi sapete che un misero impiegato di seconda classe, quale io mi sono, deve necessariamente subordinare la sua volontà a quella degli alti dignitari dello Stato... Vi ho già detto che, su questo punto, fra noi non può esistere difficoltà di sorta... Tutto sta che io abbia realmente compresa la situazione vostra, e in conseguenza le vostre intenzioni... Io non vorrei offendere la vostra delicatezza di cittadino... parlandovi con soverchia libertà...

Il Gran Proposto arrossì leggermente. L'altro proseguiva:

—Basta! Nel caso mi fossi ingannato... oso sperare che non vorrete prendere in mala parte le mie supposizioni., e vorrete perdonarle come effetto di zelo soverchio.

Il Torresani fissava le sue grigie pupille nel volto del Gran Proposto, e tirava innanzi con voce asmatica:

—Eccovi dunque come io la intendo, onorandissimo e colendissimo cittadino Proposto. Voi non bramate che vostra figlia, la vostra unica figlia, si unisca in matrimonio a quell'emerito cittadino, oggi Primate d'intelligenza, che porta il nome di Albani Redento, e ciò per la ragione, un po' illegale, se vogliamo, ma pure assai potente sul cuore di un padre, che quel cittadino, quel Primate, l'Albani in una parola, in epoca non remota, pose... la famiglia tutta intera... e quindi anche voi... noi... tutti quanti... nella necessità di dover dimenticare certe sue azioni... Basta!... Tanto io che voi, onorandissimo e sempre colendissimo Proposto, siamo troppo fedeli osservatori della legge per insistere su quest'ombra di reminiscenza!

—Bravo!

—L'essenziale è di impedire il matrimonio, opponendo alla petizione del giovane, ed al probabile assenso di vostra figlia, il *veto paterno*, che le leggi rendono inesorabile ogni qualvolta sia appoggiato da gravi ragioni, e convalidato dal voto degli Anziani.

—Voi leggete nel mio cuore, o nobile amico.

—La lettura è un po' difficile, ma le vostre lodi mi incoraggiano. Non potendo motivare il nostro veto su quelle tali precedenze che tanto io... come voi... abbiamo dimenticato...

—E dimentichiamo...

—Sta bene!... Convien frugare nella vita più recente del nostro uomo, vedere se dopo l'epoca di *Redenzione* egli non siasi per avventura macchiato...

—Torresani!... Voi siete un sublime Questore...!

—Capo di sorveglianza—se vi piace!...

—Perdonate!—la parola mi è sfuggita in un impeto di entusiasmo... È un *lapsus linguæ* che vi onora... Torniamo al nostro... uomo.

—Fra la petizione e il contratto finale di matrimonio, giusta le vigenti leggi (capitolo centosettanta, paragrafo novantotto) deve trascorrere un mese ed un giorno, nel qual tempo i *due futuri* devono vivere separati da una distanza di sessanta miglia, nè avere fra loro comunicazione di sorta.—È una *dilazione di prova* che impone dei rigorosi doveri…

—Dei doveri che molto spesso vengono obliati dall'una parte o dall'altra, nella quasi certezza che nessuno ne tenga conto…

—Si esigerebbe dunque… per parte nostra… un po' di sorveglianza…

—Molta sorveglianza…

—Una sorveglianza perenne, insistente, minuziosa…

—Importuna…

—Irritante…

—Accanita…

—Accanita!… Ecco la vera parola, onorandissimo signor prefetto…

—Gran Proposto… se vi piace!…

—I *lapsus linguæ* son contagiosi… Vi chieggo mille perdoni!…

—In un mese… anche l'uomo più onesto può commettere delle azioni…

—Nefande!… Il giusto pecca sette volte all'ora, dicono i preti riformati, i preti della *vecchia* portavano la cifra a settanta volte sette!…

—Voi dunque credete?…

—Io credo che in due linee di scritto si trovino sempre dieci capi di accusa per far condannare un imbecille, così l'uomo il più astuto, e diciamolo pure, il più onesto, dopo un mese di sorveglianza fatta a dovere…

—Fatta da voi, mio buon Torresani…

—O da' miei incaricati…

—È un uomo posto fuori dalla legge…

—Un uomo… impossibile!

Il Gran Proposto e il Capo di Sorveglianza si levarono in piedi con moto simultaneo, e si strinsero la mano come due cospiratori.

—Io sono orgoglioso di avervi perfettamente indovinato—disse il Torresani con affettata compunzione.—Ormai ogni altra parola sarebbe superflua; convien mettersi in moto e agire prontamente… Il nostro uomo è partito per Costantinopoli; di là, fra una settimana, dovrà recarsi a Pietroburgo... Prima ch'egli ci sfugga, bisogna mettergli a fianco due dei nostri... due buoni bracchi dei meglio addestrati a simili imprese... Scriverò privatamente a tutti i Capi di Sorveglianza dei principali Dipartimenti della Confederazione... Insomma, non risparmieremo nè cura... nè danaro...

—A proposito... Io mi scordava dell'essenziale—disse il Gran Proposto, trattenendo Torresani che prendeva le mosse per andarsene.—Per compiere il vostro piano, vi abbisogneranno senza dubbio dei mezzi straordinari... Via! che serve?... Facciamo le cose a dovere... No! io non vi lascio partire... se prima... non dichiarate...

—Ma se vi dico che sono inezie! Trattandosi di voi... della vostra famiglia... a cui mi legano tante obbligazioni...

—No!... no!... I fondi segreti debbono servire a qualche cosa... Ed è appunto in tali emergenze straordinarie...

—Basta! poichè voi... lo esigete...

—Duecentomila lussi... Che vi pare, Torresani?... Tanto da cominciare le operazioni...

—Io direi, poichè vi sta tanto a cuore la buona riuscita dell'impresa, io direi che, seguendo l'antico proverbio: *omne trinum*!...

—Trecentomila lussi!... Ma voi siete troppo discreto, mio vecchio collega! Trattandosi, come dicevate poc'anzi, di rendere un immenso servigio...

—Al Governo...

Il Gran Proposto si sentì trafitto da quest'ultimo sarcasmo. Prese la penna con mano tremante, sottoscrisse un bono di trecentomila lussi, e lo porse al Torresani, senza aggiunger parola. Questi chiuse il viglietto nel portafoglio, e, fatto un inchino grottesco, uscì dal gabinetto.

Quella sera, nell'*Unità mondiale*, altro dei fogli dell'opposizione, leggevasi la seguente notizia cittadina:

«Stamane, fra il proconsole Terzo Berretta e il famigerato poliziotto Torresani ebbe luogo un lungo conciliabolo a porte chiuse, in seguito a importanti dispacci venuti da Berlino, e da altri capoluoghi della Unione. Noi sappiamo da fonte sicura che il partito governativo (il partito *coda*) sta tramando un orribile complotto contro la libertà dei popoli. Il colpo di Stato, già tante volte preconizzato da noi, è tanto imminente, che può dirsi un fatto compiuto. All'erta cittadini!... Popoli dell'*Unione* preparatevi ad agire!...»

CAPITOLO XII. STRATEGIE DI UN CAPO DI SORVEGLIANZA.

Il Torresani, dopo il suo abboccamento col Gran Proposto, si recò all'*Uffizio di Sorveglianza* per procedere senza ritardo alle operazioni richieste dal caso.

Il suo zelo fu adeguato alla importanza della missione; ma forse egli non sarebbe riuscito ad appagare pienamente i desideri del suo superiore, se la fortuna non lo avesse singolarmente favorito.

Erano trascorsi quindici giorni dacchè l'Albani aveva lasciato Milano per recarsi a Costantinopoli e quindi a Pietroburgo, e il Torresani, che aveva mandato sulle sue tracce una mezza dozzina de' suoi segugi più fidati per spiare ogni sua azione, ogni suo movimento, non aveva ancora ricevuto alcun dispaccio soddisfacente.

Il vecchio Capo di Sorveglianza già cominciava a dubitare della buona riuscita del suo piano strategico, quando un incidente, che a prima giunta non pareva avere alcun rapporto coll'affare che tanto gli stava a cuore, venne inaspettatamente in suo soccorso.

Una mattina, mentre il Torresani se ne stava, come al solito, nel suo gabinetto, a decifrare i dispacci arrivati nella notte, un *esploratore di alto cielo*(12) venne a riferirgli che una *volante di terzo ordine* già da parecchi giorni stazionava al disopra della città, mantenendosi ancorata ad una elevatezza molto sospetta.

Quella volante, a dire dell'esploratore, presentava una struttura singolarissima.

Il gran pallone, di colore azzurrognolo, diafano, terso come cristallo, rifletteva siffattamente la tinta atmosferica, che in quella si fondeva, si smarriva, rendendosi quasi impercettibile. La navicella era chiusa, immobili le ruote, la *coda timoniera* costantemente abbassata; non sibilo, non fumo, nessun indizio che il cavo contenesse degli abitatori.

Più volte l'esploratore aveva veduto una gondola cittadina elevarsi in quella direzione, e poi disparire, come se il grande veicolo l'avesse assorbita.

Queste ascensioni erano avvenute ad ora molto avanzata della notte, e la gondola cittadina, in onta alle prescrizioni, si era slanciata nell'aria a fanali spenti. L'esploratore due o tre volte si era provato ad inseguirla, ma al momento di raggiungerla, improvvisamente il suo *chatvue* si era annebbiato, e le ruotelle del suo *brik* aveano preso a girare in senso retrogrado.

Il vecchio Torresani ascoltò la relazione del suo *subalterno* senza dar segno di meraviglia. Uscì dal gabinetto, accennò all'altro di seguirlo, e tutti due salirono sulla gran torre che dominava l'intera città.

Quivi giunti, il Capo di Sorveglianza avvicinossi ad un immenso *aereoscopio*(13), e volgendosi all'esploratore:—sai tu indicarmi—gli disse—in qual punto stazioni la nave sospetta?

—Tirate una retta fra Venere e Marte; dividetela in otto sezioni perfettamente uguali; alla quinta metà dell'ultima sezione d'ovest, abbassate un triangolo, e al lato *a, b, c.* troverete la nave.

—Sta bene!—mormorò il Torresani incurvato sotto il poderoso cannocchiale.

In quel momento il vecchio Capo di Sorveglianza somigliava ad un ragno, e parlava con voce chioccia, com'egli temesse di essere udito al di sopra delle nuvole.

—Ecco! appunto una nave di terzo ordine a distanza di mille e novecento metri... Presto!... Applichiamo alla lente la nostra *camera oscura*... fotografiamo!... Ah! La nave si muove...! Mutano di posto...! se ne vanno!... Via! non serve correr tanto, signori miei! Vi ho conosciuti, vi conosco...

—Che!... a tanta distanza, voi avete potuto riconoscere le persone che sono là dentro!— esclamò il subalterno spalancando due grossi occhi da imbecille.

Il Torresani gettò su lui uno sguardo pieno di sarcasmo e di commiserazione.

—E tu, imbecille, non hai ancora capito che razza di gente sia quella, che mostra tanta paura del nostro cannocchiale?

—Gente sospetta... capisco anch'io...—balbettò il subalterno colla persuasione d'aver fatto una grande scoperta.

—Ah! quei signori tu li chiami gente sospetta, imbecille! Di' piuttosto canaglia della peggior specie, furfanti, briccconi, ladri, barattieri, e ignoranti, presuntuosi, che credono sottrarsi al rigore della legge... che pretendono corbellare il vecchio Torresani!... Presto!... Scendiamo abbasso, lumacone!... Lascia in pace quel l'ordigno maledetto... Dire che i *primati* dell'ottica non hanno ancora trovato il modo di fornirci un *aereoscopio*, che si possa nascondere fra i polpastrelli delle dita... Non importa! Abbiamo altre risorse... I birboni della scienza favoriscono le ladrerie e le truffe: ma fortunatamente ci porgono mille mezzi per discoprirle e punirle... C'è progresso da ambe le parti, signori garbatissimi! Peccato che gli statuti dell'*Unione* non ci permettano di violentare i cittadini!... Le manette, la prigione, la forca, quelli erano espedienti efficacissimi per tutelare l'ordine pubblico!... Nondimeno, parola da Torresani, fra pochi minuti io farò vedere a quei pirati di alto cielo, che anche noi siamo in grado di far rispettare le leggi e di imporre alla canaglia!...

Così parlando, il Capo di Sorveglianza giunse nella sala di *diramazione*, dove, appena entrato, fece scattare una molla, la quale, per varii fili elettrici, era in comunicazione coi principali dipartimenti del palazzo.

Le pareti oscillarono, e dopo alcuni minuti, si apersero nei quattro lati della sala parecchie porticelle numerizzate, e a ciascuna porticella affacciossi un individuo, portante la divisa dei subalterni di *sorveglianza*.

Il Torresani salì sovra un pulpito e prese a *diramare* i suoi ordini.

—Numero uno: convocare i duecento nella sala di magnetismo, e arrestare nel termine di dieci minuti la nave sospetta.—Numero due: recarsi da Duroni, e far ritrarre la nave in ventiquattro copie, dodici a fotografia colorata, dodici a fotografia ponderabile(14).

—Numero tre: riferire il numero preciso delle gondole stazionate nei diversi quartieri, e di quelle che tengono l'alto.—Numero quattro: esaminare i *tesseri* dei singoli padroni di gondole, portanti le note giornaliere dal dieci settembre fino a questo giorno, e riferire l'itinerario di ciascun conduttore.

Ciascun subalterno, appena scoccato l'ordine, scompariva come fantasma, gli altri rimanevano in sentinella alle porte ad attendere i cenni del Capo.

Dopo un quarto d'ora di attesa, il *numero due* entrò nella sala, e depose sul pulpito del Torresani ventiquattro cartoni, sui quali era disegnata la *nave volante*.

Il Capo di Sorveglianza gettò una rapida occhiata sulle fotografie, indi rispose:

—Numero cinque: prendete una copia di questo disegno, e compite sollecitamente l'ispezione di raffronto.

—Numero sei: portate quest'altra copia nella sala di chimica onde sia ponderata e decomposta.—Numero sette: a voi quest'altro cartone! fate l'inventario dei mobili, degli attrezzi, degli accessorii che appariscono alla superficie della nave.—Numero otto: verificate se da qualche finestra o pertugio apparisce alcun frammento di figura umana, una testa, un naso, un orecchio, una gamba, non importa! riportatemi quei frammenti centuplicati di proporzioni.

Per alcuni minuti, fu nella sala un andirivieni di subalterni.

Il Torresani, dall'alto del suo pulpito, non cessava di impartire ordini a questi e a quelli. I suoi occhi grigi mandavano faville.

In termine di mezz'ora, i documenti più essenziali erano raccolti. Il Torresani li esaminava, li confrontava con feroce compiacenza. Le sue labbra, frattanto, non cessavano di brontolare una specie di monologo, dal quale spiccavano tratto tratto degli ordini, delle interrogazioni, e più spesso dei grugniti di piacere.

—Voi dicevate, subalterno *numero uno*, che i vostri duecento magnetizzatori hanno durato molta fatica a trattenere la nave per dieci minuti, vuol dire che abbiamo delle *volontà deboli*, fors'anche dei *contrari*, dei traditori, che mangiano la pensione del Governo e servono ai cospiratori... Non importa... I cinque minuti hanno bastato al Duroni per darmi delle buone fotografie... La nave è di costruzione americana, porta il numero 2724, probabilmente un numero falso... Nel gran catalogo delle navi volanti ne abbiamo trovato una perfettamente identica a questa... Lo stesso disegno... la stessa forza... lo stesso peso... non c'è dubbio... Ah! ah!... Questa nave fu fabbricata a Rio Janeiro dagli industriali Thompson e Stefany... tre anni sono, e fu venduta al Primate Michelet, il quale a sua volta la cedette al Bonafous pel servizio della *retta* fra Milano e Pietroburgo. Ah!... comprendo...! I Bonafous, due anni sono, la cedettero ai Calzado, fabbricatori di carte da giuoco a Madrid, poi... poi... Dacchè i Calzado vennero sfrattati dalla *Unione*, la nave scomparve per due mesi, quindi fu riveduta e segnalata da parecchi aereoscopi, dapprima a Torino, poi a Napoli, quindi a Parigi, più tardi a Pietroburgo, a Berlino, a Lucerna. Confrontiamo le date di queste apparizioni colla Cronaca criminale delle città nominate... Ci siamo...! Ecco...! Sta bene!... L'avrei indovinato; a Torino una sorpresa notturna alle guardie del tesoro reale; a Napoli una sottrazione di monete antiche al pubblico Museo; a Parigi vincite considerevoli al *maccao* per parte di un truffatore; a Pietroburgo, a Vienna, a Lucerna altri fatti dell'egual genere... Dapertutto, l'apparizione di questa nave ha portato la truffa, l'aggressione, il delitto... Dunque io non mi era ingannato... Là dentro c'era un nido di briganti, di barattieri, fors'anche di assassini... E voi, signori uffiziali di magnetismo, non avete avuto forza di trattenerli una mezz'ora, tanto che io potessi ottenere un mandato di arresto eccezionale... Basta!... C'è ancora una speranza... Non tutti quei bricconi saranno partiti colla nave... può darsi che qualcuno sia rimasto fra noi... Il Lissoni, proprietario di gondole al quartiere del Macello pubblico, riferisce che uno dei suoi conduttori, il nominato Bigino, per cinque notti consecutive fece delle ascensioni fuori di torno, a fanali spenti. Eh! di là! Numero quattordici! conducetemi tosto il Bigino! Egli è disceso stamattina prima dell'albeggiare; non è improbabile che la sua gondola abbia portato abbasso uno di quei gabbamondo... E noi lo conosceremo... perdio! E s'io riesco a pigliar in mano un filo della matassa... giuro districarla in pochi giorni... e vi prometto che quella galera di birboni non farà, quindi innanzi, un lungo viaggio!...

Il Torresani accennò col dito a diversi subalterni, i quali immediatamente gli si fecero appresso, per ricevere alcuni ordini segreti.

Poco dopo, entrò nella sala il Bigino, conduttore di gondole.

CAPITOLO XIII. UN SETTARIO CHE OSSERVA LA LEGGE.

—Bigino... fatti innanzi!... più innanzi!—cominciò con voce alquanto aspra il Torresani.—Sul tuo tessero veggo notate quattro trasgressioni dal primo d'anno a tutt'oggi... Un'altra ancora, e saremo autorizzati a levarti la patente di conduttore... Ciò dipende da noi... dal nostro beneplacito... Bada ora dunque a rispondere con sincerità alle nostre interrogazioni; a tale patto soltanto noi potremo usarti qualche indulgenza. Per tre notti consecutive, contrariamente alle prescrizioni dell'Ufficio di Sorveglianza, tu ti sei permesso di esercitare il servizio fuori di torno, e di prendere l'alto senza accendere i fanali...

Il Bigino, che posava dinanzi al pulpito in un'attitudine da cinico petulante, crollò leggermente le spalle, e fissando i suoi occhi avvinazzati in quelli del Torresani:

—Signor Questore—rispose—il servizio fuori di torno... com'ella può bene imaginare... qualche volta diviene obbligatorio... sopratutto... se gli altri colleghi di professione (ciò che accade sovente...) dopo essersi sbarazzati del *soffietto acustico*, si addormentano della quinta, e caschi il mondo, non scendono al richiamo. Quanto poi alla questione dei lumi, la colpa non è mia, dacchè ai fanali della gondola mancano quattro vetri, ed ella sa meglio di me, signor Questore onorevolissimo...

—Io non mi chiamo Questore, ma Capo di Sorveglianza...

—La perdoni...! Noi altri milanesi siamo un po' duri a imparare le parole nuove... sopratutto se queste parole non esprimano che idee antichissime... e rappresentino delle istituzioni altrimenti qualificate nei tempi addietro. Gli è già molto se abbiamo potuto abituarci a denominare Questura ciò che nel secolo scorso si chiamava Polizia...

—Lasciamo andare queste inezie—rispose il Torresani con un suo sorrisetto che aspirava ad essere ingenuo.—Bigino!... Io so bene che malgrado le tue irregolarità nell'esercizio della tua professione, tu sei un buon figliuolo, un buon cittadino, ed all'Università passavi anche per uno spirito pronto e illuminato... Tu conosci le leggi dello Stato e ne comprendi lo spirito e le intenzioni. Tu sai che in un Governo ben ordinato, libero, popolare, dove tutti hanno uguali diritti e uguali doveri, ciascun cittadino che non renda testimonianza del vero contro i malfattori... che non cooperi...

—Non serve studiare le frasi—interruppe il Bigino col suo fare più bislacco.—In un governo ben ordinato, libero, popolare... tutti siamo in dovere di fare la spia...!

—Tu profferisci una parola che in verità... suona alquanto sinistra ed antipatica alle masse... ma pure... ne convengo...

—Via! parliamo giù alla meneghina! Rendere testimonianza e fare la spia... sono due frasi che si equivalgono perfettamente... Ma via! Non sgomentatevi, signor Questore. Io amo alquanto bisticciare sulla elasticità del linguaggio umano e sulle consuetudini dei tempi. Dopo aver compiuto il corso completo nelle Università della *Unione*, anche a noi conduttori di gondole è permesso di filosofare un pochetto. Del resto io vi dichiaro, signor Questore, che fra i tanti doveri che opprimono i liberi cittadini della *Unione*, questo di rendere testimonianza per *effetto di legge* lo ritengo il più sacro. Per incoraggiarvi, dirò di più. Io appartengo a quella setta di politici, i quali si accordano nel principio che il mondo non sarà mai perfettamente governato, fino a quando il potere esecutivo non sarà nelle mani di tutti!

Il Torresani fece una smorfia sinistra.

Le ultime parole del conduttore di gondole rimescolavano nella sua mente una terribile idea, una idea che era il tormento delle sue ore inoperose, l'incubo delle sue notti più insonni. Commissari di polizia, questori, capi di sorveglianza, non sacrifichereste voi una metà del vostro stipendio per allontanare questo orribile fantasma che vi grida eternamente con un milione di voci: rivoluzione!... mutamento di Governo! anarchia!?...

Ma il vecchio Torresani riprese ben tosto la sua calma, e fingendo di non aver compreso la minaccia del suo interlocutore:

—Bigino!—gli disse—poichè ti veggo sì ben disposto a secondare l'autorità, nella quale, per ora, si concentrano i poteri necessarii alla tutela dell'ordine pubblico, non dubito che tu vorrai rispondermi con tutta schiettezza. Nelle tue ascensioni fuori di torno, tu hai condotto delle persone sospette alla volante stazionata da circa dieci giorni al disopra della città, portante abusivamente il numero 2724.

—Persone sospette!... Ecco delle parole molto elastiche e molto abusate dagli antichi e dai nuovi rappresentanti dell'autorità governativa. Sarebbe ormai tempo di sopprimerle, onorevolissimo Questore. Il sospetto è il nemico più naturale della equità, ed è quasi sempre il precursore della ingiustizia. Basta! A suo tempo muteremo il frasario... Io vi ho detto, onorevole Torresani, che intendo adempiere al dovere di testimonianza con iscrupolosa sincerità. Risparmiatevi dunque la pena delle subdole interrogazioni, e lasciate che io esponga i fatti nella schiettezza dell'animo mio. Il vostro metodo di inquisizione potrebbe irritarmi, ed io sarei tentato di reagire con quelle medesime armi che voi siete soliti adoperare in tali occasioni.

Il Torresani si morse le labbra, e ripensò ai tempi beati, quando una osservazione di tal genere, indirizzata ad un Commissario di Polizia, avrebbe valso all'inquisito due o tre mesi di arresto.

Il Bigino, senza attendere altro cenno, si fece a narrare la sua istoria:

—La sera dell'otto corrente, verso nove ore, uno sconosciuto venne a patteggiare la mia gondola per una ascensione diretta, eccedente l'elevatezza legale. Per altri mi sarei rifiutato; ma l'individuo mi si diede a conoscere per un graduato della setta equilibrista, ed io dovetti obbedire. Salimmo rapidamente, i lumi si spensero, il mio uomo non fece parola durante l'ascensione; egli governava il timone per dirigere la gondola, e frattanto girava rapidamente il suo *chatvue* per esplorare gli spazi tenebrosi. Giunti alla nave ancorata, egli stesso volle gettare gli uncini di presa, e dopo avermi generosamente regalato, mi pregò di attendere alcuni minuti. Poco dopo, quattro individui discesero nella mia gondola, staccarono gli uncini, e mi ordinarono di calare verso gli orti Balzaretti. Nell'atto di pagarmi, gli sconosciuti mi imposero di tornare la sera appresso in quel medesimo luogo, donde sarebbero ripartiti per l'alto colla mia gondola. Promisi e tenni parola. A dieci ore della notte, io presi l'alto co' miei quattro individui per risalire alla volante ancorata. Essi entrarono nella nave; io, dietro loro richiesta, patteggiai di risalire la notte seguente per tenermi pronto ad ogni cenno. Si fecero parecchi viaggi...

—Basta!—interruppe il Torresani, il quale durante l'esposizione del Conduttore non aveva cessato mai di sfogliare i documenti che erano ammassati nel suo pulpito—so quante volte sei asceso, quante volte sei calato, e con quanti individui, e in quali circostanze. Lodo la tua schiettezza, Bigino. Ma ora, per abbreviare le formalità dell'esame, io ti prego rispondere alle poche domande che sono per indirizzarti: Nell'ultima tua *calata*, hai tu *deposto* in Milano qualcuno degli abitatori della Nave?

—Uno.

—Il primo, forse, lo stesso che, la sera dell'otto, venne a noleggiare la tua gondola, dandosi a conoscere per un graduato della setta equilibrista...?

—Un altro...

—Uno dei quattro...?

—Un individuo, che io non aveva mai visto, una persona molto seria, molto interessante.

—E questa persona... molto seria... molto interessante... ti ha fatto promettere di tornare colla tua gondola... a rilevarlo...?

—Al contrario, gusta volta io fui licenziato, e congedato formalmente.

—Bigino!... Un ultimo favore, poi ti lascio andare pei fatti tuoi, senz'altra molestia: ti prego di salire un istante sul mio pulpito...

Il conduttore si avanzò verso il pulpito colle mani in saccoccia, e giunto presso i gradini, si fermò come un ciuco restìo.

—Salite, dunque, cittadino fratello!...

—Cittadino questore, io non amo i luoghi alti...

—Tu! un conduttore di gondole volanti!...

—Le gondole si elevano nell'aria libera; ma qui... più si va in alto... e più manca il respiro...

—Dunque, cittadino Bigino, tu vuoi proprio che il vecchio Torresani discenda?...

—Chi è salito discenda, chi è caduto si rialzi, tale è il motto degli *Equilibristi*.

Il Torresani scese dal pulpito, e accostandosi al Bigino con affabilità carezzante, gli pose sottocchio un ritratto fotografico.

—Conosci tu questa figura?

—È lui!... quegli che la sera dell'otto richiese pel primo la mia gondola...

—Sta bene! Ed ora, sfogliamo rapidamente l'*Album* dei pregiudicati; e vediamo se fra questi duecento ritratti tu puoi riconoscere anche l'altro individuo che hai *deposto* in città nell'ultima tua calata.

Il Bigino sfogliò rapidamente il gran libro, e poi crollò la testa in segno negativo.

—Dunque egli non è qui? Osserva bene! Non v'è alcun figuro qua dentro di tua conoscenza?

—Ho detto di no!

—Bigino!... Tu hai parlato di una persona seria... interessante...
Non sapresti fornirmi altri connotati di quell'uomo?... Aspetta...
Bigino!... Una idea!... Colui è iscritto tra gli affigliati alla setta
degli *Equilibristi*!... Vediamo un po'!...

Così parlando, il Torresani spiccò un salto verso il suo pulpito, aperse un cassettino, ne levò un ritratto in fotografia, e tornando presso il conduttore di gondole, glielo pose sotto gli occhi.

Il Bigino guardò fissamente l'effigie, poi il vecchio Capo di Sorveglianza che sorrideva maliziosamente, e obbedì alla voce del dovere, che gli imponeva la testimonianza legale:

—È lui!...

-Lui!!!—esclamò il Torresani—lui... a Milano!...

Ma il Capo di Sorveglianza non lasciò intravedere che un lampo della immensa sua gioia. Immediatamente egli congedò il conduttore, salì di nuovo in bigoncia, e adunati intorno a sè tutti i subalterni che durante l'interrogatorio erano rimasti sulle porticelle come altrettante cariatidi, riassunse con voce convulsa le sue deduzioni:

—Nella volante incriminata si trova il famigerato Antonio Casanova, altro dei graduati della setta di Equilibrio, ladro, falsario, truffatore, barattiere da giuoco, già processato in contumacia in due dipartimenti della Unione, privato d'ogni diritto di famiglia, e oggimai posto fuori della legge. Gli agenti di Sorveglianza hanno dunque sulla nave e sull'individuo il diritto di cattura e di esterminio, del quale possono prevalersi in ogni tempo e in qualsivoglia circostanza senza obbligo di intimazione. Il *Compartimento di complicità* è incaricato di segnalare la detta nave a tutti gli Uffizii dello Stato, trasmettendo a ciascun Uffizio una copia fotografica del veicolo, col ritratto del reo inassolvibile. Quanto poi all'altro individuo, parimenti affigliato alla setta degli *equilibristi* secondo ogni probabilità residente ora in Milano, noi possiamo constatare essere questi un celebre industriale da pochi giorni elevato al rango dei Primati dell'intelligenza, l'inventore della macchina per la pioggia artificiale, noto attualmente sotto il nome di Albani Redento. Non risulta dai nostri cataloghi verun delitto a di lui carico, ed essendo l'Albani nel suo pieno diritto di percorrere ed abitare a suo beneplacito tutti i dipartimenti della Unione, noi non ci terremo obbligati ad esercitare su lui una speciale sorveglianza. Pure, considerata la circostanza pregiudiziale di aver egli viaggiato in un veicolo sospetto e in compagnia di uomini riprovati e processati e condannati a tutto rigore di legge, credo opportuno e prudente far seguire le sue tracce, e far sindacare le sue azioni da quattro uffiziali di *prevenzione*, i quali verranno scelti fra i più cauti e manierosi del compartimento. Questi quattro uffiziali si pongano immediatamente sulle peste. L'Albani è proprietario di una villa suntuosa, sulle sponde del canale Lariano, a venti miglia dalla città. I nostri bracchi fiutino per quella parte, e troveranno il loro uomo. Prudenza, discrezione, alacrità, rapporti celeri e immediati!—Abbiamo inteso? Il processo è esaurito!...

Il Torresani, dopo queste parole, toccò la molla di congedo, i subalterni sparirono com'erano venuti, le porticelle si chiusero, e la sala rimase deserta.

Poco dopo, il vecchio Capo di Sorveglianza spediva a Pietroburgo un telegramma:

«Bolza,—sei un imbecille!—Albani è a Milano da otto giorni, e tu l'hai veduto ieri a Pietroburgo; da questo momento ti metto in disponibilità con un quarto di stipendio».

E subito da Pietroburgo un telegramma di risposta:

«Albani è qui; ho fatto colazione con lui stamattina al Caffè Kertzel. Mettendomi in disponibilità commettereste un abuso di potere, e la vedremo!

«*Bolza*».

Il Torresani, letto il dispaccio, rimase alcuni minuti sopra pensiero. I suoi occhi erano quelli del gatto che vede levarsi a volo una allodola sfuggitagli dall'ugna.

—Non importa!—esclamò poco dopo—le deposizioni del Bigino varranno a qualche cosa, se non altro a convincere il Gran Proposto della nostra buona volontà.

CAPITOLO XIV. ANTONIO CASANOVA(15).

La strategia dell'astuto Torresani, tuttochè abilissima, questa volta non giunse a salvarlo dalle mistificazioni del più scaltrito industriante dell'epoca.

Questo industriante, o meglio cavaliere di industria, chiamasi Antonio Casanova.

Per discoprire i suoi ingegnosi stratagemmi ci converrà salire nelle regioni dell'aria, all'altezza di mille e novecento metri, per introdurci nella sua cabina riservata.

La sua nave si era ancorata al disopra di Milano fino dal 4 settembre, sebbene gli esploratori dell'alto cielo non l'avessero avvertita che tre giorni più tardi.

Antonio Casanova aveva scelto il suo tempo per venire a Milano. La straordinaria affluenza di veicoli aerei e terrestri che portavano alla famiglia dell'Olona tante migliaia di forestieri attratti dal nuovo spettacolo della pioggia artifiziale, era una circostanza molto propizia a' suoi disegni. I cavalieri di industria corrono dov'è la folla.

La biografia del nostro barattiere fornirebbe un romanzo poco edificante, ma pieno di interesse. Io mi limiterò ad accennarne alcuni tratti, nei quali si scorge come il progresso delle scienze, delle arti e delle industrie si possa facilmente usufruttare dai birboni al maggior danno della società.

Le prime scene del mio racconto splendevano di poesia, di amore e di felicità; io mi compiaceva di spaziare nella luce di questo secolo avanzato e meraviglioso, che io godeva raffigurarmi tanto diverso dal nostro nel più completo sviluppo di ogni idea liberale e umanitaria, nella soddisfazione di tutti i desideri più nobili e più audaci. Ed eccoci, troppo presto, intricati in quel labirinto di miserie, di bassezze, di fatuità, di stravaganze, di delitti, che costituiscono il fondo reale e positivo di tutta la istoria umana!

La nostra fantasia può ben colorire di rose tutta un'epoca, e abbellirla di un prestigio incantevole; può rappresentarsi la perfezione ideale dello spiritualismo e della virtù, incarnata nei suoi molteplici personaggi; ma essa non può mentire a sè medesima al punto da rinnegare uno dei due elementi che costituiscono la natura dell'uomo. Esageriamo il bene a comodo nostro, e noi vedremo, sulle orme di quello, insorgere il male in proporzioni gigantesche. Estraete il fuoco dalla silice; e mentre gli assiderati ne ritrarranno la vita, il prete si trarrà in disparte a meditare l'orrendo supplizio dei roghi. Mentre voi benedite l'acciaio che vi fornisce il vomere a coltura dei campi, il boia imaginerà la mannaia. Quale è la scienza, quale l'industria, che possa vantarsi innocente di corruzione e di calamità? La stampa, che diffonde la luce, moltiplica i pregiudizii, il telegrafo accelera il moto del pensiero, e serve alla menzogna dei despoti, alle frodi della Borsa. Dappertutto i due elementi dell'uomo si rivelano: il bene ed il male camminano di pari passo. Il secolo d'oro è inconcepibile.

Perdonate la digressione, e proseguiamo il racconto.

Antonio Casanova di poco oltrepassava i trent'anni, e già il suo nome era tristamente famoso nella Cronaca criminale dell'epoca. Questo insigne barattiere avea già posto in allarme tutti gli uffizi di sorveglianza dei Dipartimenti della *Unione*, le Questure e le Polizie dell'altre parti del mondo.

Dotato di una forza fisica sorprendente, magnetizzatore di prima potenza, il Casanova aveva incominciate le sue prodezze nelle case da giuoco.

La sua volontà efficiente si esercitava con mirabile effetto sulle carte e sulle palle da bigliardo. Aveva viaggiato parecchi anni con una *stecca* di sua invenzione, nel cui legno perforato scorreva un zampillo di mercurio iniettato in una vena capillare di nervi umani. Quel tubo era un inalterabile conduttore della volontà. Il Casanova, lanciando la sua biglia, non aveva che a prescriverle il corso nella sua mente, perchè quella obbedisse al suo volere come un corpo intelligente. La palla descriveva sul verde tappeto delle curve, dei circoli inverosimili. La *colla*, il salto degli *uomini*, la carambola, nessuna difficoltà di giuoco imbarazzava quell'avorio prudente e sicuro, il quale trionfava di ogni ostacolo, e pareva schernire la trepidazione dei circostanti. Il Casanova, usando della sua stecca, poteva dare venti punti al più abile giuocatore...

Al macao, al lanzichenecchi, all'*ecarté*, le istesse risorse magnetiche. Il Casanova, purchè avesse le carte nelle mani, col semplice tocco delle dita, mutava i picche in fiori, i cuori in quadri, sostituiva un fante ad un asso, creava il suo giuoco. Egli vinceva colla volontà, portando ne' suoi competitori il turbamento e la disperazione. Guadagnava tesori.

Ma questa professione del giuoco era troppo monotona per uno spirito insofferente e fantastico. Il Casanova ne fu presto annoiato. La sua natura era perversa. Più che l'utile proprio egli amava il danno d'altrui. Il giuoco non gli offriva che delle vittime volontarie, uscite per la più parte dai ranghi più screditati della società; egli aveva bisogno di portare il male nelle famiglie oneste, nelle classi più stimate e, a suo vedere, più felici. Sopratutto egli si compiaceva di truffare gli uomini altolocati, i funzionari del Governo, i primati dell'intelligenza. Tutto ciò che era talento, illustrazione, rappresentanza di moralità e d'ordine pubblico, per lui, anima di Caino, era oggetto di odio e di persecuzione. Affigliato alla setta degli Equilibristi propugnatori della anarchia universale, in breve era salito ai primi gradi dell'ordine. Gli Equilibristi domandavano la perfetta uguaglianza sociale, ma fra essi era già stabilita la gerarchia. I settarii di buona fede cooperavano, inconscii od illusi, alle sue ladrerie. Nelle città più importanti della Unione e d'altre parti del mondo, il Casanova poteva impiegare al servizio de' propri disegni una camorra potente. Rubava, e divideva co' suoi correligionarii il quinto dei *redditi*. Il resto spendeva in gozzoviglie, ovvero in procacciarsi nuovi mezzi a compiere le sue imprese temerarie.

Ed ora, dopo questi brevi cenni, vediamo il nostro uomo nell'azione che direttamente si riferisce alla nostra istoria.

CAPITOLO XV. I MISTERI DELLA NAVE 2724.

Antonio Casanova, venendo a Milano, aveva già fissata la sua vittima.

Riportiamoci alla data del sei settembre. Al sorgere del mattino, tutti i forastieri venuti a Milano per assistere all'esperimento della pioggia artifiziale, ripartivano per diverse direzioni. L'aria era ingombra di palloni; le locomotive volanti si staccavano dalla terra come bolidi opachi, lanciandosi negli spazii. Una popolazione di oltre cinquecentomila viaggiatori salutava la città ospitale dall'altezza di ottocento metri cogli spari delle bombe *fraterne*, le quali, scoppiando, sviluppavano una pioggia di confetti e di fiori.

La nave 2724, profittando della concorrenza, si era abbassata al livello del Duomo; tanto che il timoniere, lanciando una corda di sospensione, potè attirarvi il Casanova, che fino all'alba stava spiando i movimenti del suo legno dalla cupola maggiore.

Quella operazione si compiva in un lampo. Appena il Casanova fu a bordo della sua nave, questa prese a salire rapidamente in linea diretta, e scomparve tra le nuvole.

Durante quella giornata il nostro cavaliere di industria si tenne chiuso nella sua cabina. Verso mezzanotte fece chiamare quattro uomini di fiducia per concertare con essi il suo piano strategico.

—Io l'ho veduto—cominciò il Casanova—l'ho veduto ieri, di pieno giorno, sulla gabbia della torre centrale che dominava la sua macchina, mentre egli dirigeva le operazioni. Dippiù, l'ho udito parlare, onde io mi tengo sicuro di poter imitare perfettamente la sua voce e le sue inflessioni. L'Albani ha, presso a poco, la mia statura. La sua testa è enorme, la sua corporatura più sviluppata della mia; in una parola, quell'uomo mi va come un guanto. Oramai non mi resta che discendere un'ultima volta per spiare l'*entità e la deposizione dei morto*(16); voi mi capite! È un'operazione delicata e difficile, per la quale si richiedono tutto il mio accorgimento e la mia potenza di volontà. Questa notte io mi lascierò cadere su Milano, e spero, se il diavolo mi assiste, scoprire nello spazio di due giorni quanto mi abbisogna. Ad ogni modo, io sarò di ritorno posdomani verso le nove e mezzo di notte. Verrò con una gondola; voi tenetevi pronti a discendere immediatamente, perocchè, nel caso nostro, la rapidità è la condizione più essenziale per ottenere il successo.

—Io non credo prudente—osservò uno dei quattro—che voi, per tornare alla nave, vi serviate d'una gondola cittadina. Questi sorveglianti di gondole sono altrettante spie della *Sorveglianza*, e noi rischieremmo di venir segnalati a quel vecchio birbone di Torresani…

—Non ti prenda pensiero—rispose il Casanova coll'accento della più ferma sicurezza—io so scegliere i miei uomini. Noi abbiamo degli *equilibristi* perfino tra gli agenti della Polizia.

—E se mai, durante la vostra assenza, ci vedessimo esplorati… inseguiti?

—Reagite colla volontà!

—Noi siamo pochi di numero...

—Ma concordi... e potenti...!

—Il vecchio Torresani tiene a' suoi ordini duecento *magnetisti*...

—E fra questi, sessantaquattro spiriti avversi. Alla distanza di mille e ottocento metri, venti *volontà* compatte e risolute possono tener fronte a cento *magnetisti* discordi e spossati. In ogni modo, i poliziotti non potranno agire sulla nave oltre cinque minuti,—e se mai, durante il *fermo*, voi vedeste avvicinarsi qualche *brik* del Torresani,—scaricate le pile contro esso, e avvenga che può. Una volta liberati dall'attrazione, manovrate per l'alto in linea diretta. Nel nostro serbatoio c'è tanta aria respirabile pel consumo di quattro giorni!

I quattro uffiziali non mossero altre obiezioni.

Il Casanova uscì dalla cabina, venne fuori all'aperto, esplorò la posizione da un immenso *chatvue* collocato all'estremità della nave, indi, spiegato l'*ombrello di salvezza*, spiccò un salto dal ponte.

In meno di due minuti, il Casanova toccava terra nel mezzo dell'anfiteatro dell'Arena.

Le testimonianze prodotte dal Bigino dinanzi al Tribunale del Torresani erano state veritiere. Antonio Casanova, la sera dell'otto ottobre, fece ritorno alla sua nave colla gondola del conduttore settario.

Il nostro industriante avea studiato il terreno e fissato il suo piano strategico.

Appena fu a bordo della nave, egli adunò nuovamente nella cabina i suoi quattro confidenti per metterli al fatto di quanto egli aveva operato, ed impartire ad essi degli ordini.

—Oramai io so tutto quanto mi giovava sapere, non restano che alcuni particolari di niun conto dei quali voi dovrete incaricarvi. Com'io aveva preveduto, all'indomani dell'esperimento per la pioggia artifiziale, il Consiglio di Milano ha decretato all'Albani un *sussidio* di due milioni di *lussi*, elevandolo in pari tempo alla dignità di *Primate*. L'Albani è un apostata vile, che per orgoglio ha disertato dalla nostra setta; l'Albani è ricco e potente, e fa parte di quelle caste privilegiate che noi dobbiamo perseguitare e distruggere. I suoi milioni ci appartengono; noi abbiamo il diritto di *confiscarli* a benefizio della nostra idea. Fratelli: io voglio sperare che voi converrete pienamente nelle mie vedute, e vi adoprerete a secondarle con tutte le vostre forze, con tutto il vostro zelo.

—Da *Omega ad Alfa!*—risposero i quattro alzando la mano.

—Sta bene! Una circostanza molto favorevole ai nostri disegni la è questa, che l'Albani, in seguito alla sua petizione di matrimonio ha dovuto assentarsi da Milano per consumare, a distanza legale, il mese di *dilazione* imposto dalle leggi. Noi dunque potremo agire con sicurezza. L'Albani, prima di partire, ha comperato una deliziosa villa, la villa Paradiso, sorgente sulla sponda destra del Canale Lariano a poca distanza di

Camerlata. Egli ha dato trecentomila *lussi* all'*architetto mobiliare* Perroni perchè provveda a decorare quell'incantevole albergo durante la sua assenza. Il resto dei due milioni venne depositato presso il Custode della Villa. La sommetta è appetibile alla nostra cassa, un po' esausta, quel denaro può servire. Io mi incarico di far volare il *marsupio* alle alte regioni del firmamento, purchè voi mi aiutiate fedelmente. Scendete tutti e quattro su Milano, nella gondola che ho espressamente trattenuta. Uno di voi si rechi alla Villa per informarsi se l'Albani vi abbia messo di guardia qualcuno dei suoi leoni. Un altro vada domattina allo Stabilimento Rota a levare il ritratto fotoplastico da me ordinato, badando di confrontarlo colla *prima copia* per veriflcare se sia veramente identico. Presentando alla *Dama di commercio* la mia carta di visita che porta il nome di Don Fernando Blaga Gran Torreadore di Saragozza, il ritratto vi sarà consegnato. Un terzo raccolga i diversi vestimenti da me ordinati ai cinquanta sarti dei quali vi trasmetto la nota. E il quarto finalmente, si tenga in comunicazione cogli Agenti di Sorveglianza affigliati alla setta, per avvertirmi in tempo utile se mai il Torresani venisse a fiutare le orme nostre.

Il Casanova aggiunse a questi ordini non poche ammonizioni di lieve importanza; poi stretta la mano a' suoi quattro colleghi, li accompagnò sul ponte della nave.

Il Bigino era là ad attenderli. I quattro calarono nella gondola, e immediatamente sprofondarono nelle tenebre.

All'indomani tutti gli ordini del Casanova erano stati eseguiti. I quattro si ricondussero alla nave, portando un ritratto *fotoplastico* dell'Albani di perfettissima somiglianza, due canestri ripieni di vestiti, ed altri piccoli attrezzi necessari alle strategie di tal genere.

Il Casanova fece recare quegli oggetti nella sua cabina, e quivi si rinchiuse per alcune ore in compagnia di un giovane napolitano, certo Anselmo Furlay, abilissimo *metamorfo*.

Parrà inverosimile quanto io sto per narrare, e voi che mi udite, farete delle esclamazioni di meraviglia, forse anche crollerete il capo da increduli. Voi non riuscirete a concepire questi nuovi perfezionamenti della acconciatura, dove la guttaperca è chiamata ad operare delle trasformazioni prodigiose. Ma io non avrò certo la pazienza di spiegarvi tutto un processo, che d'altronde può essere facilmente indovinato dagli spiriti arguti. A me basta accennare il fatto, a me basta di porre in rilievo i mezzi che concorrono a crearlo. La *maschera ritratto* non è una invenzione del secolo ventesimo; se avete letto i *Cento anni* di Rovani, vi sovverrete degli orribili scandali che ebbero a prodursi a Milano fino dal secolo precedente, per questo trovata della menzogna e della frode. Ma a quei tempi non si conoscevano le meravigliose proprietà della guttaperca, si ignoravano quegli altri mezzi chimici, che ora, nel ventesimo secolo, concorrono a trasformar completamente un profilo, una fisonomia, riproducendo in un individuo le sembianze di un altro.

Nella cabina del settario equilibrista venne dunque ad operarsi una di codeste meravigliose trasformazioni. Uno strato di guttaperca modellato al ritratto *fotoplastico* dell'Albani, iniettato di cera rosea e di *liquido vitale*, trasformò il Casanova completamente. Il *metamorfo* Furlay questa volta fu sublime di trovati, fu vero artista. Egli riprodusse l'originale nella maschera con insuperabile precisione. E non solo nei contorni del viso e del collo, ma nel colorito delle guance e delle labbra il Casanova rappresentava così fattamente l'Albani, che quegli, mirandosi nello specchio, provò un fremito di terrore, quasichè l'imagine riflessa dovesse accusarlo e svelare l'inganno.

Il Casanova, parlando dell'Albani a' suoi colleghi, aveva detto: quell'uomo mi va come un guanto! Il capo degli Equilibristi aveva calcolato perfettamente.

Ed ora che abbiamo veduto abbigliarsi dietro la scena questo nuovo attore del nostro dramma, precediamolo di poche ore sul teatro dell'azione; scendiamo prima di lui nei penetrali della *Villa Paradiso*.

CAPITOLO XVI. ALLA VILLA PARADISO.

Erano venute in lieta comitiva a visitare quel piccolo Eden, quel meraviglioso, elegantissimo palazzo, fabbricato da uno dei più celebri *architetti di amore*.

Un palazzo, che, a vederlo da lontano, pareva un tempio di alabastro galleggiante sulle onde o sospeso in una nuvola di fiori.

Erano venute in sull'ora del tramonto, Fidelia, Speranza, Viola, Luce ed altre sorelle del *circolo delle vergini*, tutte legate di tenera amicizia alla figlia del *Gran proposto*...

Si erano slanciate nei viali come uno stormo di cigni—si erano perdute in quel vasto labirinto di alberi e di colonne, dopo aver fissato, per punto di ritrovo, la sala terrena del palazzo.

L'Albani aveva comperata e fatta riabbellire la Villa Paradiso per quivi ritirarsi colla eletta del suo cuore a gioire, fra gli incanti della natura e dell'arte, i primi tripudii di un amore ricambiato. Ed ora l'appassionata Fidelia veniva a pregustare le gioie benedette, a inebbriarsi nei sogni prediletti dell'avvenire.

Era una piccola festa di fanciulle. Le amiche della fidanzata, giusta il costume dell'epoca, avevano portato il loro dono di nozze. Quei doni misteriosi, di cui ciascuna guardava scrupolosamente il segreto, dovevano riuscire altrettante sorprese alla giovane sposa, il giorno in cui ella avrebbe passeggiato per la prima volta a braccio del consorte negli intimi viali del giardino.

E noi rispetteremo il segreto di quelle fantastiche fanciulle; noi ci guarderemo dall'esplorare col nostro occhio profano gl'ingegnosi stratagemmi dell'amicizia, i gentili trovati di quelle anime vergini di donna.

Fidelia non aveva voluto staccarsi dalla sua *sorella di amore*. Ella appoggiava il braccio a quello di Speranza, e senza divagare dal grande viale che metteva al palazzo, camminava a passo lento in quella direzione, e parlava all'amica con angelico abbandono:

—Dieci giorni ancora!... sai che sono lunghi... dieci giorni!

—Cosa sarebbe l'amore, cosa sarebbe la gioia—esclamava Speranza con accento ispirato—senza i giorni del desiderio e della aspettazione! Io credo che Viola avesse perfettamente ragione, quand'ella, nel *circolo*, ha dato dell'amore quella sublime definizione così poco apprezzata dalle sorelle. L'amore è desiderio.

—L'amore è perdono!—mormorò Fidelia con un sospiro.

E questo concetto era per lei una soave reminiscenza, queste parole erano una melodia sommessa che le inebbriava tutti i sensi.

Giunsero al palazzo. Le porte erano abbassate, e la sala terrena sfarzosamente addobbata splendeva di fantastica luce. Una tavola oblunga, sfolgorante di preziose suppellettili e imbandita di vivande *vespertine* attendeva la gioconda comitiva delle ospiti fanciulle.

All'entrare di Fidelia, l'anziana del palazzo e le quattro *volonterose* che stavano a guardia della sala, spruzzarono di faville i *vasi purificatori*, e da questi subitamente elevossi una nuvola bianco-rosata che, dissipandosi nel vano, imbalsamava l'atmosfera di atomi odorosi.

—Fra un'ora saranno qui tutte!—disse Fidelia alle donne.—Frattanto io e la mia buona sorella di amore visiteremo gli appartamenti.

—Non vi sono appartamenti in questo palazzo—disse sorridendo l'anziana—o piuttosto ve ne sono tanti, quanti ne può ideare la umana fantasia; ma voi potete vederli tutti senza uscire da questa sala.

Fidelia e Speranza si ricambiarono una occhiata di sorpresa.

—Ebbene—domandò l'anziana.—Volete voi godere il meraviglioso spettacolo? Compiacetevi di sedere su quel piccolo divano di muschio satinato, e noi vi mostreremo una ventina di appartamenti, vi offriremo allo sguardo tale varietà di mobilie e di addobbi quale non saprebbe ideare la mente più ingegnosa. Io credo che la moderna architettura non abbia ancora prodotto un palazzo più sorprendente di questo in nessuna città della Unione Europea.

Fidelia e Speranza, tenendosi per mano, quasi impaurite, andarono a collocarsi sopra il divano loro assegnato. E tosto, per un cenno dell'anziana, le quattro *volonterose* corsero ad occupare i quattro angoli della sala, e toccando ciascuna un bottone sporgente dalla muraglia, produssero uno di quei cambiamenti di scena che in teatro producono tanto effetto.

La parete di fondo scomparve… Ciò vi sembra prodigioso, non è vero? Orbene: eccovi in due parole la spiegazione del miracolo. Quella parete non era che un grandioso ventaglio di *taffetà* americano, il quale, disteso, formava un abbagliante sipario azzurro dorato come il lapislazzulì. Le quattro *volonterose*, premendo i bottoni che lo tenevano dispiegato, ottennero che immediatamente si contraesse, formando di tal modo una colonna quadrata per cui la vasta scena veniva a dividersi in due grandi scompartimenti.

Al di là di quella colonna si apriva un mondo incantevole, che offriva allo sguardo tutte le seduzioni della natura, e non era di fatto che un meraviglioso accordo di tutte le industrie, di tutte le arti umane.

Fidelia e Speranza rimasero alcun tempo assorte nella contemplazione di quel nuovo spettacolo, mentre l'*anziana* con affettuosa compiacenza descriveva alle due fanciulle le bellezze del quadro.

—Da quella parte... al lato destro—accennava l'anziana—voi vedete una collina di facile pendìo, dei praticelli, delle grotte, dei chioschi, dei cespugli di fiori. Sono altrettante camere, altrettanti ricoveri copiati fedelmente dalla natura. L'architetto, nel costruire quei nidi di velluto, quei chioschi di bambagia, quelle nuvole di guttaperga, era ispirato dall'amore, come il Dio della Genesi nella creazione del paradiso terrestre. Il primo palazzo di Eva, ideato dall'architetto divino, non poteva essere più confortevole e più delizioso. Voi stupite, o gentile Fidelia!... Voi non credevate che un *pensatore di case* potesse elevarsi a tanta sublimità di concetti... Quella nuvola che vedete agitarsi mollemente al di sopra della collina è la stanza che deve accogliervi fanciulla per iniziarvi ai misteri deliziosi dell'amore... Osservate quella grotta!... Da quelle stalattiti bianche trasudano gli unguenti più odorosi, i balsami più delicati. È il vostro gabinetto di acconciatura. Attraversandolo, ne uscirete profumata e vivificata. A poca distanza da quella grotta, una magnolia gigantesca distende i suoi rami di un bel verde opaco... Quella è la vostra biblioteca. I libri stanno raccolti nel tronco dell'albero, e le eleganti legature formano intorno a quel tronco una corteccia di oro e di gemme. Abbassate lo sguardo a quella pianura lucente... a sinistra della colonna! Non vi sembra che quel tappeto imiti perfettamente le onde tremolanti di un lago? È un tappeto di mercurio bianco imprigionato in una tela di vetro elastico. Voi sentite il mercurio agitarsi sotto il vostro piede, e la illusione di passeggiare sulle acque è tanto verosimile, che quasi vi meravigliate di poterne uscire a piede asciutto. Come vedete, due gondole eleganti galleggiano su quel piccolo lago artifiziale. Una di quelle gondole è destinata ad essere il vostro gabinetto musicale. Noi vi abbiamo collocato un pianoforte a corde di cigno, ed un'arpa magnetica. Assisa al pianoforte, per la rifrazione dei vari specchi mirabilmente congegnati, vi parrà di trovarvi isolata in mezzo ad un lago senza confini. I vostri canti, i vostri suoni si ispireranno nella poesia della solitudine e delle onde... Quel pianoforte ha due pedali, per cui potrete modificare a grado vostro la calma e le procelle del piccolo oceano. Il tappeto mercuriale, sotto la pressione del vostro piede, potrà fingere tutti i commovimenti della marina. L'altra gondola è una sala di refezione; e questa, a piacere dei naviganti, può scivolare fino alla estremità della pianura, dove, per una porticiuola che da questo luogo non si scorge, essa uscirà dal lago artifiziale per islanciarsi nel lago vero. Qual sorpresa per voi, qual gioconda sensazione, al finire di una cena iniziata nel palazzo fra le carezze ed i baci dello sposo, uscire sulla prora della gondola, e veder sfilare le cento ville del Lario, una meravigliosa fantasmagoria di palazzi e di giardini emergenti dalle onde! Ma basti!... Gli è un vero peccato quello che io sto commettendo, un peccato di indiscrezione che il vostro sposo non saprebbe perdonarmi. A che buono svelarvi tutti i misteri di questo meraviglioso palazzo?... Che altro è la gioia se non la sorpresa del nuovo, dell'inaspettato?... Ma pure io mi ravvedo in tempo... Io non vi ho palesato che la millesima parte delle delizie che qui vi attendono. L'ho fatto a fine di bene; per serenare l'animo vostro, per alleviare colle promesse dell'avvenire le crudeli impazienze del presente. Ho tracciato il cammino alla vostra fantasia di fanciulla e di amante. Se in questi giorni di *dilazione* che ancora vi rimangono, il vostro spirito verrà a spaziare su questi prati di seta, fra questi alberi a foglie di piume che stillano rugiade di diamante, fra queste onde di metallo animato; voi troverete una distrazione soave alle cure che vi opprimono. Io però mi tengo sicuro che voi non riuscirete mai ad indovinare la centesima parte delle meraviglie qui adunate da quei due creatori sublimi di poesia che sono il vostro Albani e Regolo Mengoni *pensatori di edifizii*.

Poichè l'anziana ebbe finito di parlare, la fidanzata dell'Albani, nell'ingenuità della sua anima innamorata, si lasciò sfuggire una esclamazione che rivelava tutto il suo cuore:

—Ma egli!... il mio sposo!...

—Comprendo il vostro pensiero—affrettossi a dire l'anziana.—Egli... il vostro Albani non verrà a dimorare in questa villa, che tutta vi appartiene. Vi spiegherò il suo concetto come io credo di averlo compreso. Dell'Albani voi non dovete conoscere che l'amante e lo sposo. Egli verrà in questo luogo per portarvi il suo amore, per cogliervi il vostro, per godere dei vostri tripudii, per consolare le vostre afflizioni, per chiedere a sua volta il diletto e la forza a sostenere i dolori della vita. I vostri rapporti, in una parola, non devon essere che rapporti d'amore. Perchè riesca feconda di bene, l'unione coniugale vuol essere circondata di poesia. In altri tempi, quando era obbligatorio agli sposi convivere sotto il medesimo tetto, vedersi a tutte l'ore del giorno e della notte, dividere le cure disaggradevoli e qualche volta un po' volgari del regime di famiglia, avveniva sovente una rilassatezza di affetti, che a lungo andare degenerava in fastidio, in avversione. C'è molta differenza fra il vedersi spesso e il vedersi sempre. L'augello che rinnova così frequenti i trasporti dell'amore, si allontana dalla sua compagna dopo l'ebbrezza vivace del connubio, e si perde negli spazi finchè quella non lo richiami co' suoi gorgheggi, finchè quella non gli dica coi suoi gemiti melodiosi: ritorna! ho bisogno delle tue carezze, dei tuoi baci! Desideriamoci, se vogliamo amarci eternamente! Il vostro Albani, ispirandosi a questo concetto, verrà in questa casa come un ospite. Egli vi apparirà inaspettato—egli giungerà fino a voi per cento vie misteriose. Lo vedrete uscire da questa gondola, lo troverete adagiato in quella grotta, udrete la sua voce carezzante rispondervi da quella nube. Quando i vostri due cuori si chiameranno per quella voce arcana che esala dall'amore, vi sentirete allacciati da soavissimo amplesso. Io credo, Fidelia, che il vostro animo gentile avrà compreso il delicato pensiero che io ho tentato di esprimervi.

Lo sguardo di Fidelia splendeva di angelica luce. Quell'anima giovane era inebbriata di felicità.

Si levò in piedi, e con timida voce, qual di fanciullo che non osa manifestare un capriccio per paura di vedersi contrariato, disse all'anziana:

—Vi par egli che io sia troppo indiscreta nel domandarvi una concessione?... Amerei di attraversare quel lago... di salire in quella gondola... di provare, sull'istromento che dovrà essere l'interprete dei miei pensieri, una canzone che ho composta per... lui! Sarà la canzone di richiamo. E tu, mia buona Speranza, tu l'ascolterai da questo luogo, e mi dirai qual effetto essa avrà prodotto sull'animo tuo!... E poi!... ho in mente un pensiero... Mi pare che i suoni di quel cembalo debbano attraversare gli spazii immensi... e giungere fino a lui.

—Non vi è ragione perchè io mi opponga a così onesto desiderio—rispose l'anziana— venite!

La fanciulla, dopo essersi congedata con un bacio dalla *sorella di amore*, sorvolò con piede leggerissimo al mobile tappeto, salì nella gondola, e disparve colla sua guida.

L'anziana, per un sentimento di deferenza e di rispetto che erale imposto dalla sua condizione, non si intrattenne con Fidelia nel piccolo gabinetto. D'altronde, ella aveva l'obbligo di far gli onori del palazzo, e in quel momento suonava l'*ora di refezione*, e le amiche della fidanzata, giusta il patto convenuto, entravano nel vestibolo.

—Rilasciate il gran ventaglio! rilevate le mense!—ordinò l'anziana alle *volonterose*—prima che le ospiti fanciulle fossero entrate nella sala.

E subito la scena mutò di aspetto, e l'incantevole panorama scomparve dietro il velario ondulato, che formava una muraglia di lapislazzulì.

Nel momento in cui le fanciulle entravano nella sala, dalla sua gondola invisibile Fidelia sciolse la voce.

Speranza portò il dito alle labbra, e le fanciulle ristettero ad ascoltare coll'estasi in volto.

Erano le più dolci note che mai si modulassero pel labbro di una vergine innamorata. Quelle note, attraversando l'azzurro padiglione, parevano il canto di un cherubino smarrito negli spazii del firmamento.

E davvero Fidelia aveva dimenticato la terra. Ella si sentiva isolata nel suo piccolo gabinetto come una sirena sugli scogli dell'oceano. Immersa negli elementi più vergini del creato, nell'aria e nelle acque, la sua anima possedeva le ali bianche e il melodioso sospiro del cigno.

Le parole della sua canzone esprimevano questi pensieri gentili:

«Iddio ha creato la terra, ma l'amore soltanto ha creato il paradiso.

«No! questo non è il paradiso, dacchè, aggirandomi fra i miracoli della creazione, io sento che il creatore è lontano.

«Quando il creatore sarà tornato, quando l'aria di questo giardino sarà l'alito della sua bocca o il dolce fremito del suo cuore, allora io potrò dire: egli mi ha riportato il mio paradiso.

«Oh venga presto colui che può creare il paradiso, perchè il paradiso è in lui, soltanto in lui!»

Il canto di Fidelia era una estasi voluttuosa.

Mentre il labbro scioglieva le note, mentre il cuore modulava gli accenti, lo sguardo della fanciulla errava nelle illusioni di un mondo fantastico.

Questo mondo fantastico si creava dinnanzi a lei per una combinazione di specchi metallici, i quali ritraevano perfettamente un cielo di zaffiro, un lago placido e sereno. Gli occhi di Fidelia aspettavano che quella solitudine di spazio e di acque si animasse improvvisamente di una figura umana, di una figura che per lei, per la fanciulla innamorata, avrebbe rappresentato il Dio animatore.

Era delirio?... Era sogno?...

La fanciulla sentì mancarle le forze, la sua voce si spense, un tremito le invase tutte le membra...

Quella vasta solitudine si era davvero animata: l'uomo dell'amore, il Dio era comparso...

Fidelia non osava li volgere il capo, ma lo specchio inesorabile che le stava dinanzi riproduceva una figura umana, riproduceva un essere vagheggiato e invocato, che per lei aveva nome di Redento Albani.

Quell'uomo, ritto ed immobile dietro il seggio della fanciulla, pareva assorto nel contemplare le forme perfette di lei. La fronte di quell'uomo era calma; i tratti del volto non rivelavano veruna commozione; ma l'occhio irrequieto, iniettato di viva luce, aveva una espressione quasi sinistra.

Fidelia ne fu atterrita più che sorpresa. Dalla sua fronte sgocciolava il sudore a grosse stille, pure non aveva forza di portarvi la mano ad asciugarle.

Come si spiega questo terrore della fanciulla alla vista di un amante, di un fidanzato, di lui che era l'oggetto de' suoi ardenti desiderii, delle sue invocazioni?

Se quell'uomo fosse stato l'Albani, Fidelia non avrebbe esitato un momento a levarsi dal seggio, ad avvincerlo tra le sue braccia, a inondarlo di baci.

Ella esitava... tremava...

Erano le sembianze ben note; la sua statura, i suoi capelli ondeggianti e fosforici, il suo labbro perfettamente delineato, i suoi denti pieni di sorriso. Ma pure, qualche cosa mancava a quell'uomo per essere l'amante, il fidanzato di Fidelia. Mancava la magnetica corrente che si espande dai cuori innamorati, il flusso che non si può suscitare dai nervi e dal sangue, se questi nervi, se questo sangue non sieno agitati da una vera passione.

La fanciulla non poteva penetrare l'orribile inganno di quella apparizione. Ella fissava quella larva con occhio attonito; meditava quelle sembianze come si medita un sinistro problema. Quella contemplazione, quella meditazione angosciosa doveva risolversi per lei in un giudizio altrettanto erroneo che tremendo: «Egli è ben desso, ma egli ha cessato di amarmi».

Era la logica più naturale che il cuore della fanciulla innamorata potesse seguire, la sola spiegazione che ella potesse ammettere dello strano turbamento che l'invadeva.

A sì triste convincimento, Fidelia nascose il volto fra le mani e proruppe in dirotto pianto.

Ma il Casanova (noi gli daremo il suo vero nome) non era uomo da smarrirsi di coraggio per quella fredda accoglienza. Magnetista di prima potenza, egli contava sulla forza del proprio volere per dominare quella gracile fanciulla estenuata dalle commozioni dell'amore e della paura.

Egli stese la mano sul capo di Fidelia, e accarezzando le chiome odorose per innondarle del suo fluido irresistibile, parlò con accento animato:

—Fidelia!... mia buona... mia bella Fidelia!... non era mestieri che tu mi chiamassi.... Sarei venuto ugualmente.... Anch'io numerava i giorni e le ore. Avevo bisogno di vederti. Un bacio, un solo tuo bacio potrà darmi la forza per reggere a questi ultimi giorni di prova.... Fidelia!... I momenti sono contati. Nessuno mi ha veduto entrare, nessuno mi vedrà uscire da questo luogo.... Non c'è a temere di nulla!... Oh! la mia bella Fidelia! Abbandonati agli istinti del cuore.... Poichè mi ami... poichè hai giurato di esser mia.... Mia sorella... mia sposa.... Tu mi ami: Io sapeva bene che tu non avresti negato questa gioia!... Le tue fibre sono commosse.... Allacciami il collo colle tue braccia di neve.... Che io respiri il fresco alito della tua bocca!... Le mie labbra erano arse, e la sete di amore mi avrebbe consumato, senza il refrigerio di un tuo... bacio divino!

Così parlando, il Casanova si era impadronito della fanciulla attraendola al proprio petto colla potenza affascinante della volontà.

Fidelia, inebbriata da quelle parole, da quelle carezze, si abbandonò a lui come un corpo morto. I dubbi, i terrori erano svaniti. La sua faccia inondata di lacrime era divenuta radiante. In quel momento di suprema illusione, la fanciulla sognava il paradiso.

Quel sogno fu un lampo.

Nell'amplesso di quella larva adorata, Fidelia si attendeva una inondazione di delizie. Ma appena le labbra dell'avventuriero ebbero sfiorate le sue, la fanciulla arretrò con ribrezzo, mandò dal petto un grido affannoso, e cadde al suolo tramortita. Il bacio di quell'uomo, o piuttosto di quella maschera umana, le era sembrato gelido come il bacio di un morto.

Tutta questa scena era passata rapidamente, mentre le *sorelle del Circolo*, nel compartimento anteriore del palazzo, attendevano che Fidelia ripigliasse la canzone, ovvero ritornasse nella sala per prendere parte al convito.

Il grido della fanciulla destò lo sgomento nella piccola comitiva. L'anziana fece allentare il gran ventaglio, e le amiche di Fidelia accorsero tutte verso la gondola.

Quand'esse posero il piede nel gabinetto musicale, il Casanova era già scomparso; nessun indizio, nessuna traccia di lui.

Fidelia giaceva a terra coll'abbandono della morte. Le sue chiome, le sue vesti scomposte davano a supporre che ella avesse dovuto soccombere ad un assalto violento.

Le fanciulle non si perdettero in vane esclamazioni. Improvvisarono una catena magnetica, e scaricando il loro fluido sulla giacente, in men che non si pensi, la ridonarono alla vita.

Fidelia si levò in piedi, girò intorno gli occhi smarriti come chi, risvegliandosi da un orribile sogno, tremi di rivedere una larva.

Poi sorrise alle amiche, e appoggiandosi al braccio di Speranza uscì con quella dal gabinetto.

—Domani ti dirò tutto—disse Fidelia alla sua prediletta. E per quella serata non si tenne più parola del misterioso avvenimento.

Durante la cena, le fanciulle ripresero insensibilmente la loro abituale gaiezza. Fidelia sorrideva alle amiche, e pareva dividere i loro ingenui tripudii. Di tratto in tratto ella trasaliva, portava la mano agli occhi come a rimuovere un velo, a dissipare una nube. E subito, dopo quel gesto, la sua fronte tornava serena, e l'occhio riacquistava la sua luce.

Ai primi squilli del *richiamo delle vergini*, quella gioconda comitiva uscì dalla *villa Paradiso* per disperdersi nei varii compartimenti della città.

Fidelia baciò le amiche ad una ad una, e salita in una *gondola volante*, si fece ricondurre al palazzo di famiglia.

Quella sera, il Gran Proposto era di umore assai lieto. Quell'inesorabile partigiano delle antiche discipline, che non poteva tollerare nella propria famiglia ciò che egli chiamava insubordinazione legale agli ordini della natura; quel padre severo che non aveva mai perdonato a Fidelia le lunghe assenze notturne, mosse ad incontrarla con volto radiante, l'accolse con insolita profusione di amorevolezze.

C'era qualche cosa di misterioso, qualche cosa di sinistro nella bonomia di quel vecchio. Le sue carezze parvero a Fidelia una affettazione di cattivo augurio, ond'ella, per sottrarsi a quell'impeto di tenerezza paterna, pose in campo un pretesto e ritirossi nel suo appartamento. Il Gran Proposto, dopo averla accompagnata com'era suo costume, e salutata col bacio del *buon sogno*, rientrò nel suo gabinetto.

Sullo scrittoio del primo funzionario dell'Olona stava spiegato un dispaccio portante il timbro del Ministero di Sorveglianza pubblica.

Erano poche linee di scrittura, ma il vecchio non si saziava di rileggerle, e pareva che da quel foglio uscisse un riflesso di beatitudine ad irradiargli tutto il volto.

Il dispaccio era così concepito:

«Onorevole Gran Proposto,

«Ho la soddisfazione di annunziarvi che il nostro zelo, le nostre sollecitudini, la nostra pertinacia hanno trionfato di ogni difficoltà. Redento Albani ha violato la legge di *dilazione*. Questa notte egli era a Milano, ha visitato la *Villa Paradiso*, si è intrattenuto col *Custode-direttore*, ed ebbe anche un segreto colloquio con vostra figlia nel piccolo gabinetto musicale addetto alla villa stessa. Non è mestieri che io vi aggiunga altre parole; vostra onorevolezza sa troppo bene ciò che le resta a fare. Aggradite, onorandissimo Gran Proposto, gli umili ossequi del vostro subordinato devotissimo, e comandatemi in ogni occasione.

«Dato dal primo gabinetto di Sorveglianza pubblica la notte del ventisette settembre 19...

«TORRESANI DEGLI EX-BARONI.»

CAPITOLO XVII. IL VETO DEL GRAN PROPOSTO.

Velocissima è la corsa del tempo, anche per gli addolorati e per gli amanti, cui le ore sembrano secoli.

E l'Albani, compiuto il mese di *dilazione*, superata la terribile prova della lontananza e dell'isolamento, tornava a Milano più innamorato che mai, coll'anima piena di entusiasmi e di terrori.

In quel mese egli aveva percorse le principali città dell'*Unione*, soffermandosi di preferenza a Berlino, a Pietroburgo, a Parigi, a Pest, dove era stato chiamato per dirigervi i suoi sorprendenti meccanismi.

Negli ultimi giorni di *dilazione*, egli aveva provate quella febbre tormentosa della impazienza che, all'avvicinarsi di una catastrofe desiderata, sviluppa nei temperamenti irritabili i sintomi della follia.

Per illudere sè stesso, per placare quelle ansie affannose, egli aveva anticipata di ventiquattro ore la sua partenza da Pest, servendosi di quei mezzi di trasporto che erano i meno veloci, e come tali, accordati gratuitamente dagli statuti della *Unione* alla classe dei *nullabbienti*. Era venuto da Pest a Parigi colla ferrovia a pressione atmosferica; da Parigi a Saint Jean de Maurienne colla Messaggeria pneumatica dei Bonafous; e da ultimo aveva sorpassato il Cenisio colla locomotiva *ertoascendente* della Società Goudar e Blondeau, una locomotiva che aveva fatto obliare il meraviglioso traforo praticato fino dal secolo precedente nelle viscere del monte.(17)

L'Albani giunse in Milano verso le nove della sera. Prima di oltrepassare la *cinta balsamica*(18), egli si fermò un istante per consultare il suo *orologio calamitato*, poi, come uomo che tema di essere veduto o riconosciuto, sbottonò dalle spalline il *berretto succursale* per riporselo in capo, rialzando al tempo stesso i due *paraventi acustici*(19) fino al disopra dell'orecchio.

Se un agente della *pubblica sorveglianza* lo avesse sorpreso in quell'atto, avrebbe creduto di mancare al proprio debito omettendo di segnalare i di lui connotati sul tessero dei forestieri sospetti.

Quella esitanza, quelle precauzioni, non erano per parte dell'Albani che uno scrupolo eccessivo di legalità. Egli aveva notato che mancavano ancora dieci minuti al termine assegnato dalle leggi per la prova di *dilazione*.

—Conviene ch'io sia rigoroso fino all'eccesso!—pensava egli.—Il bene cui vado incontro è così grande, e d'altra parte sono così grandi i pericoli che mi circondano, che io mi riterrei uno scellerato quando dovessi imputare alla mia trascuratezza od alla mia imprudenza un disastro qualunque.

Come ognun vede, quell'anima ardente ed onesta era sempre agitata dal dubbio e dai presentimenti sinistri.

Per comprendere il cuore dell'Albani e le lotte tremende del suo spirito, è mestieri che noi ricordiamo sempre ciò che egli non poteva mai dimenticare, il suo terribile passato. Quest'uomo si era macchiato di un orrendo delitto, aveva subito una pubblica condanna, per cinque anni morto alla società, egli non era mai riuscito a persuadersi che questa avesse realmente obliato e perdonato. Nella rettitudine della sua coscienza, egli si giudicava inferiore a tutti gli incolpevoli. E quando la voce della coscienza parea placarsi, un'altra voce più lugubre gli rintronava nell'anima, quella del *pubblico banditore*, che dall'alto suo pergamo, in mezzo ad una piazza gremita di popolo e muta non di meno come una tomba, veniva ad intimargli la *morte civile*. Gli accadeva sovente di fermarsi col pensiero in questa meditazione angosciosa... Lo spirito della legge gli appariva eccellente. La condanna della *morte civile*, dopo i cinque anni di espiazione, prometteva l'oblìo del delitto, e la riabilitazione completa. Tutto ciò era scritto nei codici, tutto ciò era articolo di legge. Ma i codici, gli statuti, le leggi sono un contratto sociale, che non può mutare la essenza, la natura dell'uomo, quand'anche quest'uomo apparisca grandemente modificato dalla così detta civilizzazione.—I sofismi sono vani.—No! io non posso arrendermi a codesto assurdo del convenzionalismo contemporaneo—gridava l'Albani con accento disperato ogni qualvolta gli avveniva di soffermarsi in questo doloroso argomento.—Io non cesserò mai di essere un morto; la società tutta intera non cesserà mai di considerarmi come tale, sebbene ella debba, in forza di una legge, accogliermi come un essere vivente. Mentiranno. Taluni vorranno anche prodigarmi delle speciali amorevolezze... Ma questo sentimento, questo atto di carità, o peggio di compassione, accuserà il non senso della legge. Mentre io non ho mai potuto, nè potrò mai cancellare dalla mia mente le terribili impressioni di quella condanna; potranno essi obbliarle? essi!... Gli uomini!... gli spettatori del lugubre palco, che hanno inorridito del mio misfatto e del mio nome?

Ma in questa procella di pensieri che turbava incessantemente lo spirito dell'Albani, un astro solitario brillava di luce perenne—la fanciulla dell'amore e del perdono—Fidelia! La fede dell'Albani era tutta in quel punto luminoso, che egli vedeva brillare attraverso alle nuvole opache; in quella vergine bianca e diafana, che in una notte di supreme angosce posando una mano di neve sulla sua fronte inaridita, aveva dato dell'amore quella sola definizione in cui egli poteva aver fede.

L'avvenire dell'Albani era Fidelia. Il cuore di Fidelia era un mondo, che gli offriva un rifugio, un paradiso dov'egli sperava di obliare sè stesso e di farsi obliare.

Ed ora, ritornando dopo l'assenza di un mese, dopo la prova di una legge, per la quale era vietata qualunque comunicazione fra due amanti fidanzati, l'Albani riportava a Milano tutto il suo amore e tutta la sua fede nella donna che già gli era sposa nel vincolo religioso; ma i suoi dubbi, le sue diffidenze, i suoi terrori non potevano dissiparsi completamente fino a quando, sul libro di *petizione pubblica*, non avesse letto l'adesione formale di Fidelia, e ciò che egli tremava di vedersi negato, lo assenso del Gran Proposto.

Ma l'ora, che doveva risolvere i suoi dubbi, che doveva metter fine a quelle ansie febbrili, era giunta. I dieci minuti trascorsero. Il termine legale di *dilazione* era spirato, e l'Albani poteva entrare liberamente nella città.

Salito in una gondola volante, ordinò al conduttore di prendere la via del Palazzo di Famiglia, laddove un mese prima, quasi alla medesima ora, egli era entrato coll'anima inebbriata di amore, per iscrivere la sua domanda di legittimazione civile al matrimonio religioso da lui precedentemente contratto colla figlia del Gran Proposto.

La volata fu breve. Disceso dalla gondola, l'Albani precipitò nel palazzo, corse alla sala di amore, si fece portare il gran libro, e dopo averlo sfogliato, arrestò gli occhi sulla pagina che portava la sua petizione.

Sotto i caratteri, una mano di donna, la mano gentile di Fidelia, avea tracciato queste poche linee, che l'Albani lesse avidamente.

«Io Fidelia, adulta, figlia di Terzo Berretta Gran Proposto di Milano, attestandosi unita dall'indissolubile vincolo religioso all'adulto Redento Albani qui sopra iscritto, aderisco di cuore, per quanto a me spetta, alla petizione di civile matrimonio formolata da lui salvo sempre il rispetto del veto paterno, come di legge, e l'adempimento delle cerimonie obbligatorie».

L'adesione di Fidelia era esplicita, senza condizioni, quale l'Albani l'aspettava, quale egli aveva il diritto di attenderla.

Ma al piè di quelle cifre così gentilmente tracciate dall'amore, spiccavano due linee di carattere diverso, due linee improntate da altra mano, difformi, contorte, quasi illegibili. All'occhio, al cuore dell'Albani, quelle due linee produssero l'impressione di un rettile nero, raggruppato sotto un cespo di rose.

Gli occhi dell'Albani si iniettarono di sangue. A lui non era mestieri di leggere quello scritto per accertarsi della propria sciagura, per riconoscere avverati i suoi presentimenti sinistri.

E nondimeno portò la mano alla fronte e fece un gesto come a rimuovere un velo che gli offuscasse la vista. Le sue pupille avide e truci sibilavano le parole,—e ciascuna di quelle sillabe gli sgocciolava sul cuore come una stilla di piombo infuocato.

Il veto del Gran Proposto portava una data recente, ad era formulato nei termini più assoluti.

«Io sottoscritto, appoggiandomi ai miei diritti di paternità, e rassicurato in questi diritti da gravi ragioni che io farò valere, dietro reclamo delle parti interessate, dinanzi al Consiglio inappellabile degli Anziani di famiglia; credo di opporre il mio veto alla petizione di matrimonio civile inoltrata dall'inscritto Redento Albani in favore dell'accettante Fidelia Berretta, mia figlia adulta.

TERZO BERRETTA Gran Proposto della famiglia Olona».

Sotto il peso di un'accusa inaspettata e terribile, avviene che l'uomo più incolpevole provi il bisogno di scandagliare la propria coscienza, non foss'altro per attingervi il coraggio e la forza di respingere gli attacchi. Ma l'Albani era troppo sicuro di sè stesso per discendere a questo esame. Il veto del Gran Proposto, per tutt'altri che per lui, poteva essere considerato un atto di accusa; ma egli, per quella logica di sospetti e di diffidenze che era stata il supplizio de' suoi giorni di esilio, per quella divinazione del presentimento che rare volte fallisce, per gl'impeti sdegnosi del suo nobile cuore, non rimase perplesso un istante. Quelle linee fatali scritte dal Gran Proposto erano la dissimulazione del codardo, la calunnia, il tradimento, il principio di un assassinio legale.

I pugni serrati alla sbarra del leggio, le labbra livide e spumanti, l'Albani rimase alcun tempo nella immobilità contratta del forte che vuoi resistere agli impeti della passione.

Orribili disegni gli attraversavano la mente. I truci lampi del suo sguardo rivelavano l'anelito della vendetta. Quell'uomo era il nembo che si condensa per esplodere terribilmente.

E forse, nell'impeto, della disperazione, l'Albani avrebbe tutto dimenticato, il suo amore, la sua donna, i suoi doveri verso la società, i mezzi più pronti e più validi che la legge istessa gli offriva per ottenere giustizia; se a scuoterlo dal cupo letargo non fosse intervenuta una voce piena di dolcezza, una voce santa come le aspirazioni di Dio, cui quel carattere indomito e procelloso non aveva mai resistito.

Era la voce del suo compagno di espiazione, di lui che lo aveva sorretto per cinque anni sul cammino del dolore; del giovine levita che portava il nome di Fratello Consolatore.

La parola, l'aspetto di quell'amico produssero nell'anima dell'Albani una reazione benefica.

—Tu qui, fratello!—esclamò l'Albani volgendosi al Levita, e gettandogli al collo le braccia.

—Io!… E poteva essere altrove in questo momento?… L'ora del tuo ritorno era scritta nel mio cuore, ed io sapeva che i tuoi primi passi sarebbero diretti a questo luogo, e che qui… avresti avuto bisogno di conforti e di consigli.

—Io ti ringrazio, fratello!—rispose l'Albani, dopo aver sfogato sul petto del levita la piena delle lagrime—io ti ringrazio!… Ebbene!… Vediamo; quali conforti, quali consigli puoi tu offrirmi? Vedi!… Io mi era affidato alle tue promesse… io aveva contato sulla giustizia di Dio… ed anche un poco sulla giustizia de gli uomini!…

—E troppo presto hai cominciato a disperare soggiunse amorevolmente il levita.—I conforti che io ti posso offrire derivano sempre della medesima sorgente, dalla fede nello spirito del bene; i consigli saranno ora come sempre quelli della ragione e della legalità. Non hai tu nulla da rimproverare a te stesso? Sei tu disceso nella tua coscienza per investigarne le pieghe più occulte? Hai chiamato a rassegna le tue azioni dal giorno in cui la umanità ti aperse le braccia rendendoti il bacio del perdono e dell'oblio? Or bene: poichè nessuna ricordanza di colpe viene ora ad affliggere il tuo spirito; poichè a nessun dovere hai mancato verso la patria, verso la società e verso le leggi, non è mestieri che io ti insegni ciò che ti resta a fare. Quel libro sul quale è registrata l'accusa, ti aprirà le vie della giustizia, ti accorderà tutti i mezzi della discolpa. Se ti preme l'amore della tua donna, se ti è cara la tua onoratezza, se non hai ripudiata quella fede religiosa che grida alla coscienza: esser dovere dell'uomo cooperare incessantemente sulla terra al trionfo del bene, tu guarderai in faccia alla verità, e la sfiderai al cospetto dell'universo!

L'Albani stette alcun tempo senza proferir parola. Poi, coll'accento dell'incredulo che sì piega ad una convinzione autorevole:

—Amico... fratello—disse al levita—fino dal primo momento che mi occorse agli occhi quel veto, ho riconosciuto che esso racchiudeva una calunnia, una trama inqualificabile, contro la quale io sarò impotente a lottare. Essi... gli infami... avranno calcolato tutte le evenienze possibili... Egli che occupa un posto tanto eminente nella società, non potrebbe lanciare un tal colpo, se prima non fosse ben sicuro che non avesse a ricadergli sul capo. Io ti giuro, fratello, che il mio cuore non ha più fede nella giustizia degli uomini. Nondimeno voglio cedere ancora una volta a' tuoi amichevoli consigli che mi furono legge negli anni più desolati della mia esistenza. Ma, bada! questa è la mia ultima prova! Se dessa non riesce quale tu me la prometti, quale dovrebbe riuscire perchè io riconosca il tuo Dio, allora tu stesso dovrai assolvermi dall'obbedire alle leggi del male, ed io diverrò quello che fui nei primi tempi della mia giovinezza: un vindice della umanità conculcata, un fulmine dei soperchiatori e dei despoti.

Ciò detto, l'Albani si accostò di nuovo al leggio, prese una penna, e sotto il veto del Gran Proposto scrisse le due linee seguenti:

«Io domando che, a termine di legge, entro le ventiquattro ore prescritte, il Gran Proposto Terzo Berretta mi renda ragione del suo veto dinanzi al Consiglio degli Anziani.

«REDENTO ALBANI».

Compiuta quella formalità, i due amici si separarono. L'Albani salì nella sua gondola e ordinò al conduttore di calarlo alla Villa Paradiso.

Giunto alla Villa, il fidanzato di Fidelia diede il segnale perchè si aprissero i cancelli. Entrò senza volger parola al Custode che era mosso ad incontrarlo. Attraversò i viali a passo concitato; congedò bruscamente le volonterose che lo attendevano negli atrî, ordinando che fosse tolta la luce al palazzo.

Rimasto solo in quel vasto salone reso tetro dall'oscurità come una grotta popolata di immobili spettri, l'Albani si sdraiò sul tappeto ruggendo:

—Guai a loro! guai a tutti... se domani io dovessi portare le fiamme dell'inferno in questo paradiso creato dall'amore!

CAPITOLO XVIII. CATASTROFE IMPREVEDUTA.

Se quella notte fu lunga ed angosciosa per l'Albani, ciascuno di leggieri comprende che anche il Gran Proposto Berretta e il Capo di Sorveglianza Torresani non dormirono sovra un letto di rose.

Quanto alla buona e sensibile Fidelia, basti sapere ch'ella vegliò fino all'alba in lacrime e preghiere.

Chi all'indomani apparve più rassicurato e fidente, fu l'Albani. Nella propria coscienza egli aveva attinto il coraggio; se qualche cosa gli rimaneva ancora a temere dalla malvagità degli uomini o dalla soperchieria dei potenti, pur si sentiva agguerrito alla lotta dalla propria rettitudine e dalla inesorabilità della legge.

Serena la fronte e l'occhio infiammato di febbrile impazienza, egli uscì dalla villa, e dopo aver errato alcun tempo nei quartieri più popolosi della città, si diresse verso il palazzo di Giustizia Civile.

La sala del Consiglio si apriva nelle ore pomeridiane, al principiare dei crepuscoli.

Quando l'Albani comparve alla piccola Tribuna degli appellanti, i trecento anziani già occupavano le scranne dell'Emiciclo. I cinque Seniori, ai quali spettava esclusivamente il diritto di interrogare e di discutere, già avevano compiuto l'esame dei molti documenti ammucchiati sulla tavola. Il Gran Proposto Berretta, calmo in apparenza, ma in cuore vivamente preoccupato, era assiso, colla testa raccolta fra le mani, alla tribuna di ragione.

All'apparire dell'Albani, si riscosse, alzò gli occhi, ma non ardì sostenere il lampo di uno sguardo che pareva sfidarlo.

I quattro compartimenti dell'anfiteatro superiore frattanto si inondavano di una folla di curiosi, avida di emozioni.

Un dibattimento nel quale dovevano trovarsi di fronte due grandi notabilità della famiglia, il Proposto Terzo Berretta e il celebre inventore della pioggia artifiziale Redento Albani doveva naturalmente destare nella moltitudine il più vivo interesse. La vertenza offriva altresì una speciale attrattiva ai malcontenti di tutte le classi, ai nullabbienti, ai federati dei partiti estremi, nemici naturali di ogni autorità costituita, bramosi di scandali e impazienti di lotte.

Allo scoccare dell'ora settima, il Presidente temporaneo degli Anziani annunziò l'apertura del dibattimento. Tutti i labbri ammutirono.

Tutti gli sguardi si volgerò al Seniore Inquirente che dal suo seggio elevato ripetè quattro volte il nome del Gran Proposto.

Questi a sua volta si levò in piedi.

—Cittadino Berretta—tuonò la voce dell'Inquirente—la legge ti interroga, la famiglia ti ascolta e Dio ti vede nel cuore(20). Perchè hai tu posto il veto alla petizione di matrimonio civile inoltrata dal fratello Primo Albani in favore di Fidelia tua figlia?

—Nella mia qualità di Supremo Magistrato dell'Olona—risponde il Gran Proposto con voce commossa—sento che la più rigida osservanza delle leggi mi è sacro dovere. L'Albani ha violato la legge di dilazione; nella notte del 27 settembre, egli venne a Milano furtivamente e si intrattenne parecchie ore nei giardini della Villa Paradiso.

—È falso!—urlò l'Albani balzando in piedi coll'impeto del suo ardente carattere. E quel grido dell'anima concitata destò nella sala un eco tumultuoso.

Il Gran Proposto si fece pallido in viso.

—Cittadino Albani—riprese l'Anziano Inquirente—moderate i vostri impeti che a nulla giovano, se non forse a pregiudicarvi, quando in vostro favore non intercedano le irresistibili prove del fatto. Il cittadino Berretta ha recato sul banco della giustizia dei gravi documenti che appoggiano la sua asserzione, e noi, col vostro beneplacito, ne daremo contezza a quanti ci ascoltano.

—Si leggano i documenti!—rispose l'Albani assidendosi e chinando la testa fra le mani.

Al cominciare della lettura, l'attesa del pubblico era solenne e imponente il silenzio; ma appena il nome dell'ex barone Torresani autore del rapporto segreto risuonò nella sala, insorse da ogni parte un mormorio sinistro e provocante. Un Capo di sorveglianza pubblica non era meno detestato sotto il fraterno regime della Unione, che nol fossero un secolo addietro un prefetto di polizia od un questore.

L'Albani, che ascoltava con angoscia impaziente, appena fu esaurita la lettura di quel primo documento, si rialzò dal suo seggio, e tutti notarono con meraviglia come il di lui volto, poco dianzi allibito dalla collera, esprimesse calma e fiducia.

—Onorevoli Seniori, onorevoli Anziani, onorevolissimi cittadini e fratelli—parlò l'Albani con ferma voce—i voti del mio cuore sono appagati, ciò che io ardentemente desiderava si è avverato; il rapporto del cittadino Torresani mi apre l'unica via sulla quale mi sarà dato di raccogliere a mia giustificazione delle prove assolute. In detto rapporto si afferma che nei giardini della Villa Paradiso io mi trattenni colla figlia del Gran Proposto, Orbene: se il padre di Fidelia acconsente, io eleggo a termine impreteribile di assoluzione o di condanna, la pubblica testimonianza di quell'angelo di luce e di bontà, di quella santa creatura, inaccessibile alla menzogna, che porta il nome di Fidelia... Il suo verdetto mi sarà sacro, ed io mi appresto ad ascoltarlo col sorriso nel volto e colla fede nel cuore.

L'Albani guardava fissamente il Gran Proposto, ma nessun segno di turbamento o di esitazione appariva su quella fronte marmorea. Quel vecchio non poteva aver scrupoli nè rimorsi in presenza de' suoi istinti di padre; quel magistrato si sentiva agguerrito dalla coscienza del vero. Prima che l'Anziano Inquirente gli ripetesse, come d'uso, la proposta dell'avversario civile, il Berretta si levò in piedi profferendo queste due semplici parole: «accetto la testimonianza di mia figlia come termine impreteribile; venga Fidelia!»

La figlia del Gran Proposto non era lungi.

Gli Anziani, prevedendo l'incidente, l'avevano chiamata al giudizio, e la giovinetta, circondata dalle amiche, attendeva l'appello della matrona legale nella sala di aspetto riservata alle fanciulle. Nel di lei volto non appariva alcun segno delle interne agitazioni: ma quella calma sgomentava le amiche, e la buona Speranza ne era siffattamente allarmata che a stento reprimeva i singulti.

Al primo appello della matrona, Fidelia si levò in piedi e appoggiata al braccio delle amiche, la persona castamente avvolta nel peplo mattutino, si diresse verso la porticella che metteva alla tribuna.

Quella apparizione destò nella sala un mormorio di simpatia. I Seniori e gli Anziani si scopersero il capo.

Il Gran Proposto e l'Albani rimasero al loro posto come impietriti. Sì l'uno che l'altro furono investiti da un tremito che pareva un presagio. Gli occhi di Fidelia, eretti al cielo, si irradiavano tratto tratto di una luce fosforescente.

—Abbassate la reticella vitrea!(21)—ordina il Presidente Temporaneo degli Anziani ai meccanici di legge;—il risultato della testimonianza vuol essere decisivo; è necessario che la verità non venga pregiudicata da influssi magnetici o da altri poteri occulti.

—È vano!—rispose dalla tribuna la voce di Fidelia;—nessuna volontà umana potrebbe violentare il mio libero arbitrio. L'anima di mia madre è con me, e la menzogna non può uscire dal mio labbro.

Così parlando, la giovinetta sviluppò dal peplo il suo candido braccio, e alzando la destra fece brillare allo sguardo degli assembrati un bellissimo carbonchio umano(22) sfavillante come l'astro di Venere.

L'emozione degli astanti toccava il parossismo.

L'inquirente, dopo breve attesa, raccolse dalla mano del Presidente il quesito finale già formulato e riveduto dagli Anziani e dai Seniori; indi, nel silenzio più opaco della assemblea, si volse a Fidelia:

—Adulta Fidelia Berretta: la legge ti interroga, la famiglia ti ascolta e Dio ti vede nel cuore. Puoi tu asserire che nella notte dal ventisette al ventotto settembre dell'anno corrente, l'adulto Redento o Primo Albani siasi intrattenuto teco a colloquio in Milano, e precisamente nella sua villa detta del Paradiso?...

—Sì!—rispose Fidelia senza esitare un istante. L'Albani, che durante la interpellanza si era levato in sulla punta dei piedi, col labbro ansante e l'occhio iniettato di una luce che era fede e certezza, ricadde sulla seggiola mettendo un grido.

Ma un altro grido uscito da molti cuori di donne in quel medesimo punto, distrasse dall'Albani l'attenzione degli astanti per portarla sovra la figlia del Gran Proposto.

Il monosillabo affermativo partito dalla tribuna delle vergini era stato l'ultimo sospiro vitale di Fidelia. La giovinetta, nel profferirlo, era caduta nelle braccia delle amiche come un giglio reciso.

—Morta! morta!—gridavano le donne.

—Uccisa dalla menzogna!—ruggì l'Albani insorgendo e accennando al Gran Proposto.

—La prova galvanica! la prova galvanica!—urlarono mille voci dall'emiciclo.

Il Presidente degli Anziani sollevò la mazza di primo ammonito per sedare il tumulto. E frattanto, in men che io nol dica, quattro matrone di ufficio trasportarono il corpo di Fidelia nel centro della sala, e il chirurgo primate del tribunale le applicò il pungiglione galvanico all'occipite.

La folla irruppe dalle sbarre. Seniori, Anziani, bidelli, subalterni, spettatori, si pressarono compatti intorno al banco di risurrezione. L'Albani stringeva nelle sue la mano di Fidelia.

Il Gran Proposto piangeva desolato ai piedi della figlia.

Al tumulto scapigliato era succeduto come per incanto il silenzio della riverenza e della aspettazione.

La puntura galvanica non tardò molto ad agire. Fidelia si riscosse...

—Discendi in te stessa—disse il primate di chirurgia parlandole all'orecchio;—visita il tuo cuore e i tuoi visceri, e dimmi qual fu la sincope che ti ha colpita.

Le labbra di Fidelia si agitarono e proffersero la parola morte.

Il primate le applicò il pungiglione galvanico alla fronte.

—Puoi tu asserire—domandò l'inquirente—che Primo Albani abbia avuto teco un colloquio nella notte dal ventisette al ventotto settembre?

—No!—rispose la morta.—In quella notte l'Albani era ben lungi... ben lungi... da Milano.

—Perchè dunque—riprese l'Inquirente—hai tu voluto, quando eri in vita, affermare un fatto che ora sei costretta a smentire?...

—Perchè desso... perchè colui...

—Parla!... una sola voce!... una parola... ancora!—gridò l'Albani!

—È vano!—disse il primate ritirando il pungiglione dalla fronte dell'estinta e riponendolo nell'astuccio.—Il galvanismo non ha più azione su lei: la materia animale è ottusa.

Ciò che avvenne in quel punto nella sala non può descriversi a parole.

Caliamo la tela su questa scena di desolazione e di tumulto.

CAPITOLO XIX. LE DIMISSIONI.

Due giorni sono, trascorsi I cittadini dell'Olona si affollano intorno a due proclami apparsi dallo spuntare del giorno sulle muraglie di affissione.

L'un d'essi porta la firma del Gran Proposto, l'altro è segnato Torresani.

Soffermiamoci dinanzi al primo proclama, e leggiamo:

«Ai presenti ed ai lontani salute e buon senso!

«Duemila telegrammi partiti dai centri esecutivi della Unione domandano che io mi dimetta dalla carica di Gran Proposto dell'Olona.

«Lo stesso voto esprimono le seicentomila cartoline postali che oggi pervennero al mio domicilio. Dinanzi a questa e ad altre manifestazioni imponenti dell'autorità pubblica, io non posso indugiare un istante a svestirmi di un potere più illusorio che reale e punto invidiabile.

«Ma i motivi che contro me provocarono questa unanime protesta della opinione pubblica sono di tal natura che mi terrei disonorato affermandoli col mio silenzio. Nè moralmente, nè civilmente, io so di aver mancato al dovere; e ne faccio solenne giuramento sulle ceneri tuttora fumanti di mia figlia, testè raccolte dal funebre amianto. Nessun altro tesoro all'infuori di queste e di altre ceneri care, io esporterò dal piccolo Campidoglio ove per venti anni tenni il governo della pubblica amministrazione.

«Tanto mi tengo in debito di affermare ai presenti ed ai lontani, e non dubito punto che le mie parole abbiano a trovar fede presso gli onesti di qualunque partito.

L'EX PROPOSTO BERRETTA».

—Nobili parole, degne del suo gran cuore!—esclama, tergendosi le lagrime, un meneghino, che il giorno innanzi avea spedita al Gran Proposto la sua cartolina di ostracismo.

Volgiamoci all'altro proclama, e vediamo con quali formole il Capo di Sorveglianza annunzii la propria dimissione:

«Cittadini ladri, truffatori, manutengoli, barattieri, furfanti d'ogni specie che costituite la maggioranza della Società umana:

«Esultate! Ciò che era nei vostri voti si è compiuto; la dimissione di sua Eccellenza Riveritissima il Gran Proposto Terzo Berretta implica necessariamente la mia.

«Il benemerito dicastero di sorveglianza pubblica rimarrà per uno o più giorni senza capo.

«Cittadini ladri, truffatori e furfanti di ogni specie, esultate! ve lo ripeto. E frattanto, i pochi galantuomini—se è pur vero che ve ne abbiano, ciò che a me non consta positivamente—badino alle loro tasche ed alle serrature dei loro forzieri!

«Il mio successore, entrando in carica, vedrà che durante la mia gestione tutto ha proceduto con ordine e con giustizia. Con quale accortezza e tenacità io abbia lottato per oltre venti anni contro la ribalderia umana, apparirà evidentemente dai registri e dai tesseri che io lasciai negli uffizii. Se non che—lo confesso con immenso rammarico—in questi ultimi tempi la mia e l'attività indomabile de' miei subalterni riuscì in molti casi impotente. Già da oltre mezzo secolo, quei nostri famigerati utopisti che ripetevano la frequenza dei crimini dall'analfabetismo delle masse, hanno dovuto convincersi che l'istruzione universale ha quadruplicato il numero dei falsarii e dei ricattatori. Più tardi, la scienza medica e farmaceutica appresa a tutti indistintamente i cittadini della Unione, moltiplicò gli avvelenatori e gli assassinî domestici. Le locomotive aeree agevolarono le contumacie dei bricconi e favorirono la impunità. La sistemazione e applicazione pratica delle forze magnetiche produsse abbominazioni che fanno inorridire.

«A questi, sempre crescenti ausiliarii della iniquità e della corruzione, i governi opposero una resistenza in fino ad oggi abbastanza efficace. Nelle nostre mani le nuove armi fornite dal progresso alla depravazione ed alla colpa divennero una forza riparatrice. La nostra sorveglianza dalla terra e dal mare si estese alle amplissime regioni dell'aria. Abbiamo non pochi esempi di grandi ed audacissimi malfattori, catturati dai nostri agenti a poca distanza dalla luna.

«Ma qual pro' da questa caccia affannosa e piena di pericoli? Noi inseguiamo il calabrone malefico, lo afferriamo, lo rechiamo trionfanti, esultanti, sul banco della giustizia, acciò questa si prenda il bel spasso di aprirci il pugno per ridonare il captivo al libero esercizio de' suoi perfidi talenti.

«Tante grazie, signori riformatori del Codice penale!... Ma non vi par tempo di finirla con questa buffoneria che si chiama il Ministero di Sorveglianza pubblica? A che serve lo inseguire, il catturare dei delinquenti, mentre alla giustizia più non rimane alcun serio mezzo di punizione?

«Nei secoli addietro, allorquando a migliaia a migliaia i galantuomini, o dirò meglio, gli impregiudicati, morivano di fame, un cotal Beccaria finse di intenerirsi sulla sorte degli assassini appiccati alla forca. Tutti i filosofi dell'epoca fecero eco alla nenia, e la canaglia (ciò si comprende) proclamò il Beccaria altamente benemerito della Società umana.

«La pena di morte venne col tempo abolita; tanto è vero che tutte le idee, anche le più strane e più esiziali, seguono il loro corso di rotazione e a lungo andare si traducono in fatto. I briganti, gli aggressori di strada, gli avvelenatori, i parricidi arsero dei ceri alla statua grottesta di Beccaria(23).

«Più tardi, questi signori umanitarii progressisti che mai non seppero formulare un concetto benefico in favore dei così detti galantuomini, si accorsero che negli ergastoli e nelle galere i birbaccioni non godevano le maggiori agiatezze della vita.

«Lugete, Veneres, cupidinesque!

«E mano alle riforme carcerarie!... Le case di pena si tramutino in altrettanti cenobii di fannulloni ben vestiti, meglio pasciuti e confortati, a spese del comune, da ogni sorta di ricreamento.

«È troppo giusto che il vizio ed il crimine dormano sovra un soffice letto, mentre i contadini pusillanimi che rispettano la legge debbon coricarsi a digiuno sulla paglia ammorbata.

«Non basta ancora, non basta, perdio! La reclusione è una infamia... L'uomo è nato libero... La libertà è un inviolabile diritto di tutti. Chi si attenta, sotto qualsivoglia pretesto, di vincolare questo istinto sovrano della umanità, commette un mostruoso fratricidio.

«Si atterrino le case... di riposo!... Uscite, o sfortunati! La società vi riapre le braccia; cittadini ladri, cittadini assassini, i fratelli vi reclamano. La famiglia Europea offrirà a tutti il pane e l'alloggio gratuito; voi sarete vestiti e nutriti a spese del Comune; potrete viaggiare gratuitamente sulle ferrovie e sui piroscafi: alla sera, nelle grandi città, avrete libero accesso ai teatri. La famiglia non è abbastanza ricca per offrirvi dei lauti sussidii in denaro. Un lusso al giorno!... è poca cosa, ne conveniamo. Ma alle spese delle gozzoviglie, dei capricci galanti, delle corse aeree, provvederanno i vostri talenti.

«E infatti... si è veduto:

«Non appena questo bel trovato dell'amnistia generale ebbe scatenati sulle famiglie della Unione i trentamila fratelli detenuti, a tutte le porte delle abitazioni fu mestieri applicare la serratura a revolver. Il grande avvenimento venne festeggiato nelle principali città di Europa con luminarie e banchetti, ma tutti ricordano quali immediate prove di ravvedimento abbian fornito ai loro concittadini questi antichi martiri del cenobbio. Dalle finestre sparirono i candelabri, dalle mense le posate e le tovaglie.

«Voi avete supposto che le multe, la denunziazione pubblica, la nota di infamia e la morte civile potessero costituire, in un secolo illuminato, dei validi freni al delitto. Che faranno i ladri per soddisfare alle multe? La risposta è troppo ovvia: ruberanno. Le denunzie, le note di infamia potranno ancora far breccia, in quelle anime incallite al misfatto? Il più enorme dei vostri supplizii, la morte civile, ucciderà nel delinquente ogni senso di moralità; e voi lo vedrete, dopo i cinque anni di espiazione, ritornare al consorzio dei fratelli coll'odio di Caino nel cuore e con propositi atroci. I pochissimi rigenerati dalla espiazione, disperando dell'oblio promesso, soccomberanno alla lenta agonia del rimorso e della vergogna, o affretteranno il loro fine in una piscina dissolvente(24).

«A tale è giunta la Società umana, dopo tante fasi di rinnovamenti e di progressi.

«E guai se io sollevassi il velo che ricopre il mondo latente!

«Unico freno alla esplosione della completa anarchia rimane il terrore dell'ignoto e, diciamolo pure, quella provvidenziale dissidenza di partiti, che noi abbiamo abilmente e con ogni mezzo mantenuta. Ma allorquando una delle tante sette politico-sociali-religiose che fremono nelle viscere corrose della Unione, riuscirà ad ottenere una prevalenza assoluta; allora, o signori, aspettatevi il diluvio... la pioggia di fuoco, l'inferno...! I primi furori della spaventevole rivolta si rovescieranno, come di uso, sui

Proposti, sugli Imperatori, sugli Czarri, sui Capi di Sorveglianza, sui tiranni che lottarono per scongiurare il cataclisma... In seguito... lasciate fare agli equilibristi...! Vi prometto io, che in pochi giorni l'equilibrio sarà perfetto.

«Prima di finirla, vorrei dire due parole sul fatto speciale che ha provocata la dimissione del Gran Proposto e la mia. Nel rapporto che io presentai ai Tribunali relativo alla violazione della legge di dilazione per parte dell'Albani, io so di non aver peccato contro il dovere di primate legale. L'Albani fu realmente veduto dai miei agenti nella notte dal 27 al 28 settembre entrare nella Villa Paradiso e quivi intrattenersi colla figlia del Gran Proposto. Ma i due verdetti contradittorii della prima e non mai abbastanza deplorata vittima dell'infausto processo, mi hanno dato a riflettere...

«Io non mi accuso di aver mancato per negligenza o mal volere, ma temo che l'impotenza assoluta a lottare contro uno dei più abbominevoli trovati della industria moderna abbia tradito i miei calcoli.

«Che qualche furfante, abusando della maschera-ritratto, a tanto sia riuscito da ingannare la mia accortezza non solo, ma anche quell'istinto di gentile penetrazione, quella direi quasi intuizione divina che è propria delle donne innamorate?... Una tale ipotesi spiegherebbe molte cose; ed io non dispero che, profittando delle molte note da me tracciate in argomento, il mio successore riesca a scoprire la verità e a porgermi i mezzi di una giustificazione più completa.

«E dopo questo, cittadini ladri, manutengoli, ecc. ecc., io rientro nella vita privata, ringraziando voi e la provvidenza, di avermi aperta, a svignarmela sano e salvo dal palazzo di Sorveglianza, una uscita abbastanza sicura, quale difficilmente vorrà offrirsi al mio successore.

«L'EX BARONE TORRESANI»

Quella sera al teatro Scalvoni e Barbetta si rappresentava una grandiosa tragedia-ballo in venti atti e sessantotto quadri, intitolata la Caduta di un Gran Proposto, ossia il tremendo verdetto della Giustizia divina per opera d'uno specillo galvanico.

Verso le ore sette, una ondata di oltre cinquantamila spettatori irrompeva nel gran teatro popolare. La impazienza e la concitazione del pubblico si rivelava dagli atroci latrati dei binoccoli canini(25).

All'alzarsi del sipario, tutti i palchi erano stipati di spettatori. Solo il palco al numero sette di prima fila si vedeva coperto dal riparatore(26), ed era ovvio, il supporre che dietro quello si nascondeva la cinica figura dell'ex-capo di Sorveglianza.

Il dramma non era che una indigesta e gaglioffa parodia dell'avvenimento della giornata, colle solite invettive ai consorti, ai tiranni, agli uomini della reazione.

Abilmente riprodotti a mezzo delle maschere guttaperche, sfilavano sulla scena i principali attori del dramma cittadino. Il Gran Proposto e il Barone Torresani ricomparivano in ogni atto per raccogliere le invettive del palco scenico, e quelle più irriverenti e chiassose della platea.

La produzione sortì l'esito che era da attendersi: fanatismo completo... Ma al momento in cui gli autori comparivano per la ducentesima volta al proscenio, il velario riparatore che copriva il palco numero sette si alzò improvvisamente, mettendo allo scoperto la sarcastica figura del Torresani.

—Signori e signore!—gridò il barone colla sua voce rantolosa e vibrata;—abbiate la compiacenza di fermarvi un istante per ascoltare la protesta di un libero cittadino!

Tutti gli sguardi si volsero al palco di prima fila, e i cinquantamila spettatori ammutirono come un sol muto.

—Signori e signore—riprese il Torresani nel generale silenzio;—nella mia qualità di ex-ministro di Sorveglianza pubblica io non poteva attendermi dagli autori del nuovo dramma delle allusioni o delle apostrofi gentili. A queste non intendo rispondere; io le ho ascoltate con indicibile compiacenza, le ho raccolte come un glorioso attestato di onoratezza. L'onore di un Capo di Sorveglianza, o altrimenti Questore, è posto sotto la salvaguardia dell'odio generale, ed io mi glorio di essere esecrato. Ciò che mi preme rettificare è una circostanza storica del dramma, la quale, se fosse accolta come veritiera, mi pregiudicherebbe grandemente sotto l'aspetto finanziario. Nell'ultimo atto, l'autore si è piaciuto di farmi appiccare ad un fico. Come vedete, io non mi sono appiccato, e vi giuro che non intendo appiccarmi. Ma in quella vece aprirò domani un grandioso negozio di salumeria in via dei Ghiotti al numero 10. Colgo questa occasione per fare un po' di réclame al mio Stabilimento, e augurando a tutti il miglior appetito, vi abbasso le mie salutazioni più affettuose.

—No! no!—grida una voce dalla platea;—nessun cittadino onesto metterà il piede nel tuo negozio; nessun onesto mangerà il salame della questura!

—Mi importa assai degli onesti!—mormora il Torresani riabbassando il velario riparatore.—Purchè i ladri onorino la mia bottega, in due mesi diverrò milionario.

Così parlando, il sarcastico vecchietto sovrappose al proprio volto una maschera-guttaperca al sembiante del drammaturgo Scalvoni, e lanciandosi destramente nell'atrio, si fece largo tra la folla plaudente fino alla volante che lo attendeva sulla piazza.

Lasciamo che egli se ne vada pe' fatti suoi, e poniamoci sulle orme di altri personaggi più meritevoli e simpatici.

CAPITOLO XX. IL CHIODO FANTASTICO.

In una delle più intime stanze della Villa Paradiso, disteso sovra un candido letto, il pallido volto abbandonato ai guanciali, giace l'amante di Fidelia assopito da un letargo affannoso.

Al lato dell'infermo, in atteggiamento di profonda mestizia, sta assiso il Levita che porta il nome di fratello Consolatore.

Il suo sguardo e il suo pensiero sembrano assorti in un fascicolo di carte manoscritte.

Un lieve rumore di passi ha riscosso il Levita.

La porta si apre, e il vecchio custode della villa introduce nella stanza l'illustre primate di medicina Secondo Virey, seguito da due praticanti specialisti, incaricati di esercitare l'azione magnetica sull'infermo.

Fratello Consolatore ha ceduto il posto al Primate. I due praticanti distendono le braccia, e il Virey non tarda un istante ad iniziare l'esplorazione.

—Sei tu in grado di osservare?

—Lo sono—risponde il malato agitando lievemente la testa.

—Hai tu compiuto il tuo corso di scienza medica?...

—Io dovetti interromperlo per forza di legge, ma non vi è arcano della scienza che a me sia sconosciuto.

—Vedi tu nulla di anormale nel colore del tuo sangue arterioso?

—Nulla.

—Al cuore?...

—Una leggiera enfiagione al lato destro.

—Al cervello?

—Delle parziali alterazioni negli organi inferiori; disparizione quasi completa della stearina, e prevalenza di fosforo.

—Sei tu ben sicuro di quanto asserisci circa la prevalenza del fosforo?

Il malato chiude gli occhi, e dopo breve silenzio risponde affermativamente.

Ad un cenno del Virey, i due praticanti magnetisti abbassarono le braccia, e la testa del malato, abbandonata dal fluido possente, ricadde assopita sui guanciali.

Il Virey rivolse la parola al fratello Consolatore.

—Credo esser nel vero affermando che l'illustre infermo rappresenta una delle tante vittime dello spiritualismo esagerato dell'epoca nostra. Porgetemi la biografia di questo sventurato...

Fratello Consolatore si fece innanzi e consegnò il manoscritto al Primate.

—Le alterazioni del sistema arterioso—riprese quest'ultimo con calma solenne—derivano da grandi sofferenze morali accoppiate ad una violenta attività del cervello. Questa attività ha potuto assorbire, distraendola dal cuore, una delle grandi cause efficienti della malattia. Senza questa circostanza, l'aneurisma avrebbe già prodotto le sue conseguenze mortali. Ma la biografia del malato chiarirà meglio la mia diagnosi. Potete voi giurare, o fratello Levita, che in queste pagine non vi abbia parola la quale non sia ispirata dalla verità?

Fratello Consolatore portò la mano al petto e rispose:

—Pel corso di cinque anni ho diviso tutte le angosce dell'uomo che ci sta dinanzi: la sua anima si è completamente rivelata alla mia e voi la vedrete riflessa in quelle carte...

—Voi fortunati!—esclamò il Virey con un sorriso di sdegnosa ironia—voi che avete il privilegio di scorgere l'anima attraverso le molecole organiche dalle quali risulta la vitalità... La scienza di noi profani non giunge a tanto. Vedete voi la vostra anima, fratello Levita?

—Non la vedo, ma la sento—rispose fratello Consolatore con umile voce.

—E siete proprio persuaso che il battito delle arterie, il respiro dei polmoni, la facoltà di pensare e di agire dipendano da una potenza misteriosa che non ha da fare colla materia?

—Il giorno in cui in me cessasse una tale convinzione, arrossirei di esser uomo e invocherei di morire.

—Mentre io mi occuperò a leggere queste note biografiche—disse il Virey allontanandosi—voi potrete, o fratello, esercitare le vostre pratiche salutari sull'anima dell'infermo. Più tardi, se i vostri rimedi non avranno giovato, io mi permetterò di tentare qualche prova sulla massa corporea. Vi prometto che il vostro metodo di cura non ne rimarrà pregiudicato.

Così parlando, il Virey si ritirò nel vicino gabinetto. Fratello Consolatore cadde in ginocchio presso il letto dell'infermo mormorando una preghiera.

Trascorsa un'ora, il Primate di medicina rientrò nella stanza.

Ai due praticanti magnetisti che lo accompagnavano si era aggiunto un numeroso drappello di giovani studenti, intervenuti spontaneamente al consulto per erudirsi nella dotta e faconda parola dell'illustre scienziato. Il Virey da più mesi non era venuto a

Milano; tutti si attendevano che al letto degli infermi egli avrebbe solennemente proclamate e spiegate le sue grandi teorie innovatrici.

L'aspettativa non fu delusa.

I giovani si schierarono silenziosi intorno al letto, e il Primate con accento solenne prese a parlare:

«L'esplorazione magnetica non mi aveva ingannato; la biografia dell'infermo, e più che altro la storia delle sue ultime peripezie ha confermato i miei criterii sulla natura del male che reclama i nostri soccorsi.

«La scienza medica ha fatto, nella prima metà del corrente secolo, dei progressi meravigliosi. Oggimai non vi è legge dell'organismo umano che a noi sia ignota, non vi è forza della natura che abbia potuto sottrarsi alle nostre investigazioni ed al dominio delle nostre esperienze. Ogni mistero si è rivelato; l'organismo umano non ha più segreti per noi; la chimica ha messo a nostra disposizione tutte le sostanze vitali disperse negli elementi, tutti i reagenti salutari che rispondono alle umane fralezze.

«Possiamo noi inorgoglirci degli stupendi risultati?

«Possiamo noi esultare dei nostri trionfi, mentre gettando uno sguardo sulla umanità ci è forza di constatare il suo incessante deperimento?

«I nostri legislatori si mostrano sgomentati della frequenza, per verità spaventevole, dei suicidii individuali; eppure—strano a pensarsi—assistono spettatori indifferenti ed improvvidi al suicidio di tutta la specie umana!

«Se fosse lecito dubitare della perfezione matematica dell'universo, che implica necessariamente la perfezione dei singoli elementi cosmici, in verità noi dovremmo chiamare assurda ed improvvida questa grande sproporzione che si manifesta tra la facoltà immaginativa e la forza puramente meccanica dell'uomo. Tutte le malattie, tutte le passioni e le ansie che ci contristano la vita ripetono la loro origine e la loro causa efficiente da questo fenomeno implacabile. Il progressivo sviluppo e la conseguente attività delle forze morali segna nell'organismo dell'uomo le fasi del deperimento che conduce alla morte. Questo attrito incessante fra l'uomo intelligente e l'uomo bruto risponderebbe per avventura ad una misteriosa esigenza dell'ordine universale? Questa legge, così assurda nelle apparenze, costituirebbe forse il principio demolitore, o meglio, la potenza trasformatrice della umanità? La razza umana sarebbe mai destinata a scomparire dopo un lasso di secoli, per vivere e riprendere sotto nuovi aspetti la sua attività cooperativa in un mondo ringiovanito? Ammessa una tale ipotesi, per la quale verrebbero ad eliminarsi molti assurdi concetti, volgendo uno sguardo alle condizioni attuali della umanità, ed ai gravissimi indizi di prostrazione che in ogni parte si manifestano, non possiamo astenerci dall'emettere un grido di allarme—l'agonia della nostra specie è cominciata. Il fuoco della nostra intelligenza ha raggiunto il massimo grado della incandescenza; questo fuoco sta per estinguersi.

«Noi siamo all'ultimo atto della grande tragedia umana. Il Titano intelligente si elevò ad una altezza non mai raggiunta, ma la sua caduta sarà irreparabile.

«Abbiamo spogliate le foreste, abbiamo traforate e abbattute le montagne, abbiamo aperte delle voragini per rapire alla terra le materie combustibili e gazose; abbiamo deviate le correnti elettriche; dapertutto la mano dell'uomo ha portato lo scompiglio e lo sfacelo.

«Che più ci resta a tentare? Dopo aver dominato la terra e le acque, ecco le nostre locomotive ci sollevano ai cieli... Non basta? Fourrier, coll'innesto delle ali, ci comunica una nuova facoltà, ci promette una trasformazione...

«Affrettiamoci, signori! Ciò che abbiamo fatto per suicidarci è poca cosa... Voliamo alle regioni dove spaziano le aquile!... Voliamo colà dove per l'uomo si respira la morte...

«E i sintomi mortali si scorgono dapertutto. L'attività febbrile che nello scorso decennio ha operato dei prodigi, oggi accenna ad estenuarsi; la luce della intelligenza umana è quella del lucignolo prossimo a spegnersi.

«E frattanto, qual forza ci soccorre? La terra, nostra madre, e nudrice, è ormai stanca delle nostre violenze. Essa comincia a ribellarsi. I cereali intisichiscono, la vite non dà più grappoli; gli animali che più abbondante e vigoroso ci fornivano l'alimento, si ammorbano e periscono sui pascoli insteriliti.

«E già i governi mandano un grido di allarme; e il diritto alla esistenza sancito dalle nuove leggi diverrà fra poco una derisione... Ma a ciò provveda chi deve.

«Il nostro compito, o signori, è quello di affermare, per quanto è da noi, la vita individuale, mentre le masse precipitano nella morte.

«L'umanità è colpita là dove ha molto peccato. La prevalenza del succo nerveo ha paralizzato le forze del sangue; l'equilibrio degli elementi vitali è cessato; l'uomo vegetale, l'uomo bruto fu invaso dell'uomo pensante.

«Dalle cattedre, dai libri, dai giornali noi abbiamo reagito costantemente contro l'invadenza di uno spiritualismo micidiale. Ma la superbia umana ha sordo l'orecchio alle verità che la umiliano.

«La religione riformata, accarezzando l'orgoglio dell'uomo e l'idealismo irrazionale della donna, ha messo il colmo alla esaltazione. In ogni paese, in ogni tempo, l'ascetismo fu nemico della nostra scienza; ma a nessuna epoca mai come alla nostra, il prete ed Il poeta, questi eterni falsarii della legge naturale, questi allucinati o coscienti mistificatori delle plebi umane, esercitarono più micidiale il loro predominio. I fanatici del nuovo culto impazziscono a migliaia. Parigi, la superba città che era nello scorso secolo denominata il cervello del mondo, Parigi non rappresenta oggigiorno che un vasto manicomio.

«Ma questi signori vi diranno: ciò che a noi importa è la salute delle anime! Orbene! (e così parlando il Virey si volse a fratello Consolatore) non vi par tempo che noi interveniamo?

«Vorreste poi permetterci di tentare qualche esperienza profana sugli atomi vitali che per avventura serpeggiano tuttavia in questo corpo estenuato?...»

Fratello Consolatore non rispose e chinò la testa mestamente.

Il Virey, per un istante disarmato dall'umile atteggiamento del Levita, riprese la parola con intonazione più dimessa:

«La malattia che ha colpito quest'uomo è una delle più comuni oggidì: la lassitudine nervosa complicata e aggravata da un chiodo fantastico.

«Lo sfinimento dell'apparato nervoso ripete la sua origine da troppo intense e prolungate esercitazioni della macchina cerebrale; il chiodo fantastico è frutto di una troppo costante e inesaudita surreccitazione dei globuli simpatici. Il bagno fosforico e le fasciature elettro-magnetiche applicate con prudente moderazione potrebbero in breve tempo rinvigorire il sistema pregiudicato; ma un tal metodo di cura aggraverebbe la crisi dell'organo più compromesso.

«Signori!... occhio al cervello!... occhio al padrone, al governatore, al tiranno della casa vitale! Abbiate per fermo che nessuna malattia è mortale quando l'organo tiranno che siede là dentro conservi piena ed intatta la sua forza di volere.

«Affrettiamoci dunque! Il nostro primo compito sia quello di ristabilire l'equilibrio fra i globi cerebrali. Ottenuto l'equilibrio, quando il malato sarà in grado di pensare e di volere, in pochi giorni la resurrezione delle fibre sarà completa.

«Riassumiamoci. La biografia del paziente ci ha rivelato che un intenso desiderio di possessione riportato sovra una donna fu causa della anomalia. L'idealismo! sempre l'idealismo! fomite di ogni follia, di ogni disordine, per non dire di ogni umana scelleratezza. Questo uomo, credendo di amare, ha fatto violenza alle leggi della natura e si è reso impotente. Io vorrei bene, o signori (e qui la parola del medico riprese una intonazione più vibrata), io vorrei bene, se la situazione del malato non esigesse tutte le nostre sollecitudini, sbizzarrirmi alcun poco nella diagnosi di questa vacuità a cui le moltitudini danno il nome di amore!... Oh! chi scriverà la storia dell'amore? Chi vorrà riprodurre nella sua spaventevole ampiezza la cronaca delle follie e dei delitti derivati da questo equivoco, da questa fatale illusione della superbia umana? E fino a quando proseguiremo noi ad insultare la natura, a pervertirci, a suicidarci, per la mania di idealizzare a mezzo di una insensata parola l'attrazione simpatica dei sessi, comune a tutti gli enti, a tutte le molecole della creazione?

«Ma torniamo al malato. La prevalenza del fosforo, rivelata dalla esplorazione, mi è di buon augurio; l'assenza della febbre mi allarma. Provochiamo la febbre! provochiamo questa benefica agitazione del sangue che tende ad espellere dall'organismo gli atomi eterogenei.

«Soffiamo in questa bonaccia! suscitiamo la tempesta riparatrice!...

«E non perdiamo un istante (proseguì il medico, ritraendo la mano dalla fronte del malato); si chiami tosto... Ma, no!... io stesso sceglierò l'individuo da applicarsi...

«Vi è qui alcuno che possegga un ritratto della donna che questo infelice ha creduto di amare?...»

Fratello Consolatore si levò in piedi, levò dal portafoglio una fotografia e la porse al primato.

—Sta bene!... Conducetemi tosto ad una casa di Immolate... Là troveremo l'individuo simpatico che ci abbisogna.

E volgendosi ai giovani studenti che in silenzio lo avevano ascoltato:

—Spero—disse—che mi avete compreso. L'estirpazione del chiodo fantastico allora si effettuerà spontaneamente, quando si ottenga che quest'uomo abbia a credere in un'altra forma di donna... Se a tanto può giungere il talento e la volontà di una Immolata, è indubitabile che lo sviluppo istantaneo della febbre ricondurrà l'equilibrio nelle forze mentali, e allora il cervello potrà gridare a' suoi satelliti: sorgete e obbeditemi!»

Ciò detto, il Virey riconsegnò a fratello Consolatore la fotografia dell'Albani, dopo averne spiccato uno dei tanti ritratti fotografici che vi erano intercalati.

—Levita!—riprese il Primate nell'atto di congedarsi—voi perdonerete alla vivacità di alcune mie espressioni che per avventura possono aver irritate le vostre suscettibilità—la scienza medica non fu mai troppo scrupolosa nella pratica del galateo.—Dopo tutto, se i nostri principii e le nostre credenze si avversano, ciò non impedisce che noi ci chiamiamo fratelli.

—Fratelli!—ripetè il Levita stringendo al cuore la mano che aveva cercato la sua—è pur consolante l'udir profferire questa parola da un uomo che nega l'amore e non crede all'esistenza dell'anima...

Il Virey, irritabile come tutti gli scienziati, stava per riprendere la sua polemica, ma un sospiro affannoso del malato gli ricordò che i minuti erano contati.

Egli volse al Levita un'ultima occhiata piena di ironia e uscì dalla stanza seguito dagli alunni.

Giunto nella via, il Virey fece salire nella sua volante il custode della Villa, e scambiate sommessamente alcune parole con lui, ordinò al conduttore di dirigersi alla piazza dell'antica cattedrale.

CAPITOLO XXI. UNA CASA DI IMMOLATE.

La gondola volante prese terra presso il vestibolo principale di quel superbo edifizio ideato dall'illustre Mengoni che un tempo si chiamava la Galleria Vittorio Emanuele.

Dopo l'attivazione dei velarii trasparenti e delle stufe cittadine, quel passaggio coperto di cristalli ha cessato di rappresentare un rifugio ed un luogo di convegno per le avventuriere e pei fannulloni eleganti. Le contrade principali di Milano, meglio riparate dalle intemperie e dai geli, riscaldate nell'inverno dalle stufe o rinfrescate nella calda stagione dai ventilatori roteanti, attraggono di preferenza i passeggieri.

Fin dal 1958, gli Anziani di famiglia hanno deliberato di utilizzare la galleria derelitta, convertendola in una casa di Immolate.

Quattro porte di bronzo dorato chiudono gli accessi, già complici nel secolo precedente di tante stragi reumatiche. Quelle porte, superbamente cesellate, narrano ai risguardanti tutta la storia dei sacrifizi di beltà consumati dall'eroismo femminile attraverso le barbarie dei secoli.

Non arrestiamoci a contemplare questi quadri, che rappresentano altrettanti capolavori. Il Virey ha sorpassato il vestibolo e già si è introdotto nel gabinetto di informazione occupato dalle emerite.

Le vecchie matrone seggono gravemente agli scrittoi. Donna Transita, là direttrice, sta per assidersi ad una piccola mensa in compagnia di un Commesso di bellezza arrivato in quel punto dalle Isole Mormoniche(27).

All'apparire del Virey, che portava sospeso al collo le insegne del suo ordine accademico, donna Transita fece un leggiero cenno di saluto gridando con voce secca alle emerite:

—Attenzione a questo... Czarre!...(28).

Il Virey espose brevemente la sua richiesta.

—Si tratta di un caso urgentissimo... Io domando un mandato di estradizione momentanea per una delle vostre alunne.

—Un mandato di estradizione!—ringhiò nuovamente la Direttrice;—veramente... all'ora della refezione... non dovrei... non potrei...

—Si tratta di un uomo che sta per morire—disse il Virey bruscamente—e a termini di legge...

—Non è il caso... non è il caso—interruppe donna Transita;—il nostro stabilimento, nol dico per vantarmene, può esser preso a modello di ordine e di disciplina... La carità delle nostre alunne non ha mai esitato dinanzi al sacrifizio...

E volgendosi ad una delle emerite: «A te, Miracolosa! Sia fatto il beneplacito del postulante! Trecento lussi all'ora per la martire... e le buone grazie dello czarre pel nostro incomodo».

Donna Transita, alla vista di una pernice truffata apparsa sulla mensa, piombò sulla scranna con tutto il peso della sua formidabile corporatura e non disse più motto.

L'emerita che portava il nome di Miracolosa stese rapidamente il mandato; e il Virey, dopo aver depositata la somma di lussi novecento, venne introdotto nella galleria.

Quel grandioso ed elegante quadrivio coperto di cristalli offre un colpo d'occhio stupendo.

Tutto è disposto per la refezione delle suore. Sulla grande via lastricata di marmi dove in altre tempi si affollavano i passeggieri, ora si estendono le mense coperte di candidi lini. I candelabri, i fiori, il vasellame d'argento rivelano il gusto artistico e il sensualismo raffinato dell'epoca.

La illuminazione è abbagliante.

La cupola gigantesca dell'ottagono sfolgora come un sole. Duecento serpentelli di bronzo stillano dalle fauci una pioggia fosforescente; lagrime di fuoco, che cadendo nella sottoposta piscina, formano l'onda letale destinata a dissolvere il suicida(29).

Al momento in cui il Virey entrava nella galleria, le immolate scendevano dai loro appartamenti per assidersi alle mense. Immaginate l'effetto di ottocento donne, splendenti di gioventù, abbigliate con quella elegante semplicità che rivelando tutti i contorni della persona, non cessa di irritare il desiderio.

Le vesti hanno il colore e la trasparenza dell'ambra. Le capigliature lussureggianti riflettono i bagliori della luce artifiziale come nuvole baciate dal sole.

Ciascuna si è assisa al suo posto. Un'onda vaporosa di suoni esce dai sotterranei per confondersi ai bisbigli delle donne, ai sussurri delle vesti, al giocondo tintinnio delle suppellettili.

Le leggi dell'Istituto esigono che all'ora della refezione il sesso forte si tenga in disparte. Ma vi hanno alle finestre ed ai balconi degli spettatori, che fumando il loro fragola(30), contemplano dall'alto il lieto spettacolo, lanciando motti e sorrisi alle belle commensali.

Il divieto di scendere al piano-terra durante la refezione delle suore, non poteva estendersi ai visitatori premuniti di un mandato legale.

Al momento in cui le ancelle si accingevano ad esportare dalle mense il desiderium(31), l'illustre Virey avea quasi compiuta la sua rassegna di donne. Raffrontando col ritratto fotografico di Fidelia le svariate sembianze che si offrivano al suo sguardo, egli procedeva esitante e turbato. In quel giardino di bellezze viventi non vi era dunque una forma che riproducesse i divini contorni della estinta fidanzata dell'Albani?...

Ma un lampo di gioia irradia improvvisamente la fronte dello scienziato. Il tipo che egli va cercando gli sta dinanzi: ecco la realtà che potrà surrogare una idea; ecco la donna meglio adatta per sostituirsi ad una larva...

Il Virey fece il giro della tavola, e in un batter di ciglio fu presso alla immolata.

—Sorella di amore—disse lo scienziato all'orecchio della bella—sono dolentissimo di dovervi importunare in tal momento... Vi è un malato... un morente... che reclama i vostri soccorsi... La sua vita dipende da voi... Abbandonate la mensa e seguitemi!...

—La preferenza che voi mi accordate—rispose la donna con amabile accento—mi colmerebbe di troppa gioia, se in questo istante la mia vanità femminile non fosse dominata da un istinto più volgare. Gli stimoli del desiderium mi hanno surreccitate le papille nervee a tal segno, che il mio appetito di vivande si è reso feroce, e voi converrete meco che questi ninnoli non potranno ottenere altro effetto fuor quello di irritare davvantaggio la rabbia de' miei denti.

Così parlando, la bella portò al labbro un elegante spillone d'argento, sulla cui estremità stavano infisse due lingue di usignuolo affumicate.

—Il nostro collega Raspail ha provveduto a tali urgenze—disse il Virey traendo da una scatoletta due pillole di midollo concentrato di leone.—Questi due globuletti racchiudono gli atomi sostanziali di due pranzi lautissimi.

—Sia fatta la vostra volontà!—rispose con tristezza la donna inghiottendo le pillole;—ma un buon pranzo è una grande consolazione dei sensi, mentre invece questi surrogati della scienza...

Poi, mutando improvvisamente di tono:

—Ditemi, Primate, è egli bello il vostro malato?

—Giudicatene!—rispose il Virey.

E in così dire, pose innanzi alla donna una fotografia colorata che ritraeva l'Albani in tutto il fulgore della sua bellezza giovanile.

Che è stato? perchè mai al vedere quelle sembianze l'Immolata trasalisce e balza dalla seggiola con febbrile agitazione?

—Presto! che tardiamo? non si perda un istante!—esclama la donna con voce affannata, appoggiandosi al braccio del medico.

E già entrambi muovevano per uscire, quando un uomo, o piuttosto un mostro della specie umana sbucò improvvisamente da una delle porte che mettevano agli appartamenti superiori, e chiuse il passo alla donna esclamando con terribile voce:

—Fermatevi! voi obbliate le vostre promesse!...

L'Immolata si strinse al braccio del Virey, tremante e spaurita come una capinera in presenza dell'aspide.

CAPITOLO XXII. CARDANO.

Chi era quel personaggio... terribile? Lo sapremo più tardi; vediamo ora qual fosse nell'aspetto.

La sua testa era enorme. Figuratevi la materia organica di quattro teste, impiegata a formarne una sola. Al vederlo, il Virey provò un fremito di ribrezzo e si arrestò come impietrito.

—Non è dunque una favola la testa di Medusa? Se alla capacità di questo cranio—pensò lo scienziato—corrisponde il volume del midollo cerebrale, qual genio portentoso... qual grande scellerato dev'essere costui!...

Indubbiamente quell'uomo era un mostro; pure, alla immane testa non poteva rimproverarsi altro difetto fuor quello di essere sproporzionata al restante della persona. Spiccate il capo al Mosè di Michelangelo e ponetelo sulle spalle di un nano, voi avrete una immagine approssimativa dello strano personaggio.

I suoi grandi occhi bovini, coronati da grandi sopracciglia e iniettati di sangue, rivelavano una straordinaria potenza di percezione.

L'espressione del suo sguardo era tetra, non sinistra. Le grosse labbra, perfettamente delineate, dinotavano la energia e il sensualismo di un carattere ardente.

Era una testa che a primo tratto eccitava lo sgomento e il ribrezzo, ma l'occhio che sovr'essa osava arrestarsi un istante, ne rimaneva abbagliato.

La corporatura, comparativamente tozza e deforme, si faceva ammirare per lo spiccato rilievo dei contorni. Sotto la elegante sopraveste del nano si indovinavano un torace di granito, due braccia di acciaio e una muscolatura da atleta.

Il Virey, dopo aver contemplato in silenzio i singoli tratti di quel fenomeno vivente, prese animo a parlargli:

—Potete voi affermare dei diritti legali sulla suora che io intendo esportare per opera di carità umana?... In tal caso soltanto...

—Dessa mi appartiene!—interruppe il nano vivamente.—Interrogatela!... Non posso supporre che ella abbia obliati gli impegni con me presi or fanno pochi minuti.

—Noi apparteniamo alla umanità tutta intera—rispose l'Immolata sospirando;—ma quelli che soffrono, quelli che partono dalla terra hanno su noi dei diritti più urgenti.

Così parlando, la donna guardava il nano fissamente, colla espressione supplichevole e mesta del delinquente che chiede grazia all'arbitro de' suoi giorni.

E vedendo che quegli non accennava ad arrendersi, la trepida donna rivolse la parola all'uomo che le dava di braccio, invitandolo a mostrare il mandato di estradizione di cui era munito.

Il Virey non esitò un istante a porgere il foglio.

Il nano lo percorse rapidamente coll'occhio, e parve disarmato.

—Intorno a questa mensa—riprese lo strano personaggio volgendo la parola al Virey con intonazione più mite—vi hanno ottocento suore disposte a prestarvi i loro servizi; non sareste voi abbastanza cortese per riferire la vostra scelta sovra una di quelle?

—Ragioni di scienza me lo vietano—rispose il Virey gravemente.—L'illustre malato reclama l'applicazione di un assorbente eminentemente simpatico, e in questa donna soltanto ho potuto scorgere le facoltà che al mio caso si confanno.

Il nano aggrottò le ciglia, le sue labbra impallidirono e parvero minacciare una violenta esplosione di collera. Girò una occhiata d'intorno, un'occhiata bieca, sospettosa, tremenda; ma scorgendo due ufficiali di sorveglianza che si avanzavano alla sua volta, coll'accento cupo di chi si reprime, disse:

—Sia fatta la volontà della legge! Noi ci vedremo più tardi...

Il Virey fece un saluto del capo, e la donna, cui erano state dirette le ultime parole del nano, rispose con una intraducibile occhiata piena di angoscia e di sommissione.

Poco dopo, la volante che stazionava sulla piazza della cattedrale, accoglieva nel suo grembo il Primate e la suora, e dirigevasi con moto rapidissimo verso la villa Paradiso.

Durante il tragitto, l'Immolata appariva turbata.

—Quest'uomo—le disse il Virey—ha prodotto sui vostri nervi una impressione dolorosa. Procurate di ricomporvi e di obliare. Per la missione che ora andate a compiere si esige molta calma e molta energia di volere.

—Se voi conosceste quel mostro!—esclamò l'Immolata rabbrividendo.

—Egli è dunque di una specie ben trista, se voi tremate e vi coprite di pallore al ricordarlo?...

—Egli è un mistero più buio della notte e più profondo del mare.

—Voi dunque ignorate affatto chi egli sia?

—Se ogni sua parola non è una menzogna, debbo credere che egli si chiami Cardano, e ch'egli sia ricco e potente come un re.

—E viene spesso in cerca di voi?

—Mi ama!—sospirò la donna con un gesto di orrore.—Se sapeste quale tremenda cosa sia per noi il dover subire di tali amori!...

Uno scoppio di lacrime troncò le parole della donna. Il medico accerchiò la bellissima testa col braccio e premendola al petto esclamò mestamente:

—La società moderna, designandovi col titolo di Immolate, ha reso giustizia al vostro eroismo.

—No! no!—riprendeva la desolata singhiozzando.—La mente dell'uomo non riuscirà mai a concepire le atrocità del nostro martirio. Uno dei più orrendi supplizii ideati dalla scelleraggine antica fu quello di legare ad un vivo il corpo di un estinto per seppellirli abbracciati nella medesima tomba. Orbene: nelle prepotenze a cui la Immolata si assoggetta vi è qualche cosa che assomiglia all'accoppiamento di un morto e di un vivo... Essere amata da quel mostro, dover subire i suoi amplessi, dover fingere al segno, ch'egli talvolta possa illudersi di essere amato!... È orribile... è spaventoso!...

—Da quanto tempo conoscete quell'uomo?—domandò il Virey.

—Da sei o sette mesi. Dal giorno in cui a Milano ebbe luogo l'esperimento della pioggia artifiziale ideata dal celebre Albani. Non potrò mai obliare le tremende parole ch'io lo intesi profferire in quella occasione. Al cadere delle prime stille, mentre dalla città si alzava un grido di sorpresa e di plauso, l'esplosione di un ghigno satanico mi trasse a rivolgere il capo. I miei occhi si incontrarono per la prima volta in quelli del basilisco. Ed egli, senza smettere il suo ghigno beffardo, e guardandomi fissamente: «applaudite! applaudite!—ringhiava colla sua voce cavernosa;—questo meccanismo, migliorato, corretto e opportunamente applicato, al meno danno potrà fra pochi mesi riprodurre il diluvio!»

Il Virey prestava la massima attenzione alle parole della Immolata e a sua volta diveniva tetro.

Il moto discendente della gondola avvertì lo scienziato che era tempo di avviare la conversazione sovra altro tema.

—Adunate le vostre forze—diss'egli;—cacciate dalla mente ogni avversa preoccupazione; il nuovo sacrificio a cui andate incontro darà la vita ad un fratello che ha resi i più segnalati servigi alla umanità. Poco dianzi avete nominato l'Albani, l'inventore della pioggia artifiziale. Orbene, sappiatelo: gli è appunto quell'insigne cittadino che reclama le vostre cure. Poco fa, nel gettar gli occhi sulla di lui effige, le vostre guance si animarono di un vivo rossore, e se io non mi sono ingannato, i vostri nervi furono scossi da un elettrismo simpatico.

—Primate!—esclamò la donna rianimandosi improvvisamente—gli è che quella effige... quelle sembianze...

—Ebbene!—esclamò il medico colla impaziente curiosità di chi sta per afferrare l'ultima parola di un enigma.

—Ebbene!—sospirò l'Immolata—quella effigie e quelle sembianze mi hanno ricordato ciò che una donna della mia condizione ha l'obbligo di obliare, che anch'io sulla terra ho amato una volta, e molto, e intensamente amato pel solo diletto di amare.

Su queste parole della Immolata la gondola toccò terra. Il Virey offerse il braccio alla donna, e si inoltrò con essa nella galleria che metteva alla stanza del malato.

—Nessun sintomo allarmante?—chiese il medico entrando.

—Nessuno—rispose fratello Consolatore.

—Lasciamo con lui questa suora e ritiriamoci. Ciò che importa—soggiunse il medico volgendosi alla Immolata—è che quest'uomo creda in voi prima che siano trascorse due ore.

Tutti uscirono dalla stanza ad eccezione della donna.

Questa si appressò tremando al letto dell'infermo.

La luce melanconica della lampada azzurra, rischiarando il pallido volto, lo abbelliva di una tristezza funerea.

L'Immolata, al vedere quelle sembianze, potè a stento reprimere un grido.

Si gettò su quel corpo assiderato coll'impeto di una madre selvaggia che trova il proprio figlio ucciso da una serpe.

Le sue braccia, incrociandosi tra le chiome dell'infermo, sollevarono dai guanciali il capo estenuato; le sue labbra tumide di sangue, esuberanti di ardore, corsero avidamente a baciare una bocca, dove la morte già delineava il suo glaciale sorriso.

Quel bacio poteva essere eterno. L'Immolata, affiggendo le sue labbra a quelle dell'Albani, dovea trasmettere la vita o assorbire la dissoluzione.

Ma i presagi del Virey non tardarono ad avverarsi. L'infermo dopo alcuni istanti aprì gli occhi.

—Che è stato?—domandò con fioca voce.

L'Immolata trasalì, e cadendo in ginocchio presso il letto del malato, gli mormorò all'orecchio una parola che parve rianimarlo.

—Il vostro nome! il vostro nome!—ripeteva l'Albani, guardandola fissamente.

E allora, con un accento pieno di soavità e di tristezza, la genuflessa prese a parlare di tal guisa:

CAPITOLO XXIII. SOGNO DI UNA NOTTE DI ESTATE.

—Lassù, al paese, dove le figliuole non hanno cessato di portare con orgoglio i nomi delle loro madri, mi chiamavano Maria. Più tardi, mutando dimora e condizione, io presi il nome di Glicinia...

—La Glicinia è un pallido fiore—mormorò l'Albani.—Se voi non vi chiamate Fidelia, come accade ch'io vi vegga inginocchiata davanti al mio letto?

—È il posto che mi spetta; e non credo che altra persona al mondo più di me ci avrebbe dritto. Noi donne siamo portate ad amare con istinto materno coloro ai quali abbiamo dato la vita, e quando una di queste vite è in pericolo, noi sappiamo che per salvarla nessuna potenza umana uguaglierebbe la nostra!

—Mia madre è morta!—sospirò l'Albani;—le sue carezze e i suoi baci mancarono alla mia giovinezza.

—Nè vi resta il sovvenire di altre carezze, di altri baci, più impetuosi, più ardenti, che in una notte di spasimi atroci, in un'ora di tremenda agonia vi fecero esclamare: la giustizia degli uomini mi avea ucciso e l'amore di un angelo mi richiama alla vita?...

L'Albani si rizzò sui guanciali, ma tosto, vinto dalla spossatezza, piegò il capo su quello della Immolata esclamando: parlami!

—Parlami ancora! la tua voce mi fa bene al cuore.

—Or fanno cinque anni—riprese la donna—al cadere del giorno, io sedeva con mia madre fuor della casetta tutta coperta di edera e di glicinie, posta sul declivio di una collina. Il sole tramontava dietro un padiglione di nuvole ardenti, i cui riflessi di porpora rischiaravano il villaggio come vampa di Incendio. Si respirava un'aria di fuoco. Regnava intorno a noi quel silenzio lugubre che sembra presagire l'uragano. Allo svolto del sentiero che metteva alla nostra abitazione apparve un viandante affannato. Si appoggiò al muricciuolo, e scuotendosi la polvere dagli abiti, pareva cercare collo sguardo una persona a cui chiedere soccorso. Vestiva la tunica bianca del prete riformato, e sotto il suo largo cappello da pellegrinaggio si disegnavano i contorni di un bellissimo viso. Mia madre si alzò. Quel movimento attrasse a noi gli sguardi del Levita, che tosto si diresse alla nostra volta esclamando una parola di benedizione.—La volontà di Dio e la saggezza degli uomini—proseguì egli colla sua voce piena di angelica dolcezza—mi hanno imposto di accompagnare pel duro calle della espiazione uno sventurato, che oggimai non ha più il diritto di coabitare coi fratelli. Ma la pietà di Dio impone dei temperamenti alla giustizia della società, e l'arbitro di questi temperamenti suol essere il sacerdote. Ora, ecco un caso nel quale io posso di tutta coscienza invocare pel mio martire la tregua dei rigori legali. Il reietto è là... giacente sul terreno... affranto dalla stanchezza e dalla febbre... L'uragano è imminente... Io non debbo permettere che quell'infelice muoia sulla via maledicendo agli uomini ed al cielo. Consentireste voi a dargli asilo per questa notte? Mia madre ed io ci ricambiammo uno sguardo, e introducemmo il Levita nel cortiletto. Benedette le case dei nostri padri!—esclamò il prete;—questi porticati erano una ispirazione della carità! qui le rondini fabbricavano i loro nidi, e qui dormivano nella sicurezza i perseguitati e i mendichi. Non volete salire agli appartamenti superiori?—chiese mia madre al Levita.—No!... l'infrazione della legge eccederebbe i limiti che mi sono prescritti. Si stabilì di collocare un pagliericcio al piede della scala. Mia madre ed io ci affrettammo ad apprestare quel povero letto, corredandolo di un guanciale e di una coltre. Noi stendemmo fra le colonne del portico una tenda di riparo: una scranna, un'anfora d'acqua, un lavacro ed una lampada elettrica completarono il mobilio di quell'andito terreno, dove la pietà, sposandosi all'infortunio, doveva in quella notte tramutarsi in un amore infinito.

«Frattanto, il sacerdote era uscito con due famigli per soccorrere il caduto e sorreggerlo fino alla porta della nostra casa. Il vergine cuore di una fanciulla ha dei presentimenti divini. Ciò che noi proviamo all'appressarsi di quel lui ignorato che dovrà essere il sole della nostra esistenza è qualche cosa che simiglia ad un'aurora. La nostra anima si rischiara, i nostri sensi tripudiano; noi ci sentiamo inondate di una beatitudine rivelatrice... Nella attonita fantasia il mistero prende forma, ed è una forma indeterminata, volubile, che ad ogni tratto svanisce per ricomporsi, per rassodarsi, per isfuggirci di nuovo, fino a quando, all'apparire di un essere reale, il cuore non ci gridi con un sussulto: eccolo! è lui! Ho cercato di esprimere le ansie della attesa, ma invano tenterei dipingere a parole la emozione che provai nel vedermi innanzi... quello sventurato. Egli era bello della tua bellezza; egli era pallido come tu lo sei; egli soffriva come tu soffri... I due famigli, sorreggendolo, lo accompagnarono fino al letto. Mi passò accanto, levò gli occhi, e il suo sguardo—poichè la parola gli era contesa dal dovere— esprimeva un ringraziamento affettuoso.

«I miei occhi non si affissarono che un istante su lui, ma la sua imagine rimase avvinta al mio cuore per non più dipartirsene. Mia madre, all'atto di allontanarsi, chiese al Levita se di nulla abbisognasse. «Troverò il mio posto per riposarmi—riprese quegli, e accennando al compagno che si appoggiava alla muraglia per sorreggersi, ci fece comprendere che la nostra presenza cominciava a divenire importuna. Ci avviammo per salire agli appartamenti superiori. Io non proffersi parola; le lacrime agglomerate sul cuore facevano intoppo alla voce. Prima che noi fossimo entrate nelle nostre stanze, uno scoppio fragoroso di tuono annunziò lo scatenarsi dell'uragano».

L'Immolata si interruppe. Il tremito convulso onde l'infermo era assalito lo avvertiva che i dettagli spaventevoli di quella scena potevano ucciderlo.

La crisi fu passeggiera. Il sembiante dell'Albani si ricompose, una leggiera tinta di rossore traspirò dalle pallide guance, gli occhi si animarono di viva luce.

L'Immolata raccolse tra le braccia il bel capo che per un istante si era scostato da lei, e riprese a parlare di tal guisa:

—Le grandi commozioni della natura non durano a lungo. Di là a pochi istanti, la tempesta era cessata, e il cielo raggiante di stelle, gli alberi ed i fiori rinfrescati dalla pioggia si scambiavano un saluto di luce e di profumi. La notte riprendeva la sua calma solenne, e tutto il creato pareva gioire. Ciò che non poteva placarsi era il turbamento, l'agitazione, la febbre del mio povero cuore. Io non mi era coricata. Durante l'uragano, io non aveva cessato di pregare, di piangere, di baciare col desiderio della pietà e dell'amore il bel volto dell'ospite infelice. L'atmosfera della stanzetta mi soffocava. Apersi la finestra; la dolce frescura e le esalazioni del giardino non valsero a confortarmi. Sotto la finestra che sovrastava al porticato, io vedevo al soffio dell'aere agitarsi una tenda. Dei singulti affannosi giungevano al mio orecchio, e penetrandomi nel cuore, parevano tradursi in richiami e rimproveri. Sorpassando quel debole riparo di tela, il mio pensiero penetrava nell'andito lugubre, ove un bello, un giovane uomo, reietto dalla società, implorava nei tremiti della febbre quella stilla ravvivatrice che è una parola di perdono e di amore. E mentre nell'animo mio si dibattevano le esitanze e i desiderii; mentre i pregiudizii contrastavano a quegli istinti di pietà e di sacrifizio che fanno santa la donna, io aveva sorpassata la soglia della stanzetta; ero discesa al piano terreno, ero caduta in ginocchio presso il giaciglio di un infelice...

—E quegli?—domandò l'Albani con voce animata.

—Sollevò il capo e mi stese le braccia, profferendo la parola del Cristo morente... «ho sete!»

—Gli sventurati hanno sete di pietà e di amore—interruppe l'Albani.

—Infatti—proseguì l'Immolata—l'acqua che io gli porsi non valse a dissetarlo...

—Oh! mi sovvengo—riprese l'Albani contemplando con espressione di viva riconoscenza e di affetto il bel volto della donna; mi sovvengo di tutto... Eppure, in quella notte gli ardori del mio labbro furono ammorzati!...

—Ti rammenti di qual maniera?—chiese Glicinia sollevandosi e affiggendo amorosamente la bocca a quella dell'infermo.—Tu mi attiravi al tuo petto esclamando: «io ti ringrazio... io ti benedico... I tuoi baci mi daranno la forza di vivere... e di soffrire.»

La reminiscenza di una ebbrezza sovrumana, ravvivata dall'aspetto, dalla voce, dalle ardenti carezze di una donna incomparabilmente leggiadra, operarono il miracolo.

Ripetendo con voce sussultante le parole della enfatica narratrice, l'Albani aveva ripreso, colle illusioni del passato, tutta la energia del suo temperamento giovanile. Quel lungo duetto di amore si chiuse con una cabaletta che il gusto musicale dell'epoca nostra ci impone di sopprimere.

L'impeto della passione non poteva durare a lungo nella fibra estenuata dell'infermo. Quando il Virey e fratello Consolatore rientrarono poco dopo nella stanza, l'Albani era ricaduto nel letargo; ma il pallido volto supino ai guanciali pareva tuttavia irradiato di felicità, e il labbro atteggiato al sorriso rivelava la calma serena degli organi intelligenti.

Il Primate si accostò al letto. Posò la mano sul cuore dell'infermo, e guardando fissamente la donna, colla espressione di chi si attende una risposta affermativa, le chiese a bassa voce: «ha creduto?»

—Ha creduto—rispose l'Immolata.

E la porpora delle guance, lo splendore degli occhi, l'ansia del petto, prestavano alla pudica parola il più espressivo dei commenti.

—Voi potete ritirarvi—disse il medico all'Immolata;—la vostra missione è compiuta; dopo il breve letargo, avremo la reazione febbrile, e in seguito a quella potremo operare sul sangue con sicurezza di riuscita.

In quel punto entravano nella stanza gli alunni e alcuni subalterni della villa.

—Ho l'onore di annunziarvi—proseguì il Virey solennemente—che fra dodici giorni l'illustre Albani avrà ricuperata l'integrità del suo essere, e potrà presentarsi alla Assemblea elettorale del nobile Dipartimento che intende elevarlo alla carica di Gran Proposto.

L'Immolata esitava ad uscire.

Fratello Consolatore la prese per mano e traendola in disparte:

—Sorella—le disse all'orecchio;—al sacerdote e all'Immolata non è mai permesso di obliare che la vita è un sacrifizio.

—No! no!—rispose la donna colla vivacità di un fanciullo contrariato;—noi viviamo di amore, e ogni voto, ogni legge sociale che si oppone a questo sovrano istinto della natura, è una mostruosità di cui Dio deve inorridire. Io amo quest'uomo!... Egli mi ha insegnato i più intensi piaceri e i dolori più tremendi della vita... per lui divenni madre!...

Il Levita levò gli occhi nel bellissimo volto soffuso di lacrime, e quello sguardo gli ravvivò nel pensiero mille memorie assopite.

E traendo seco la donna oltre il vestibolo per passare nel giardino:

—Non era dunque—esclamava—un sogno di inferma fantasia ciò che il mio povero compagno di viaggio ebbe a rivelarmi dopo quella notte angosciosa che noi passammo a Losanna. Ma voi...? Come avviene che io debba rivedervi fra le Immolate, dopo che Iddio vi aveva fatta santa col maggiore de' suoi benefizii, rendendovi madre?...

—Io perdetti mio figlio—rispose la donna con un sospiro.

—Morto?...

—Rapito in età di due mesi.

Fratello Consolatore giunse le mani esclamando:—E Iddio vorrà permettere che duri eternamente impunita questa tratta misteriosa di neonati per cui piangono tante madri!... Duemila e cinquecento bimbi scomparsi dall'Europa in meno di tre anni... e nessun indizio... nessuna traccia...

—Tacete!...—interruppe la donna rabbrividendo.

—Che è stato?...

—Vedete... quell'uomo?...

—Un orribile uomo!—disse il Levita, guardando verso la cancellata del giardino.

—Ebbene... quel terribile nano... quel mostro... in un momento di esaltazione amorosa... mi avrebbe promesso...

—Vi avrebbe promesso?...

—Di restituirmi la mia creatura a patto che io infranga i miei voti, a patto ch'io mi sacrifichi a lui per tutto il resto de' miei giorni.

Fratello Consolatore alzò gli occhi al cielo e dopo breve silenzio esclamò con fatidico accento:

—È necessario che il sacrificio si compia; i figli sono la redenzione dei padri.

Così parlando, il sacerdote e la donna erano giunti alla porta maestra del gran parco.

—Sorella di amore!—ringhiò il nano che stava ad attenderli oltre il cancello—i termini della estradizione sono spirati—vorrete voi permettere, o bella fra le belle, che io vi riconduca all'ovile nella mia gondola?...

L'Immolata si ritrasse con ribrezzo; ma appena il sacerdote le ebbe mormorato all'orecchio una misteriosa parola, abbandonando il suo braccio a quello del mostro, ella salì con lui nella gondola e disparve.

CAPITOLO XXIV. AL CAFFÈ MERLO.

Usciamo dalle alcove!

Uno splendido sole ravviva le contrade della bella e popolosa Milano. Questo ente collettivo, che rappresenta lo spirito e l'attività di una fra le più illustri famiglie della Unione, si prepara ad eleggere il Gran Proposto che dovrà succedere al dimissionario Berretta.

La lotta elettorale, a norma di Legge, dovrà chiudersi nel termine di dodici giorni, onde il nuovo titolato possa intervenire al Congresso dipartimentale di Napoli e di là trasferirsi a Berlino dove l'Assemblea sovrana suole adunarsi alla fine d'anno.

Il proclama politico del Torresani, la diagnosi dell'umano deperimento e i tremendi pronostici enunziati dal Virey, nonchè i tetri e complicati episodii a cui abbiamo assistito, ci avvertono che, malgrado l'apparente benessere dell'Europa, gli individui vi si muovono a disagio e non paiono troppo soddisfatti dell'ordinamento politico e sociale che li regge.—Vi è un motto che sempre fu mormorato dalle masse all'indomani di ogni conquista, di ogni progresso liberale: si stava meglio quando si stava peggio. Dovremo noi meravigliarci se l'assurda querimonia si va tuttavia ripetendo in un'epoca, nella quale si veggono realizzate le più audaci utopie dei secoli precedenti?... La natura dell'uomo non si muta e il moto delle aspirazioni è infinito.

Fatto è che il Governo della Unione (come tutti i governi che furono e che saranno) ha per base... un vulcano.

Duecento sessanta quattro Comuni, oltre quello di Milano, sono chiamati a nominare il loro Capo e rappresentante. Il fervore, l'agitazione, l'entusiasmo degli elettori, nonchè l'apparato delle macchine e la complicazione delle manovre dimostrano la straordinaria importanza della lotta.

Non dipartiamoci dalla città che fu il teatro degli avvenimenti fin qui riferiti. Lo spettacolo che oggi vorrà offrirci Milano non sarà molto dissimile da quello che potremmo scorgere altrove.

Come ho detto, la giornata è abbellita da uno splendido sole. Gli Apparatori pubblici hanno allentati i velarli riparatori e l'estate di S. Martino penetra allegramente nelle vie a cacciarne le poco salubri esalazioni delle stufe.

Dai balconi e dalle finestre svolazzano bandiere e girandole di mille colori, e al suono delle fanfare a migliaia i subalterni di ogni classe sì spandono nella città per affiggere i proclami di concorso.

Chi potrà reggere alla rassegna di quelle tappezzerie stampate e dipinte?—Si vuole che i pretendenti alla Propostura dell'Olona siano diecimila.—vorreste voi leggere altrettanti proclami?

Attendiamo! Quelle dicerie verranno riprodotte dai giornali: ed ecco appunto una processione di Portavvisi si diparte dal Piccolo Campidoglio per attraversare quella grande arteria cittadina che si intitola il Corso Ossobuco.

Poniamoci a sedere sotto il Padiglione del Caffè Merlo, dove la processione dovrà passare e dove per avventura ci sarà dato raccogliere dalle conversazioni animatissime dei cittadini qualche sintomo della pubblica opinione.

Affrettiamoci. V'è ancora un tavolino libero, e poco lungi da quello, seggono, con alcuni milanesi di nostra antica conoscenza, due Primati dalla fisonomia grave ma altrettanto simpatica.

—Ci siamo, caro Pestalozza!

—La è proprio così, caro Pirotta!

E i due milanesi, scambiandosi un risolino più ebete che sarcastico, tuffano il loro chiffer nel caffè e pannera ed esclamano:

—Prepariamoci alla lotta!

—Rinforziamo la macchina!

Esaurita la colazione, i due amici riprendono il discorso.

—Hai fissato il tuo... individuo?

—Non ancora; ma io voterò colla maggioranza de' miei colleghi politici.

—Tu appartieni a qualche circolo?

—Al Circolo dei Droghieri indipendenti.

—Il vostro programma?

—Vogliamo che il governo adotti il caffè igienico fico-patata pei Coscritti dell'Agro.

—Come afferma il vecchio_ Pungolo_, tutte le opinioni politiche sono rispettabili quando si ispirino, al pari delle vostre, ai grandi interessi della patria. Quanto a me, intendo portare il mio voto sul Primate Albani...

—Vedremo il suo manifesto... Pur che vi abbia qualche allusione in favore dell'anzidetto caffè igienico, io vedrò di appoggiarlo.

—L'elezione dell'Albani farebbe scoppiare dalla bile quel bel mobile dell'ex proposto Berretta con tutti i satelliti della infame Consorteria.

—S'io fossi certo di veder crepare l'ex proposto...

—Quel ludro!

—Quel ladro, dico io!

—E che ladro! Si vuole che tutti gli anni mandasse secretamente a Madera un miliardo di lussi!...

—E i buoni Milanesi l'han lasciato partire...

—Oh! la morte del Prina!...

—E noi due a far la parte del cavallo... Ma ecco un compare che sarà del nostro avviso.

—Che vuol dire quell'aria affannata?

Il brugnone Perelli si accosta al tavolino con un giornale alla mano, esclamando:

—Avete letto? cose da far piangere i sassi!...

—Che è stato?

—È morto l'ex-proposto Berretta.

—Morto! Oh, disgrazia! Ma quando? Ma come?

—Leggete!... sentite! «La mano ci trema... le lagrime ci fan velo agli occhi... il cuore ci si spezza nel trascrivere l'infausta novella... Quell'ottimo patriota, quell'illustre pubblicista, quell'integro amministratore della cosa pubblica, quel solerte funzionario al cui genio, alla cui operosità Milano va debitrice dei tanti abbellimenti edilizii, dei tanti provvedimenti economici e filantropici che in pochi anni la elevarono al rango di città capitalissima—l'illustre, il benemerito, il grande, l'immortale nostro concittadino Berretta non è più! Al momento di abbandonare per sempre la sua diletta Milano, quel nobile cuore si è spezzato... di angoscia».

—Povero Berretta!—esclama il Pestalozza;—vero galantuomo!... vero patriota!...

—E una testa!—soggiunge il Pirotta,—una di quelle teste...

—E galantuomo, perdio!

—Uomini che non dovrebbero morir mai!

—Ma Milano farà il suo dovere.

—Apriamo subito una sottoscrizione per erigergli un monumento...

—Approvato!—gridarono molte voci.

—Io proporrei...

—Sentiamo! tu proporresti?...

—Che i Milanesi facessero pubblica e solenne riparazione dei loro torti verso l'illustre estinto, rileggendolo alla carica di Gran Proposto.

—Sarebbe una dimostrazione degna di noi. L'illustre estinto aveva troppo buon senso per opporsi alla adottazione del caffè igienico fico-patata... Proporrò la nomina al Circolo dei droghieri...

—Frattanto sottoscriviamo! Olà! penna, calamaio! e avanti a chi tocca!

I circostanti si affollano intorno al Pirotta, e mentre, inneggiando al defunto, tutti gareggiano nell'offrir denaro pel monumento, i due Primati prendono a parlare fra loro sommessamente.

—Ecco un altro cittadino benemerito, a cui verrà resa giustizia quando i suoi compatrioti non vedranno più in lui che un uomo di Pietra!—mormora il giovane Foscolo.

—Il volgo fu sempre volgo—risponde il Primate Alfieri, e l'istruzione universale ha cretinizzato le masse completamente. Se il governo non mette un freno alla stampa...

—E tu osi profferire questo voto liberticida?...

—Esso formerà la base del mio programma elettorale. La libertà di stampa fu utile e buona ai tempi in cui l'istruzione era privilegio di pochi. A quell'epoca, l'audacia dello scrivere quasi sempre andava accompagnata alla coscienza del sapere. La falange degli scrittori pessimi non era tanto compatta da chiudere il varco agli intelligenti ed agli onesti, e la voce solitaria del genio poteva ancora soverchiare il raglio collettivo delle plebi. Ma oggi? Tutti leggono, tutti scrivono. La statistica libraria ci afferma che nella Unione Europea vengono in luce da venti a trentamila volumi ogni giorno. Altrettanti, e forse più, ne produce l'America; e non parliamo delle altre province già invase e corrotte dalla nostra civiltà. A leggere tutti i volumi che si pubblicano in un giorno, appena basterebbe la vita di un uomo! Qual criterio può ora guidare le nostre preferenze? E chi ci addita il buon libro? Chi vorrà sommergersi in questo oceano di insensatezze stampate, colla incerta lusinga di scoprire quando che sia, per favore del caso, qualche perla sepolta fra le alghe? Ammesso che alla espansività dell'idiotismo che scrive non si voglia mettere un freno, qual sarà l'avvenire della nostra letteratura? L'asfissia del senso comune, e un contagio di asinità irreparabile. Uomini di genio, appiccatevi! Il mondo non ha più orecchio per voi, dacchè la stampa è in balìa dell'ebete maggioranza.

—I parrucchieri! i parrucchieri!(32) gridano a tal punto molte voci.

Gli assembrati si levano come un sol uomo, e i portabandiere del giornalismo cominciano a sfilare dinanzi al padiglione.

—Sai tu—chiede a Foscolo l'Alfieri—a quanti ascendano i nuovi organi di mistificazione che oggi si istituirono a Milano per la bisogna delle elezioni?...

—Da seicento ad ottocento, salvo errore.

—Non meno di duemila...

Ma il rullo dei tamburi, il fragore delle tube egizie, e gli urli dei banditori di giornalismo ingrossati dai saxo-pelitti(33) coprono la conversazione dei due Primati di letteratura.

Qual discussione sensata potrebbe reggere a tanto frastuono?

Le arti della réclame oggimai costituiscono un caos. Chi leggerà quei duemila giornali quotidiani, proiettati sugli elettori dai carri luminarii e dalle gondole volanti?

È una grandine di carta stampata, un nembo di parole che ottenebra l'aria. In questa gara di candidati, che abusano di ogni trovato della industria moderna per ischiacciare i competitori, le idee ed i principii si sommergono, trascinando all'aberrazione anche i criteri più retti.

Quand'anche, mercè un accozzo di elocubrazioni inaudite, riuscisse a me di descrivere la babelica scena, qual mente umana potrebbe oggi comprendermi? Lasciamo che passi la volontà del paese, vale a dire la volontà dei mistificatori più audaci; e frattanto, mentre dura nella città il baccanale politico, usciamo a vedere ciò che si passa in un agro, sotto i limpidi raggi del sole di ottobre, all'epoca del più giocondo ricolto. In questa escursione campestre avremo a compagni due nostri conoscenti, l'Albani ed il Virey, sì l'uno che l'altro indicati agli elettori di Milano quali successori al Berretta nella carica di Gran Proposto.

CAPITOLO XXV. VENDEMMIA.

La raccolta delle uve non era abbondante; ma i coscritti dell'agro celebravano allegramente la loro vendemmia. Per molti veniva a spirare il termine delle obligatorie fatiche rurali; fatiche gradevoli e corroboranti, ma, a lungo andare, incresciose. Il più simpatico degli esercizi viene a noia quando sia imposto rigidamente dalla legge.

Il compartimento agrario dove a noi piace introdurci è uno dei più ubertosi, dei meglio coltivati e ordinati. Esso si estende pel colli e sulle pianure circostanti a Stradella, già fertilissimi di uve nel secolo precedente. Ora, la coltivazione della vite ha preso un esclusivo predominio su quei terreni, e mercè l'applicazione dei nuovi concimi fosforo-alcalini, i sapienti coltivatori hanno veduto ringagliardirsi in pochi anni gli arbusti viniferi, già sterminati dalle filossere devastatrici e dalla progressiva viziatura dell'humo.

Le due avventurose città di Stradella e di Broni, ove stettero accasermati durante l'anno più di ottomila coscritti, diventano all'epoca vendemmiale, due luoghi di convegno pel mondo dovizioso che in esse viene a versarsi dai compartimenti lombardi. Le feste bacchiche organizzate e celebrate dai coscritti per la chiusura della stagione costituiscono una solleticante attrattiva pei gaudenti d'ambo i sessi; e la pigiatura delle uve, ritenuta oggimai uno dei mezzi terapeutici più efficaci per combattere l'anemia e il nervosismo, fa accorrere i convalescenti alle piscine del mosto corroborante.

Pigiare! Ecco l'ultima parola della scienza e della moda. Diecimila lussi per pigiatura, un patrimonio per la cura completa di quindici o venti attriti di grappoli, ecco una nuova risorsa della speculazione, che non cesserà mai di lucrare sulla infermità e sulla miseria.

L'Albani, dietro consiglio dell'illustre suo medico, si era appunto recato a Stradella per attingere vigore dai bagni effervescenti. I due primati si vedevano ogni giorno, si comunicavano ogni giorno le loro idee, discutevano. Qualche volta nel calore della disputa si irritavano. Ma erano impeti fuggitivi, ai quali succedeva bentosto una limpida calma.

Il Virey, scienziato profondo, sempre logico ed eloquente nel derivare le sue deduzioni dalle leggi fisiche che governano l'uomo ed il cosmos, si adoperava a sventare le fantastiche utopie del suo antagonista con fervore da apostolo. L'altro, al finire di ogni controversia, esausto di argomenti, chinava il capo in silenzio, nell'atteggiamento di un convertito, di un discepolo ossequioso e convinto. Quali erano le teorie del gran medico? Noi le conosciamo. Al letto dell'Albani, in quella sapiente diagnosi sulla origine, la natura e gli sviluppi del chiodo fantastico, il Virey aveva ampiamente spiegato il suo programma. Di tutte le calamità pubbliche e private, dell'incessante deperimento della razza umana, del disordine sociale sempre più minaccioso, della infelicità di ogni vivente origine sola la prevalenza dello spiritualismo. Ricostruiamo l'uomo antico, l'uomo primitivo, l'uomo della natura! Imponiamo un limite alle aspirazioni inconcludenti; ripudiamo i bisogni fittizii, per donare alle necessità assolute la più ampia, la più libera soddisfazione.

Corpo sano e vigoroso, ecco ciò che si esige a costituire il benessere. Riempite l'universo di meraviglie industriali; create, a mezzo dell'elettricità o della condensazione radiale, una luce abbagliante che faccia impallidire il sole; inventate dei mezzi di locomozione più rapidi del baleno, ecc., ecc., qual grado di felicità potrà attendersi da tali parvenze di bene l'uomo estenuato, l'uomo deperito e quasi consunto da' suoi abusi vitali? Non vi ha godimento possibile quando non sussistano in noi le condizioni che ci rendano atti a godere. L'individuo malato non gode; ed oggimai l'umanità tutta intera è peggio che malata, è quasi agonizzante.

Tali erano le teorie del Virey, e su queste si aggiravano incessantemente le vivaci polemiche dei due primati.

Frattanto nell'agro regnava una grande agitazione. Da una parte, i preparativi per l'ultima solennità bacchica, la quale doveva vincere in sontuosità e sfrenatezza tutte le feste antecedenti; dall'altra, i tumulti della lotta elettorale, omai prossima a chiudersi. I mistificatori della città erano venuti a inondare l'agro di proclami e di giornali. Tutti si accaloravano nella discussione; la maggioranza dei coscritti parteggiava pei candidati equilibristi, i quali miravano a distruggere ogni supremazia, fosse pur quella delle alte facoltà intellettuali e morali. Fra questi ed i naturalisti caldeggiati dal Virey esistevano delle affinità; ma gli uni dissentivano dagli altri nella scelta dei mezzi. Gli equilibristi volevano la rivoluzione immediata, micidiale, inesorabile; i naturalisti miravano a combattere gli abusi della intelligenza e della attività umana colla abolizione progressiva di ogni legge derivata dallo spiritualismo. Questi pretendevano di riformare l'umanità riconducendola ai principii naturali ed agli esercizii moderati della energia organica; quelli, allucinati ancora da un fatuo idealismo, si illudevano di poter raggiungere il benessere pubblico colla esagerazione delle utopie più fallaci.

Sì gli uni che gli altri si vantavano progressisti. Gli equilibristi procedevano sulla via dell'errore! i naturalisti recedevano verso il bene. Quale era il più savio dei partiti?

In sull'albeggiare del 18 ottobre, un grande strepito di tube egizie destò gli abitatori dell'agro. Era il giorno della grande, dell'ultima solennità bacchica. Al tripudio che ordinariamente si produce in un centro popoloso dall'aspettazione di grandiosi spettacoli, si univano questa volta le inquietudini e le ansie più che mai eccitate della passione politica. La lotta era finita il giorno precedente; si attendevano da un'ora all'altra i telegrammi annunzianti i nomi degli eletti. L'impazienza era febbrile. Milano, al quarto ed ultimo scrutinio generale, aveva eletto la sua triade definitiva rappresentata dall'Albani (spiritualista), dal Virey (naturalista) e da Antonio Casanova (equilibrista). A quale dei tre verrà deliberata la carica di Gran Proposto dell'Olona? Gli è ciò che i telegrammi annunzieranno fra poche ore.

Le belle pigianti al levar del sole son balzate dai loro letti di piume di cigno per gettarsi nella folla chiassosa che invade tutte le aree di spettacolo. Fanfare da trecento, da quattrocento e più suonatori irrompono dalle colline, riempiendo l'aria di musiche esilaranti. Dapertutto si erigono baracche, si improvvisano eleganti casupole di guttaperca per dar alloggio ai forestieri, avidi di sollazzo e di baccano. I ciarlatani sostano coi loro carri sulle piazze d'industria, mettendo in mostra i loro apparati chirurgici.

Ohimè! Non vi sono più denti da estirpare, ma in compenso, quanto lavoro, e qual lauto guadagno dalla applicazione dei denti, delle chiome, dalle sferoidi posticce! Commetteremo noi l'indiscretezza di rivelare un segreto che accusa inesorabilmente la donna del secolo decorrente? A che gioverebbe il nostro silenzio? I ciarlatani lo vanno gridando sulle pubbliche vie dalle loro bigonce rotabili. La donna del secolo ventesimo ha quasi cessato di appartenere alla classe zoologica dei mammiferi. Le pillole Raspail ed altri surrogati di allattamento insensibilmente hanno quasi atrofizzato ciò che costituiva nell'organismo del sesso muliebre un soave agente della maternità, ed un gentile, attraentissimo accessorio della bellezza. Cento anni prima, il gran Darvin avea lasciato sospettare questo pericolo, ma pur troppo le divinazioni della scienza passano in ogni tempo inavvertite.

Ciò che attirava sull'area massima la più gran folla dei curiosi era un mostruoso cartellone stampato a lettere cubitali. Il Virey e l'Albani, che passeggiavano in mezzo alla moltitudine irrequieta, calmi e sereni, poco o nulla preoccupati del voto che in quel giorno poteva elevare l'uno o l'altro ad uno dei più onorifici seggi della rappresentanza europea, si soffermavano dinanzi a quello strano reclamo.

—Mo'! vedete dove si arriva!—sclamò il Virey;—e in verità non v'è ragione da stupirne! Io stesso, nella mia prima giovinezza avevo concepito la possibilità di costruire l'uomo.

L'Albani leggeva come trasognato, facendo spiccare le sillabe:

«Elettori, Coscritti, Pigianti d'ambo i sessi:

«Leggete!!!

«Vi si annunzia che oggi, alle ore 6 pomeridiane, il sottoscritto Primate di Scienza Naturale, esporrà alla ammirazione del rispettabile pubblico il suo Gigante chimico-automatico-animalesco, da lui costruito coll'impiego di tutte le sostanze omogenee all'organismo umano sin qui conosciute. Sarà un Uomo dieci volte più grande del comune, perfettamente costituito e dotato di vitalità a mezzo di una immissione adeguata di sangue taurino. Chi bramasse assistere a quest'ultima operazione della trasmissione del sangue vivo e dell'applicazione delle pile animatrici, potrà, mediante sborso di trentamila lussi, accedere al Padiglione numero 10, via De-Pretis, dove il sottoscritto da oltre venti anni sta elaborando alla confezione dello stupendo meccanismo. Ai serii cultori della scienza, ai veri amici del progresso non parrà soverchio lo spendere trentamila lussi per rendersi edotti di tutti i congegni imaginati e messi in opera ad ottenere un fenomeno che fra poche ore farà stupire l'universo.

Il padiglione sarà aperto a mezzodì.

SECONDO PIRIA

Primate di Scienze naturali Professore   di
chimica applicata e di   Antropologia».

—E tu credi—esclamò l'Albani volgendosi al Virey—che questo signor Piria non sia un matto o un ciarlatano?

—Perdona—rispose il Virey con severità;—or fanno pochi mesi, parecchi scienziati di Europa si facevano la stessa domanda all'udire che un Albani si riprometteva di produrre la pioggia artificiale. Vi è del pazzo in ogni uomo di genio; e tutte le audacie dello spirito inventivo provocarono in ogni tempo, prima del fatto compiuto, diffidenza e derisione.

L'Albani arrossì leggermente.

—Io ritengo—proseguì l'altro mutando intonazione di voce,—che il gigante del Primate Piria riuscirà ad agitarsi, a camminare, a compiere fors'anche le funzioni più essenziali alla vitalità, non mai a pensare e ad agire con riflessione.

—Dobbiamo noi—domandò l'Albani colla sua impazienza generosa da scienziato,—spendere bravamente i nostri trentamila lussi per entrare nel Padiglione?

—Serbiamo i nostri capitali per miglior impiego—rispose il Virey.—A sei ore, constateremo l'effetto; a più tardi la diagnosi delle cause.

CAPITOLO XXVI. CLARA MICHEL.

La conversazione dei due scienziati fu interrotta dallo squillo simultaneo di un centinaio di trombe. Una folla di gente irruppe sull'area massima. Mille voci gridarono: «largo alle emancipate! largo alle sapienti della Senna!» E urtandosi, pigiandosi, accavallandosi, i cittadini facevano del loro meglio per dar libero passo ad un pelottone di cavalcatrici, le quali a bandiera spiegata scendevano dalla collina.

Chi erano? Che volevano? Dove andavano quelle cento donne quasi nude, graziosamente atteggiate sulle candide selle?

Erano le rappresentanti del circolo Michel, venute da Parigi per propagare nei dipartimenti italiani le libere idee della emancipazione del sesso femminile. Giovani, belle, vigorose, le chiome ondeggianti sui seni di alabastro, l'occhio radiante, la mente esaltata da ardenti entusiasmi, esse sfilavano sull'area tra le acclamazioni della moltitudine come altrettante amazzoni trionfatrici.

Sostarono sotto un grande baldacchino, eretto il giorno innanzi dalle consorelle del Circolo Olona; e l'onda della folla, momentaneamente divisa dal loro passaggio, si riunì compatta, numerosa, per precipitarsi verso le sbarre che circondavano il padiglione. Di lì a poco, quell'immenso frastuono di grida, quell'urto impetuoso di popolo, si mutarono in un silenzio di sepolcro, in un'immobilità di acqua stagnante. Clara Michel, la capitana delle emancipatrici, si discostò un breve tratto dalle sorelle, e avanzandosi a cavallo verso quella selva di gente, con voce vibrata e sonora da contralto, parlò in tal guisa:

«È a voi, consorelle del sesso avvilito, che io dirigo la parola. I bruti che vi premono i fianchi col titolo di mariti, di padri, di fratelli o di amanti, furono sordi in ogni tempo ai nostri legittimi reclami; nè io pretendo che essi mi prestino orecchio benigno.

«Il nostro maschio è inaccessibile ad ogni sentimento di delicatezza. Dominarci, tiranneggiarci, abbrutirci, ecco il suo statuto sessuale. Fummo chiamate sesso debole; e noi, atterrite dai grossi vocioni, ci lasciammo sottomettere. Parlo della generalità; poichè in epoche poco remote da noi, come oggi, troviamo esempi luminosi di donne emancipate. Quelle emerite si chiamarono etère, cortigiane, cocottes; erano semplicemente delle audaci ribelli. Sentivano di essere forti, e spregiando gli assurdi pregiudizii, schiacciavano chi si arrogava il diritto di dominarle. La gelosia dei contemporanei, l'ipocrisia delle pusille, più tardi la stupida pedanteria degli storici e dei poeti, si piacquero stigmatizzarle come creature viziate ed infami; ma esse, cionnullameno, vissero da regine, e verrà giorno, quando noi avrem vinto la non ardua battaglia, verrà giorno, ripeto, in cui quelle generose iniziatrici della rivolta saran collocate sugli altari. Ciò che noi vogliamo è noto, la nostra unica aspirazione è quella di esser messe a pari col maschio. Non si pretende a supremazia; si esige l'uguaglianza. Uguaglianza di diritti, uguaglianza di posizione sociale, uguaglianza di trattamenti. Noi siamo elettrici; ma quante restrizioni a nostro disfavore! Noi paghiamo il nostro diritto di votare con sacrifizii, i quali talvolta ci costano la vita. La elettrice nubile dev'essere una vergine; la elettrice coniugata deve presentare un certificato di fedeltà segnato dal marito; le figlie del libero amore, assurdamente dichiarate illegittime, non hanno diritto di civile rappresentanza. Sempre la stessa disuguaglianza, la stessa tirannia da parte dell'uomo, e identici i risultati. Si è ottenuto, a forza di restrizioni, che la donna rappresenti una minoranza quasi impercettibile; in ogni lotta legale noi ci troviamo deboli, quasi impotenti; le nostre aspirazioni più legittime sono soffocate dalla violenza grossolana, brutale, dispotica, del sesso dominatore.

Da che proviene tutto questo? Via! Non esageriamo di troppo i torti del maschio; l'ambizione del dominio è in lui naturalissima; ciò che fa meraviglia, ciò che rende inescusabile il nostro sesso, è la nostra sommissione volontaria, la nostra condiscendenza codarda. Noi siamo più forti di lui! Tale la coscienza, tale la convinzione delle Frinì, delle Aspasie, delle Dubarry, delle Montes, di tutte le illustri etère che dominarono il maschio nei tempi più difficili. Noi possediamo la forza della bellezza, delle attrazioni affascinanti, delle carezze che inebbriano. Ogni donna, che senta la propria possanza, può governare un migliaio di questi bruti camuffati da eroi o da legislatori, i quali cospirano alla nostra infelicità. Abbiate fede nelle vostre forze, e vincerete.

Non si tratta di scendere in campo a mano armata, di sfidare la mitraglia, di guadagnare la posizione con sacrifizi di sangue. Faremmo al maschio troppo buon giuoco; egli si è serbato in ogni tempo, e serba ancora esclusivamente il monopolio delle mitragliatrici e degli altri stromenti micidiali. La nostra lotta deve compendiarsi in un monosillabo, in un No assoluto e irrevocabile. Ciò che noi propugniamo, ciò che voi, consorelle, dovete esigere, è l'abolizione del matrimonio. Dal matrimonio hanno origine tutte le schiavitù, tutte le miserie, tutte le nefandità umane. Abbasso l'unione forzosa! evviva il libero amore! viva la selezione! Ottenuta l'abolizione del matrimonio, noi potremo rallegrarci di aver raggiunto il massimo grado di felicità alla quale miriamo; la nostra emancipazione non potrà dirsi completa, ma sarà spezzato il più solido anello della nostra catena. Non si tratta, consorelle amatissime, di redigere vane proteste.

Conviene tradurre in azione l'idea. Il matrimonio, nelle forzose repressioni degli istinti più simpatici, era per noi l'unica valvola di salvezza. Gli uomini legislatori ci avevano imposta la dura condizione di non poter amare se non a patto di costringere i nostri affetti in un vincolo assurdo. Essi han gridato ad ogni coppia di amanti: Voi non avete diritto di amarvi oggi, se prima non vi obbligate ad amarvi sempre.

Illusoria parola il sempre degli innamorati; ma, via! tanto dolce a profferirsi! Che due innamorati credano alla eternità delle reciproche simpatie, è naturale, è conforme alle esigenze della fantasia sovreccitata dal desiderio. Ciò che è mostruoso, abbominevole, nefando, è che la forza delle leggi intervenga per istabilire, sulla vanità di un'illusione, un contratto indissolubile. Una coppia di amanti! quale spettacolo più bello, più giocondo, più degno di rispetto e di ammirazione? Nel ricambio di uno sguardo, di un sorriso, di una stretta di mano, si è sviluppato da due esseri simpatici il fluido dell'attrazione. I cuori sussultano, le labbra inumidite anelano di baciarsi, il sangue si agita, i due corpi vorrebbero confondersi. Alto là! grida un bramino, un levita, un sindaco od un assessore del palazzo di petizione: le vostre estasi deliziose sono un abbominio, se io bramino, se io prete, se io sindaco, non intervengo a legittimarle con una cerimonia religiosa, con un atto notarile. Siete voi disposti ad impegnare la vostra fede per sempre, a rendere obbligatoria fra voi la convivenza fino a quando la morte dell'uno o dell'altra non abbia sciolto il vostro patto?—Sì! Sì! rispondono ad una voce i due illusi. Sotto l'impero della passione, quei due si lancierebbero abbracciati tra le fiamme di un rogo.

Orbene: quel sì, strappato dal prete o dal sindaco a due creature innamorate, incoscienti dell'avvenire, non segna forse, nella più parte dei casi, una condanna peggiore dei lavori forzati a vita? Cosa accadrà? Ciò che deve necessariamente accadere. Converrebbe disconoscere le leggi di evoluzione che governano il cosmos ed ogni atomo vivente, per contare su altri risultati. Ammettiamo pure, a consolazione degli ipocriti e dei casisti, qualche eccezione; ma il fatto più costante sarà sempre codesto. Dopo un lustro, dopo un anno, dopo un mese; qualche volta, più spesso che non si creda, dopo una notte di godimenti coniugali, la deliziosa attrazione reciproca andrà svanita. Cominceranno le svogliatezze, più tardi le ripugnanze insormontabili. Via! dissimulate! fatevi animo! Siete marito e moglie; a termini di legge, dovete ricoricarvi sul talamo e ricambiarvi delle carezze. Che importa se non vi amate?

Forse più tardi vi abborrirete; la vostra conversazione diverrà un ricambio di ingiurie e di minacce; godetevela! è la porzione di felicità domestica che vi siete assicurata per la vita segnando il grazioso contratto. L'amore vi ha illusi, la legge vi ha gabbati; in nome della giustizia e della moralità, voi dovete alla notte accoppiarvi detestandovi, per trascinare durante il giorno la catena del forzato, imprecandovi con tutte le energie della disperazione.

Ma, questi matrimonii creati dall'amore furono rari in ogni tempo. La fanciulla vessata dalle leggi, dalle ipocrisie sociali, dalle volgari cupidigie dei parenti, dalle imperiose necessità dell'esistenza, dalla astinenza sessuale imposta alle nubili, si abbandonò, per un errore di calcolo, alla china dell'abisso. Ella accettò il matrimonio vagheggiando l'adulterio; si fece moglie per esercitare con minor pericolo i suoi diritti di amante. Doveva essa, la martire derelitta, abdicare completamente a' suoi istinti più imperiosi e geniali? Ed ecco il sopravvento dei matrimonii di menzogna, ecco il primo passo della schiava verso l'emancipazione: ingannare un uomo per conquistare l'impunità nell'amore, ripararsi dietro un'istituzione balorda e vessatoria, dalle ipocrisie sociali ugualmente stolide e spietate. Vi sembra morale? Noi stesse ne conveniamo: è abbominevole. Può mai scaturire da una impura sorgente la limpida linfa? Lapidiamo l'adultera! gridarono i feroci legislatori.

Ma, sciagurati! non siete voi, non è ancora la barbara proscrizione dell'amor libero, che ci ha trascinato su questa via obliqua dello spergiuro e dell'inganno? Ci avete imposto di segnare un contratto ripugnante alla umana natura, e poi fingeste inorridire ogni qual volta noi fummo indotte a violarlo. Ma, infine, quali erano le vostre pretese?

Credevate schiacciarci rincarendo sulla nostra colpabilità; otteneste, a forza di cavilli e di sofismi, di stabilire una diversa misura di responsabilità fra le vostre turpitudini e i nostri irresistibili bisogni. Mentre noi, trascinate dall'amore, ansanti, inquiete, trepide del pericolo, correvamo furtivamente, col velo sugli occhi, al convegno desiderato di chi potea darci l'amore; che facevate voi, allora, o grotteschi Otelli da commedia, per affermare la legittimità dei vostri furori gelosi, delle vostre tiranniche rappresaglie? Ciò che voi facevate è scritto nelle statistiche delle antiche e delle nuove Questure. Voi fornivate alle case di tolleranza ed alle alcove delle Immolate il più grosso contingente; voi spendevate dei patrimoni per alimentare il lusso delle etére che vi sputavano in viso. Avete mai dato prova di comprendere l'amore? La tirannia che esercitate su noi non è che stupido orgoglio. Non permettete che si rechi onta al vostro nome, e frattanto oltraggiate ogni giorno la donna che deve portarlo, posponendola alle più vili meretrici. La società non vi disprezza per questo.

A voi è lecito menar vanto della vostra abbiettezza; vi terreste piuttosto disonorati, temereste di apparire ridicoli dichiarandovi fedeli al contratto coniugale. Ma non è tutto. Quali furono, nel secolo scorso, quali sono oggi i criteri che vi dirigono nella scelta di una sposa? Le attrattive della gioventù, della bellezza, dello spirito, della bontà, non esercitano verun fascino sui vostri sensi e sul vostro intelletto. Signorina: a quanto ammonta la vostra dote? Mi occorrono trecentomila lussi per riparare a' miei dissesti: li avete? In caso affermativo, mi onorerò di darvi il mio nome, obbligandomi con atto notarile ad amarvi per la vita.—Non li avete! Darò il mio nome ad un'altra qualsiasi, meglio fornita di numerario, imponendomi di abbracciarla con trasporto ad ogni scadenza di cambiale. È questa la santità del vincolo indissolubile?

Voi pagate le prostitute, e vi fate pagare dalla moglie; questo si chiama pareggio! Meravigliatevi poi se avviene che qualche povera fanciulla, uscita dalle famiglie nullabbienti, riesca ad accalappiare un ricco merlo, e a farsi pagare da lui tutte le agiatezze della vita, l'amante compreso! Sotto qualunque aspetto lo si consideri, il matrimonio è un'assurdità, un'ingiustizia, un fomite di corruzione, un incentivo al delitto. Dalla disperazione non può generarsi che il male, e la disperazione è in ogni casa dove convivono un marito ed una moglie. I meno ottusi alla percezione del vero definirono il matrimonio una calamità necessaria alla tutela della prole. Un sofisma per giustificare una assurdità! Non sono i figli abbastanza protetti da quella forza di amore che la natura ha posto nel cuore dei parenti? Non è questa forza d'amore, il più nobile istinto di ogni essere animato? Se la femmina dell'uomo ha mostrato talvolta di ribellarsi, le ragioni del fatto mostruoso convien ripeterle dal matrimonio.

Ogni violazione della legge naturale genera un mostro; i genitori che abbandonano i figli, che li odiano, che gioiscono nel tormentarli, sono le orribili anomalie prodotte dall'orribile istituzione. La madre che inseivsce contro il nato dalle sue viscere, è, nella più parte dei casi, una schiava ribelle, la quale disfoga sul debole le sue rappresaglie contro il forte che la opprime. Ella percuote il figlio, perchè non le è dato di sbranare il marito. Tutti gli affetti svaniscono, tutti i nobili istinti si corrompono in quell'ambiente di tedio e di avversioni che si suol formare nel così detto santuario domestico.

Qui abbiamo le vendette della madre legittima, come altrove, fuori dal consorzio coniugale, si hanno gli infanticidii perpetrati, in un accesso di disperazione o di demenza, dalle scomunicate, dalle maledette, le quali osarono concepire senza autorizzazione del prete o del sindaco. Ma, via! oggimai ogni scrupolo è soverchio.

Non ci hanno più diseredati, nè derelitti, sotto le leggi che ci governano. Il diritto all'esistenza è sancito dai nuovi codici; dal giorno della nascita sino all'ora di estinzione ogni cittadino dell'Unione è nutrito, alloggiato, vestito a spese del Comune. Se oggidì esistessero dei genitori capaci di abbandonare la prole, il governo, questo padre legittimo di tutti, provvederebbe. Che più si tarda?

Affermiamo i nostri diritti, realizziamo il nostro splendido programma! Non più riti religiosi! via le formalità che intorpidiscono i sensi e mettono il ghiaccio nei cuori! Il Dio è in noi quando amiamo; non è più mestieri di invocarlo. Fra due che si amano nessuno ha diritto di intervenire.

Cosa significa questa legge di dilazione, che ci obbliga a discostarci quando il torrente della passione irrompe da noi coll'impeto massimo? Ogni unione generata dal libero amore è legittima; fuori di là, tutto è prostituzione e delitto. Viva l'amore che giustifica ogni audacia, che santifica ogni lussuria! Abbasso il matrimonio, che contrista, che abbrutisce! Opponiamo ad ogni petizione civile un assoluto diniego. Sciolte dalla servitù coniugale, qual freno potrà ancora trattenerci dal marciare rapidamente alla meta? L'uguaglianza morale e civile sarà in breve raggiunta dalla donna; chi oserà resisterci?

Accarezzato dall'amore spontaneo, il nostro maschio diverrà arrendevole e mite, quanto ostinato e crudele fin qui lo avean reso le nostre riluttanze di moglie e i nostri abborrimenti da schiava. Egli dovrà comprendere che la infelicità da lui imposta al nostro sesso si è mai sempre riflessa su lui. Questo insensato, che dopo aver trascorsa metà della vita nel corrompere fanciulle, nell'irridere ad ogni virtù d'amore, pretendeva, esausto e abbrutito, di sposare una vergine per farne una schiava, dovrà alfine riconoscere i propri torti.

Egli griderà con meraviglia e dolore: noi fummo stolti, noi fummo barbari! abbiamo creduto vincolare la fedeltà, e abbiamo scatenato l'adulterio, ci siamo illusi di poter combattere la natura con quattro articoli del codice; ma la natura si è vendicata delle nostre repressioni, immergendoci in un abisso di tenebre e di miserie; benediciamo al libero amore, che ci ha rigenerati!»

Alla fine della calorosa allocuzione, un uragano di applausi insorse dalla folla. I giovani coscritti e le donne gridarono ad una voce:

—Viva Clara Michel! Viva la selezione! Viva l'uguaglianza morale e civile!

—No! No!—rispondeva una debole minoranza di oppositori:—Abbasso la cortigiana! Rispetto alle istituzioni! Viva il matrimonio!

—Ah! vi sono ancora—riprese con impeto la bella presidentessa delle emancipate;—vi sono ancora degli zotici, dei bruti, che ardiscono ribellarsi alla evidenza della verità? Vediamoli un poco alla prova della tentazione, questi falsi apostoli della fedeltà obbligatoria e del vincolo santo! Alzate gli occhi, o mamalucchi, e guardatemi bene!

Così parlando, la Michel aveva dato un balzo, e levandosi in piedi sulla sella, aveva esposto all'attonita folla tutte le formosità delle sue membra rigogliose, leggermente accarezzate da un velo trasparentissimo. Un urlo di entusiasmo maschile si sollevò dall'area. Tutte le pupille si dilatarono per tuffarsi in quel bagliore di bellezza.

—Orbene—ripigliò la Michel sempre più animata;—mi vedete? vi paio bella? Io mi dono a quello di voi, che essendo stretto ad una donna dal vincolo coniugale, nullameno salirà in groppa del mio cavallo, e riuscirà pel primo a baciarmi la punta d'uno stivaletto!

In un attimo quella immensa moltitudine di gente fu veduta agitarsi come un mare in tempesta. Gli uomini si spingevano innanzi, urlando, manovrando coi pugni e coi bastoni, dilaniandosi l'un l'altro i vestimenti e le carni. Le sbarre che difendevano il padiglione caddero rovesciate ed infrante in quell'impeto erotico di maschio calore. L'eroina del congresso, sgomentata, diede l'allarme alle compagne; i cavalli nitrirono scalpitando... Ma... ecco... il ruggito della folla echeggia più gagliardo e minaccioso. Cos'è avvenuto? Un uomo contuso, sanguinolento è riuscito a farsi innanzi... ha sorpassato la barriera frantumata... si è spinto fino al proscenio del padiglione... e salito sul destriero della vezzosa cavalcatrice... ha stretto al labbro il profilato piedino ch'ella ha vibrato nell'aria...

Clara Michel dà il segnale della partenza; la comitiva equestre si slancia a briglia sciolta sullo stradone sportheno(34) che conduce alla capitale dell'Olona...

Il padiglione rimane sgombro.

Di là a pochi minuti, nell'agro circolava la notizia che il fortunato quanto audace mortale, trascinato in groppa dalla famosa emancipatrice, era un tal Settimio Crispani, già processato per bigamia, padre di quattordici figli di ignota dimora.

CAPITOLO XXVII. DISORDINE ANARCHICO.

Non era cessata sull'area massima l'agitazione suscitata dalla Michel, quando una volante di alto cielo seguita da un centinaio di gondolette venne ad attraversare gli spazi sovrastanti all'agro. Un fragore come di tuono rimbombò nell'aria. Tutti gli occhi si levarono al cielo, tutte le braccia si distesero. Il rombo delle mitragliatrici pacifiche annunziava una scarica di telegrammi. Chi poteva dubitarne? Quei cartoncini pioventi dalle regioni eteree erano altrettanti elenchi di nomi, e quei nomi rappresentavano il risultato delle ultime elezioni. Il silenzio e l'immobilità regnavano nell'agro. Tutti leggevano con ansia, avidamente, come si trattasse per ognuno di un proprio, individuale interesse.

I duecentosessantacinque Comuni dell'Unione si erano pronunziati. Il partito degli spiritualisti aveva subito uno scacco completo; i naturalisti avevano guadagnato sessanta voti; duecento cinque eletti rappresentavano la schiacciante prevalenza del partito equilibrista.

I primi commenti della folla furono un mormorio di approvazione. I coscritti dell'agro tripudiavano.

In ogni tempo i giovani si lasciarono inconsideratamente trascinare dalle utopie esagerate.

Recava però meraviglia, anche a molti dei più enfatici aderenti al programma degli equilibristi, che la colta ed onesta famiglia di Milano avesse scelto a suo reggitore e rappresentante uno degli uomini più scandalosamente famigerati della Confederazione. Per succedere al compianto Berretta nella carica di Gran Proposto i milanesi avevano eletto Antonio Casanova. Il ragionamento degli elettori equilibristi era stato codesto: «Casanova è un furfante, Casanova è un falsario, Casanova è un barattiere da gioco; ma egli è il solo della triade che professi i nostri principii, e noi dobbiamo concordi e compatti votare per lui. Al disopra di tutto e di tutti, il trionfo del partito!»

L'Albani si sentiva umiliato.

—Se tu fossi riuscito—disse l'ingenuo quanto orgoglioso Primate stendendo la mano al Virey—avrei provato una grande soddisfazione. Tu sei migliore di me; nella tua elezione avrei ammirato il senno de' miei concittadini e applaudito al trionfo della giustizia. Ma lui!... quel furfante! quel ladro!...

Il Virey crollò la testa sorridendo.

—Ladro! furfante! Chi tien conto di queste inezie? Il candidato non rappresenta che il congegno d'una locomotiva politica; che importa se questo congegno sia di vile metallo e lordato da ogni bruttura? Purchè agisca sulle rotaie del partito, non si chiede di più. Accordando una specie di impunità agli eletti della nazione, i nostri sapienti legislatori hanno mostrato di saper interpretare lo spirito delle masse. Credilo, amico: le masse, analfabete od erudite, barbare o civili, saranno sempre cretine; correranno sempre dietro il carro del ciarlatano che batterà più forte la gran cassa. Ti fa meraviglia che un Antonio Casanova abbia trionfato di noi?

Mentre i due primati discorrevano nel frastuono dei commenti generali succeduti alla tacita sorpresa, da una torre di sorveglianza partì un razzo color porpora. Era un segnale di allarme. Tutti gli uffiziali e gli agenti di sicurezza pubblica si chiamarono a raccolta a mezzo dei soffietti acustici, e riunendosi in pelottone, si posero in marcia dirigendosi verso Broni. Una ciurma di equilibristi impaziente e fatta audace dall'esito delle elezioni, minacciava di realizzare immediatamente le utopie del partito, invadendo e saccheggiando le case degli abbienti privilegiati. Uno dei più reputati stabilimenti di pigiatura, occupato dai convalescenti più doviziosi e dalle etère più famigerate, era preso di assalto. I sopraintendenti e i subalterni resistevano debolmente; le belle pigianti si sbandavano ignude e rosseggianti di mosto pei vasti corridoi, invocando soccorso. Uno dei capi della rivolta, entrato per la finestra di una cabina di pigiatura, si dibatteva furiosamente sulla scaletta di una piscina uvaria colla bella moglie di uno czarre, la quale con ceffate e con graffi da pantera tentava di schermirsi.

Frattanto, al vedere gli agenti di sicurezza attrupparsi per marciare verso il centro della sommossa, in altri punti dell'agro si formavano degli assembramenti minacciosi. I coscritti, affigliati per la più parte alle sètte anarchiche, affiggevano ai berettoni solari le coccarde riottose. L'uragano della sommossa si annunciava terribile e spietato. Le botteghe si chiudevano; i merciaiuoli smontavano le baracche; le madri paurose traevano i bambini fuor della folla; altre più audaci, invase da un ardore di ribellione, coi pargoli in sulle braccia, animavano all'azione i giovani esitanti. Ciò che accadeva in quel momento nei due agri collegati di Stradella e di Broni non era che un minimo episodio della grande rivoluzione, suscitata per naturale coincidenza di passioni politiche, in ogni quartiere popolato dei dipartimenti dell'Unione.

—Che si fa?—chiese il Virey all'Albani, traendosi in disparte per dar passo ad un pelettone di sorveglianti i quali si avanzavano intimando l'ammonito ad un gruppo di rivoltosi.

—Io sarei d'avviso che ci imbarcassimo bravamente in una volante, e ci facessimo condurre a Milano, senza preoccuparci dei nostri bagagli, i quali, c'è da scommetterlo, a quest'ora devono aver già assaggiate le garbatezze dei nostri futuri governanti.

—Credi tu che a Milano si abbia a godere maggior sicurezza?... Ma, via! Si può tentare... Forse giungeremo in tempo da poter assistere al saccheggio della mia villa. Vorrei che di quell'edifizio maledetto, nel quale ho sommerso tutti i milioni da me guadagnati coll'invenzione della pioggia artifiziale, non rimanesse più vestigio. Oggimai è penetrata nel mio animo questa convinzione, che ogni attentato violento fatto alla natura è opera da pazzo, per non dire da scellerato, e che io, al par di altri orgogliosi della mia specie, colla mia superba invenzione mi sono reso complice dei più grandi disastri che affliggono il mondo.

—Tu, dunque, vorrai essere dei nostri?—chiese il Virey radiante di gioia.

—Sì! per la vita dell'umanità!—rispose l'Albani con ardore entusiastico.—Torniamo alla natura! Il vostro programma quindi innanzi sarà il mio.

—Dunque?... A Milano?...

—A Milano!...

—Presto! Facciamo calare una volante!... Ecco là una aerea da due posti, che pare fatta per noi. Diamo il segnale!

Il conduttore della volante, all'udire il fischio, lasciò calare il veicolo a quattro metri dalla testa dei reclamanti.

—Più basso!—gridò il Virey;—si vuol partire immediatamente.

—Più basso?—esclamò l'auriga di cielo in tono più beffardo.—Io son disceso di quattro metri, ora spetta a voi di salire altrettanto. Siamo, o non siamo equilibristi? Animo, dunque! Salite!

—Bella pretesa davvero!—sclamò l'Albani irritato.—Via! non son momenti di celie codeste! Vien giù!... Sarai pagato lautamente.

—Non potete salire? peggio per voi—rispose l'auriga di cielo;—e nemmen io posso scendere. Sono uomo di principii. Il vostro denaro non mi tenta... Chi più ha, meno ha diritto di avere. Il Bigino ha l'onore di augurarvi la buona notte. Viva Antonio Casanova e l'abolizione della moneta! Viva l'equilibrio sociale!

E cantando una gaia ballata, l'auriga fece risalire la volante, che andò a smarrirsi nelle brume vespertine.

Il tumulto cresceva nell'agro. Ai ribelli si aggiungevano i curiosi; pochi atti di violenza si commettevano, ma lo strepito saliva alle stelle. I rappresentanti del governo legale ripetevano indarno le ammonizioni.

Plochiù, il generale comandante della spedizione eletta a sedare la rivolta, prima di ricorrere ai mezzi estremi, esitava, temporeggiava, attendendo rinforzi. Verso le cinque pomeridiane, in luogo delle truppe arrivò un telegramma. Il generale lo lesse esprimendo cogli accenni del capo la più viva soddisfazione:

Assemblea generale in seduta permanente delibera ed ordina nessuna resistenza movimento anarchico generale—passi la volontà del paese—passerà presto. Dato a Berlino, ore quattro.

—A meraviglia! Lasciamo che si arrabattino fra loro. Se la godano un paio di giorni la loro anarchia! Nessuno dei militi volonterosi da me dipendenti rischierà una scalfittura per mettere al dovere questi pazzi!

Di là a pochi minuti, i rappresentanti del potere legale si ritiravano dai centri tumultuosi. Una grande aerostata governativa e duemila volanti di seconda mole ancoravano alla stazione centrale per accogliere e trasportare i ben pensanti. Un razzo fosforescente proiettò sull'agro una luce azzurrognola, che subito si spense. Era un segnale ben noto ai ribelli; un segnale che voleva dire: il governo si dichiara nolente o impotente a resistere: si salvi chi può!

L'Albani e il Virey si gettarono nella corrente dei fuggenti, incalzati dagli urli, o piuttosto dai ruggiti di quella belva capace di tutti gli orrori, che è un popolo scatenato.

A Stradella ed a Broni si saccheggiava impunemente, e, diciamolo ad onore del vero, con ordine, con garbatezza, coi più delicati riguardi alle suscettibilità dei saccheggiati. Sulle aree, la ripartizione e l'equilibrio dei beni faceva le sue prime prove gaiamente. Ad un cittadino che aveva nel portafoglio diecimila lussi, si accosta un nullabbiente per esigere la metà del suo avere.

—Presto fatto! Eccovi cinquemila lussi, e buona notte... per ora!

La ripartizione amichevole è approvata dall'applauso popolare; ma ecco i due equilibristi son presi in mezzo da altri equilibristi che esigono la metà della metà toccata a ciascuno.

—È troppo giusto. A ciascuno duemila e cinquecento lussi—siete soddisfatti?—Ma non è finita, convien ripartire anche i duemila cinquecento; e così via, via, di ripartizione in ripartizione, i capitali vanno siffattamente assottigliandosi, che all'ultima fase dell'equilibrio generale ciascuno risulta possessore di circa dieci centesimi.

Ci vorrebbero dei volumi per riprodurre gli episodi tragi-comici di quel breve trabordo di anarchiche utopie. Basti dire che ad un lacero nullabbiente il quale si era fatto cedere il paletot dal droghiere Pirotta, toccò indi a poco di dover dividere le sue spoglie con un correligionario sprovveduto di giubba. E ciascuno dovette andarsene mezzo vestito, con un solo braccio insaccato in una manica e un frammento di bavero attorno al collo.

Malgrado le irritazioni inevitabili in ogni attrito di popolo, la giornata prometteva di chiudersi con un allegro chiasso di canti e di balli. Un fratellevole accordo si produceva dalla comunanza degli interessi; dall'uguaglianza nella miseria tutti si attendevano l'età dell'oro; dal deprezzamento delle intelligenze, l'uniformità del sapere e lo schianto di ogni supremazia.

Ma sul far della notte, le cose mutarono aspetto.

I caporioni della sommossa, che pei primi si erano slanciati all'assalto degli stabilimenti di pigiatura, non riflettendo al pericolo, dopo essersi immersi nel mosto fino alla gola e aver tracannato a larghe fauci il licore effervescente, avean levate le spine alle botti. Il vino inondava gli appartamenti e scorreva a rigagnoli per le scale. L'esalazione alcoolica saliva ai cervelli; i bevitori quasi asfissiati si avvoltolavano come giumenti in una melma rossiccia; i meno briachi, per uscire da quell'afa irrespirabile, si aprivano il varco rompendo la folla coi pugni. Frattanto, irrompevano altri bevitori. I fanciulli camminavano carponi leccando i pavimenti; le donne succhiavano dalle spine le ultime sgocciolature. Nelle cantine dei ricchi proprietari, i coscritti stappavano bottiglie di vecchio barbera; decapitavano l'Asti spumoso e trincavano senza freno. La fede equilibrista era scossa; non vi era più alcuno in Stradella ed in Broni che fosse in grado di tenersi in equilibrio. Si vedevano dei vecchi avvinazzati strappar le gonnelle alle donne, affermando il diritto all'uguaglianza dei sessi; le donne, a loro volta, pretendevano all'onore dei calzoni. Rotolavano come botti, sul pendio dello stradone curricolare, delle coppie di ubbriachi, strettamente collegate. L'agro era invaso dalla follia contagiosa; abbracciamenti e ceffate, lacrime di tenerezza e invettive, danze a suono di calci, baci e morsi di lussuria impotente, tutte le maniere di amplessi imaginate dall'Aretino e dal Carnicci; l'orgia del sabbato antico coi raffinamenti e gli orrori della sensualità alcoolizzata.

Chi porrà fine a questo orrendo scompiglio?...

Udite! Udite!

Un muggito reboante, che par quello di cento tori riuniti, ha percosso l'aria con spaventose vibrazioni. Dalla via De-Pretis è uscito un gran fragore di terremoto; un padiglione è crollato, è un fuggi fuggi di gente che urla come fosse pigiata.

Cos'è avvenuto? Pressochè nulla: un leggerissimo errore di calcolo nella mente di un grande scienziato. Chi farà la storia delle infinite sciagure derivate alla famiglia umana dalle lievi abberrazioni dei forti intelletti! L'illustre primate Piria avea perfettamente costruito il suo gigante automatico-chimico-vitale. La macchina umana era riuscita; tutti gli elementi essenziali che la chimica poteva prestare alla formazione dell'ossatura, dei muscoli, dei condotti, delle parti viscerali, dei glutini nervei, erano stati da Piria impiegati e coordinati sapientemente. Un gigante dell'altezza di trenta metri, proporzionatamente sviluppato nelle singole membra, giaceva disteso nel padiglione di via De-Pretis. Verso le cinque pomeridiane, in presenza di un centinaio di spettatori, l'illustre scienziato aveva operato la trasmissione del sangue e del movimento. Incisa la carotide del mostro inanimato e messala in comunicazione, a mezzo di un tubo elastico, con quella di un toro parimenti svenato, l'illustre creatore dell'uomo colossale avea veduto realizzarsi con rapidità l'assorbimento e la dejezione. Si volle il sangue di dieci tori per fornire al vasto cuore ed ai grandi condotti arteriosi del gigante il liquido vitale occorrente. L'azione simultanea di due pile elettriche di quadrupla potenza diede impulso alla circolazione,

suscitò l'irritazione nervosa e il movimento dei muscoli. La materia inerte si scosse...
Due grandi occhi si spalancarono assorbendo la luce, le nari si gonfiarono, il petto parve
scoppiare pei forti aneliti di aria ossigenata, le braccia si agitarono, le mani si distesero
per afferrare l'ignoto; e finalmente...

Chi poteva prevedere un tal impeto di vita? Dalle fauci del gigante elettrizzato proruppe
un muggito spaventoso. L'immane corpo si sollevò, atterrò con un calcio poderoso
l'enorme banco sul quale stava adagiato, e lanciandosi colla violenza di un toro
inferocito verso la porta di uscita, si diede a percorrere la via, sorpassando ogni barriera.
Trecento baracche di merciaiuoli andarono capovolte; quattro olmi secolari, urtati da lui,
si rovesciarono sradicati. Egli cozzava, rompeva, abbatteva ogni ostacolo, impiegando a
tal uopo, con istinto taurino, la catapulta di un cranio resistente ad ogni urto.

Imaginate il terrore di quella apparizione, in una folla esaltata dagli entusiasmi politici e
dai fumi del vino! Dove la gente non era lesta a sgombrare, il gigante si faceva largo
coll'impeto della persona, colle irruzioni del capo, colla violenza dei calci. I più accorti
tentavano schermirsi da lui passandogli fra le cosce o saltandogli sul capo per scivolare
al suolo tra le curve della schiena interminabile; ma i fortunati ai quali riusciva di salvarsi,
se la davano poi a gambe esterrefatti, annunziando il finimondo e la comparsa
dell'anticristo. Quello sgomento generale aveva fatto passare la generale ubbriacatura;
in meno d'un'ora il vasto agro di Stradella e di Broni si era mutato in un deserto.

La popolazione che prendeva il largo, sbandandosi pei vigneti e cercando rifugio nei letti
dei fiumi, verso le otto della sera fu colpita da un nuovo terrore. Nell'impeto bestiale della
corsa, il gigante aveva dato il capo in un campanile, quattro metri più alto di lui. La torre
era crollata, ma anche il grosso cranio, con tanta sapienza di mezzi chimici confezionato
dal Piria, si era spezzato nell'urto. Slanciando il suo uomo chimico-meccanico, il dabben
Piria non aveva riflettuto che in ogni essere animato la percezione sensuale non può
svilupparsi che gradatamente. Per la conservazione di quel mostruoso fenomeno vitale
si esigeva un trattamento di neonato; supponendo in lui ingenita quella facoltà di
discernimento che può formarsi soltanto nell'adulto per una successione di esperienze,
l'illustre primate vide sfasciarsi in un attimo la più ardita creazione che mai fosse
concepita e realizzata dal genio umano.

Coll'ultimo muggito del gigante chimico-meccanico, e col fragore di un campanile in
rovina, a Stradella ed a Broni ebbe fine in quella notte il baccanale rivoluzionario degli
equilibristi.

A dieci ore l'ordine più perfetto regnava nell'agro.

CAPITOLO XXVIII. MALTHUS.

Negli altri dipartimenti dell'Unione la rivolta assumeva proporzioni spaventevoli, ma i
rappresentanti governativi adunati in permanenza a Berlino non si davano la pena di
prendere verun provvedimento. Gli equilibristi, inferociti da parziali resistenze, avevano
perpetrato in parecchi comuni le più feroci rappresaglie contro i facoltosi, abbattendo e
incendiando edifizii, violentando persone. Negli ultimi bollettini del 22 ottobre, il numero
delle vittime si faceva ascendere a due milioni cinquemila e ottocento.

Il Presidente temporario del Consiglio, nel rilevare questa cifra, si fregò le mani esclamando: «Il nostro sistema di non repressione ha dato ottimi risultati. Lasciar passare la volontà dei pazzi è il migliore stratagemma per ricondurre alla ragione le maggioranze. La violenza e l'eccesso generano mai sempre la reazione. Fra una ventina di giorni il partito equilibrista sarà schiacciato, nè si udrà più riparlarne in Europa, nè anche a Manicopoli.

Le previsioni dell'arguto presidente si avverarono. Di là ad un mese, quel moto rivoluzionario che aveva scompigliato tante proprietà e distrutte tante vite, era appena ricordato come una sfuriata ridicola di pochi imbecilli. I nuovi rappresentanti della nazione protestarono contro gli abberramenti dei loro elettori; e lo stesso Casanova, l'Acclamato di Milano, il Redentore del popolo, il Messia dell'uguaglianza universale, nella adunanza del 30 Novembre dichiarava in pieno Parlamento che i suoi elettori, prendendo sul serio il programma da lui pubblicato per scroccare un milione di voti, aveano mostrato di essere una mandra di ciuchi. Un secolo addietro, i ciarlatani della politica non giudicavano altrimenti il criterio dei pecoroni che si affidavano alle loro ciance; ma non eran abbastanza civilizzati per dichiarare alla Camera i loro apprezzamenti.

Mentre il fascio degli equilibristi si andava scomponendo, i naturalisti guadagnavano aderenti. Nei centri più popolosi e più illuminati si aprivano nuovi Circoli. I recenti affiliati si prestavano con fervore da neofiti alla propaganda del principio. Nelle alte sfere governative, questa diversione dello spirito pubblico verso una riforma comparativamente retriva, era veduta di buon occhio.

Pel giorno quindici dicembre i naturalisti furono invitati ad un solenne comizio nella capitale della gioia(35). L'importanza di quel convegno era rilevata dai giornali coi più strani commenti. Non uno degli illustri capi del partito sarebbe mancato all'appello; si trattava di deliberare intorno al modo ed al tempo dell'azione, si volevano discutere le controversie dei dissidenti, stabilire il credo unico ed universale della prossima rigenerazione europea.

Si parlava di un misterioso personaggio, di un antico profeta e legislatore che sarebbe uscito prodigiosamente dalla tomba per affermare nel comizio i principii divini, per dissipare molte erronee credenze relative agli istinti dell'uomo ed alle leggi dell'universo. I cronisti meglio informati pretendevano sapere che quell'uomo straordinario era vissuto cinquant'anni sulla sommità di una montagna coperta di gelo, orando e meditando; che la parola di Dio era scesa nel suo spirito; che, infine, le più sublimi rivelazioni erano da attendersi da lui. L'Albani, recentemente convertito alla fede naturalista e già iscritto negli ordini superiori del partito non poteva mancare all'appello. Nel giorno fissato per la solenne adunanza, egli giunse a Napoli in compagnia del Virey, e all'ora di mezzodì, indicata per l'apertura del comizio, andò col collega a prender posto in una galleria del teatro massimo.

Non si è ancora perduta a quest'epoca la consuetudine di adunare il popolo a discutere di politica nei luoghi ordinariamente destinati agli spettacoli dell'opera e della commedia; vi è sempre qualche cosa di teatrale, di spettacoloso e di comico in ogni assembramento di politicanti; l'ambiente, in ogni caso, risponde al carattere dei personaggi e consuona coll'enfasi dei discorsi.

La folla si pigiava nella platea; gli uomini del governo, i rappresentanti della nazione, i primati, le etére, le dame di capriccio, le Immolate, le mogli emerite prendevan posto nelle sedie riservate o salivano ad occupare le logge.

Una impazienza febbrile agitava quel pubblico di trentamila persone. Quando la sfera del grande orologio elettrico sovrastante al palco scenico toccò il mezzodì, il sipario si alzò rapidamente e gli occhi della folla furon paghi.

Un applauso fragoroso ma breve salutò i capi della assemblea, assisi in atteggiamento grave attorno ad un tavolo coperto di nero tappeto. Il presidente si levò in piedi, diè una scossa al campanello e parlò nel generale silenzio:

«Io vi ammonisco, o cittadini, che le sorti del nostro partito, l'avvenire della umanità, il coronamento del benessere pubblico al quale mirarono sempre i nostri studii e le opere nostre, dipendono dal presente comizio. Aspettatevi delle grandi sorprese; preparatevi gli orecchi e la mente a rivelazioni inaudite. Le indiscrezioni della stampa vi hanno prevenuti, ma ciò che qui vedrete, ciò che udrete fra pochi istanti, sorpasserà ogni esigenza della vostra aspettativa. Non è il caso di ripigliare le viete questioni, sulle quali tutti gli argomenti vennero già esauriti. Oggimai i criterii fondamentali sono stabiliti; ulteriori ciance a nulla approderebbero. Noi ci troviamo in presenza di un grande mistero; dobbiamo constatare un fatto nuovo, quasi inverosimile, ed avvisare al miglior partito che da noi si possa trarne a benefizio dell'umanità e ad onore dei nostri principii. I dilettanti di rettorica inutile si tengano per questa volta in disparte; l'avvenimento che qui vedranno compiersi porgerà ad essi materia di cicalare per dieci anni.

Ciò detto, il Presidente si volse ad uno dei volonterosi di cappa magna e gli ordinò di introdurre il Venerando Fabbristol.

L'apparizione del nuovo personaggio fu salutata da triplice acclamazione.

Il Venerando si avanzò fino al proscenio, sedette sopra il tripode di onore, e con voce sonora espose la seguente relazione:

—Io mi chiamo Arnaldo Fabbristol; ho fatto da parecchi anni adesione al vangelo dei naturalisti, e, grazie alle circostanze che ora sto per esporvi, venni dal Consiglio supremo dell'ordine incaricato di una delle più importanti missioni che ad uomo fosse mai dato di compiere.

«Or fanno cinquant'anni vivea sulla terra un grande scienziato, un uomo di forte intelletto e di straordinaria energia morale, chiamato Malthus. Era nipote di un altro filosofo vissuto in epoca avversa ad ogni lume di verità, un banditore di sapienti teorie mal comprese e peggio apprezzate da' suoi contemporanei.

«Quelle teorie racchiudevano i germi dei principii indiscutibili che formano oggi la base della nostra fede politica. Il Malthus che oggi ricomparisce sulla scena del mondo, avendo raccolta e fatta sua la splendida eredità di idee lasciate dallo zio, pensò di istituire un'associazione la quale si incaricasse di diffonderle. Gli apostoli delle dottrine Malthusiane si prestarono allo scopo con zelo entusiastico, ma incontrarono un'opposizione accanita e pertinace. I tempi non erano maturi. La nuova generazione, invasa da un fervido spiritualismo, chiudeva l'orecchio alle nostre dottrine. Il prete riformato, poetizzando gli antichi dogmi, avea riconquistata la donna, questo essere volubile e fantastico, sempre mai allettato dalle parvenze, sempre facile ad esaltarsi per ogni sentimentalismo insensato. Tutte le nuove istituzioni, tutte le leggi dello stato si ispiravano alle tendenze dell'epoca; nei nostri codici si riflessero tutte le stravaganze e le follie di un popolo abberrato. Correva l'anno 1932. Il nostro Malthus, che allora toccava appena i trent'anni, si lasciò prendere dallo scoramento, e disperando di riuscire ne' suoi alti disegni, un bel giorno, adunati i suoi apostoli più fedeli, annunziò ad essi il suo proposito di abbandonare la vita. Sì: quel grand'uomo voleva morire nel fiore dell'età; voleva fuggire da un mondo che, a suo vedere, non sarebbe mai stato capace di comprenderlo. Perdoniamo al genio un istante di debolezza; le più alte intelligenze, le nature più energiche subiscono delle prostrazioni inesplicabili. Le esortazioni, i conforti, le preghiere degli amici, nulla valeva a smuovere quello scorato dalla nefasta risoluzione. Se non che, all'ordine naturale del cosmos era necessaria quella esistenza. Malthus e il trionfo delle sue teorie non potevano esimersi dall'entrare e dal compiere la loro parabola ascendente nel moto provvidenziale di rotazione imposto dalla legge fisica universale.

«Fra gli apostoli del principio che in quel giorno stavano adunati intorno al Capo, c'era uno scienziato, o, come allora si diceva, un utopista di zoologia, chiamato Gorini, discendente per linea indiretta da quell'illustre diseredato che già aveva fatto nel secolo precedente delle meravigliose scoperte sulla origine del mondo, e riuniti gli elementi chimici più atti alla pietrificazione dei cadaveri. Al momento in cui Malthus, nel suo implacabile desiderio di finirla, colla vita, portava alla bocca una pillola asfissiante, un grido imperioso risuonò nell'aula: fermate! Malthus guardò fissamente l'apostolo che si era alzato per accorrere a lui; l'altro con piglio più assoluto, ripetè l'intimazione: fermate! In quel grido c'era una potenza irresistibile.—Che hai tu a dire ad un moribondo?— domandò Malthus, trattenendo la pillola sospesa fra l'indice e il pollice.—Due logiche e serie parole—rispose il Gorini:—voi volete morire, perchè avete riconosciuto, come noi riconosciamo, non essere l'epoca attuale matura alla realizzazione delle nostre sublimi teorie. Orbene, se qualcuno venisse a proporvi di sostituire alla morte un lunghissimo sonno, un sonno di dieci, di vent'anni, di mezzo secolo, persistereste voi ancora nel proposito disperato?—Ho piena fede nell'avvenire—rispose Malthus;—ma un mezzo secolo dovrà trascorrere prima che l'umanità riconosca erroneo e rovinoso il principio da cui oggi è trascinata,—Ebbene!—replicò il Gorini;—dormite per mezzo secolo, e il vostro risveglio segnerà l'epoca delle nostre vittorie. Voi mi guardate con stupore, come se le mie parole uscissero dalla bocca di un pazzo. No! io non sono pazzo, io non posso ingannarmi ne' miei calcoli; mi tengo sicuro della riuscita. Quello che nella rigida stagione avviene dei serpenti e d'altri animali soggetti al torpore, deve necessariamente riprodursi nell'uomo a mezzo di una ben praticata assiderazione. Nell'uomo assiderato la vitalità può durare parecchi secoli, fino a quando, per una accidentale combinazione o per effetto del volere altrui, non venga ad operarsi il disgelo. Volete voi, illustre pontefice dell'avvenire, sottomettervi alla prova? Io vi ho additata la via; io metterò a vostra disposizione i miei trovati scientifici. Voi prescriverete la durata ed il termine del vostro assopimento. Nel giorno e nell'ora da voi prefissi, i discepoli, istruiti per tradizione dei vostri voleri, verranno a ridestarvi dal lungo sonno, e voi potrete, uomo antico e precursore dell'evo felice, gioire delle mondiali acclamazioni e dirigere l'umanità verso la meta altissima infino ad oggi inutilmente vagheggiata da voi.

«All'udire tale risposta, Malthus stette un istante silenzioso; ma i suoi occhi sfavillanti esprimevano soddisfazione ed assenso. I due scienziati si erano compresi. Di là a quattro ore, il Malthus, il Gorini e gli apostoli seniori, a mezzo della ferrovia funicolare

Agudio, salivano alle alture nevose del Moncenisio. Inutile che vi riferisca e descriva di qual maniera si compiesse lassù, per opera dell'imaginoso zoologo, la prova non mai tentata dell'assideramento umano. Ciò che importa sapere, ciò che io sono impaziente di annunziarvi, è che il Malthus, il sapiente Malthus, il divino Malthus, il nostro legislatore, il nostro profeta, or fanno tre giorni, dopo mezzo secolo di torpore, si è ridestato alla vita attiva. La volontà dell'illustre sopito è compiuta. I depositarii della tradizione Malthusiana, consapevoli di ogni patto, penetrarono, nel giorno e nell'ora stabilita, dentro la cavità granitica, dove il profeta dormiva da cinquant'anni in una temperatura di sessanta gradi sotto zero. Seguendo le istruzioni lasciate dal Gorini, in meno di due ore quei prudenti operatori ottennero gradatamente il disgelo: il corpo irrigidito si riscosse, si riapersero gli occhi, la favella si sciolse... Gli apostoli si gettarono a terra adorando, inneggiando al redivivo.

—Sospendete, o fratelli, quei plausi; imponete al vostro entusiasmo! Serbate gli osanna a lui solo. Fra pochi istanti, allo squillar dei due tocchi pomeridiani, il gran Malthus sarà qui. Egli lo ha promesso, egli mi ha incaricato di recarvi la buona novella. Sì, fra dieci minuti... egli sarà in mezzo a noi... Egli avrà preso il mio posto su questa tribuna per rivelarvi l'ultimo verbo del suo genio divino. Che se mai...

—Da Manicopoli!—gridò un volonteroso di alto grado, avanzandosi verso il proscenio e presentando un dispaccio al Presidente del Comizio.

—Leggete! leggete!—gridarono dal teatro trentamila voci.

Il Presidente sciolse il piego, gettò uno sguardo sulle cifre, e pallido, con voce tremante, lesse quanto segue:

«Malthus redivivo suicidatosi ignote cause, attendonsi schiarimenti.

«Il seniore SAFFUS».

—Impossibile! assurdo!—urlò il Relatore con accento irritato; maledetta la Stefani!

—Maledetta la Stefani!—rispose la folla con sdegno.

—Silenzio!... Un secondo telegramma!

Il Presidente si fece innanzi, e lesse:

«Suicidio Malthus avvenuto nel palazzo marchesa Sara Jobart sua antica amante. Giornali pubblicano lettera autografa. Pare che forti disinganni spingessero illustre uomo a procacciarsi sonno più duro.

«Seniore KEMPIS».

—Assurdità! assurdità!—si mormorava da ogni parte;—attendiamo una formale smentita.

Ma ecco, nel mormorio generale, spiccano delle grida più acute; i folletti di città guizzano tra le panche, saltano sui parapetti dei palchi, inondano il teatro di giornali.

Di là a pochi minuti, in un tetro silenzio, quelle trentamila persone adunate pel Comizio leggevano la lettera lasciate da Malthus:

«Correligionarii e fratelli,

«È stato un errore; tanto più illogico e imperdonabile a noi, che, professando i principii del naturalismo, pur nullameno abbiamo tentato di violentare la natura. Quando io mi sottoposi alla prova dell'assideramento, mi ero lasciato vincere da un orgoglio insensato. Ho creduto che la mia esistenza fosse necessaria al bene comune; non ho riflettuto che l'individuo conta per nulla, che i progressi della umanità si compiono pel concorso simultaneo di tutte le forze viventi. È necessario, perchè ognuno mi comprenda, che io esponga la diagnosi delle mie impressioni. Lo farò sinceramente e colla maggior brevità possibile. Quando i fratelli, esecutori fedeli del patto tradizionale, vennero or fanno tre giorni a risvegliarmi dall'assopimento, al mio primo risveglio io provai un senso di melanconica sorpresa. Mi si affollarono nella mente le idee colle quali mi ero addormentato mezzo secolo addietro; mi meravigliai grandemente nel vedere intorno al mio letto di granito delle figure a me ignote; domandai che fosse avvenuto dei fratelli i quali la sera innanzi mi avevano aiutato a coricarmi.

«—Avete dormito cinquant'anni,—risposero ad una voce gli astanti.

«—È vero! è vero!—risposi io raccapezzando le confuse memorie:—infatti... quella sera... i fratelli... gli apostoli... Ma, voi! voi, chi siete? Perchè quegli altri non sono al mio fianco?

«—Quegli altri—mi risposero—sono morti; e noi, eredi della tradizione, li abbiamo sostituiti.

«Io guardava con meraviglia e tristezza quei sembianti sconosciuti. Essi mi parlavano dei grandi progressi sociali avvenuti nel corso di mezzo secolo, mi annunziavano il prossimo trionfo della riforma naturalista, mi promettevano ovazioni, glorificazioni, quali nessun orgoglio umano avrebbe osato sognare. Io li ascoltava attonito, quasi svogliato. Portai la mano sul petto e ne trassi un medaglione sul quale era impressa l'effigie di una giovane marchesa da me adorata. Mi sovvenni che gli antichi fratelli si erano opposti al mio desiderio di metter a parte quella impareggiabile donna della misteriosa operazione che doveva per tanti anni tenermi disgiunto da lei. Si voleva che il segreto della mia assiderazione rimanesse esclusivamente affidato ai pochi apostoli; temevano che ella, per impeto di dolore e di amore, potesse tradirci. Con quali palpiti di gioia ribaciai quel ritratto!

«—Orbene!—esclamai;—prima di rientrare nel campo delle agitazioni politiche, prima di abbandonarmi alle glorificazioni da voi promesse, io mi debbo a colei che occupava tanto posto nel mio cuore, che forse mi avrà pianto per morto, che forse non avrà mai cessato di attendermi. Sapete voi se esista ancora a Parigi quel portento di bellezza, di grazia e di spirito, che si chiamava la marchesa Sara Jobard?

«Gli apostoli si scambiarono uno sguardo di sorpresa e per poco non scoppiarono in una risata. Uno dei seniori, che penava molto a serbarsi serio, si volse ai fratelli dicendo:

«—È giusto che ogni sua volontà venga da noi soddisfatta; rimanderemo il Comizio a sabato prossimo, e frattanto accompagneremo a Parigi l'illustre redivivo, e lo aiuteremo a raccogliere le informazioni che tanto lo preoccupano.

«Ciò convenuto, uscimmo dalla cava granitica, e ci trovammo dinanzi ad una carrozza sormontata da un pallone aereostatico.

«—Cos'è questo?—domandai.

«—Una volante di seconda portata, il veicolo che in meno di un'ora ci condurrà sulla piazza massima di Parigi.

«—E voi pretendereste che io salissi in quel cassone?—esclamai arretrando;—ma dunque... non vi son più ferrovie?... non vi sono locomotive elettriche?

«—Tali mezzi di trasporto—rispose il seniore, scambiando cogli altri apostoli un'occhiata di meraviglia—oggimai fanno esclusivamente il servizio pei nullabbienti.

«—Ebbene! trattatemi pure da nullabbiente,—gridai io—ma in quella baracca sospesa nell'aria, io, Malthus, vi prometto che non sarò mai per ficcarci il mio nobile individuo.

«—Con tutto il rispetto che da noi si professa al vostro nobile individuo—rispose il seniore dopo essersi consultato coi fratelli,—noi non possiamo dimenticare il mandato perentorio del Gran Maestro dell'ordine; le ore sono contate, il tempo vuol essere misurato; vi abbiamo accordato una proroga di tre giorni; ora conviene affrettarsi.

«E prima che io potessi muovere due passi per discostarmi, quattro fratelli mi afferrarono pel torso, mi sollevarono, mi immersero nella cabina della volante.

«Che dirvi di quel viaggio? Non impiegammo che un'ora per tragittare dal Moncenisio a Parigi, ma quell'ora è bastata a svelarmi l'orrore della mia situazione. Il linguaggio di quegli apostoli che mi parlavano dei loro disegni, che mi interrogavano, per prender consiglio, il più delle volte mi riusciva incomprensibile. Basta dunque un mezzo secolo a corrompere ogni idioma, ad alterare perfino le inflessioni della pronunzia? Essi accennavano ad istituzioni, alludevano ad avvenimenti a me ignoti; nominavano scrittori e scienziati vissuti nell'ultima metà del secolo; citavano libri usciti recentemente e già quasi obliati da' contemporanei, e parevano meravigliati ad ogni tratto della mia ignoranza, d'altronde naturalissima in chi aveva dormito pel corso di cinquant'anni. Quand'io ricordava i miei tempi, essi sbadigliavano o sorridevano con ironia. Dopo avermi quasi idolatrato, erano, in meno di un'ora, passati dalla adorazione all'indifferenza sprezzante. Arrivando a Parigi, al momento in cui si scendeva dalla volante, uno dei seniori disse all'altro sommessamente:

«—Mi pare che l'assideramento abbia imbecillito il Profeta.

«E l'altro:

«—È a credere che egli già fosse imbecille prima di intorpidirsi; a que' tempi la fama di illustre si acquistava a buon mercato.

«Quanti disinganni mi attendevano a Parigi! Invano io cercava nella folla dei balovardi qualche sembianza nota. In quella città ch'era stata il teatro dei miei primi trionfi; in quella vasta metropoli, dove un tempo ero additato e salutato da tutti, io non vedeva che sconosciuti, non incontrava che occhiate indifferenti o beffarde. Il mio modo di parlare, il mio contegno imbarazzato attiravano l'attenzione e provocavano le risa. Nuovo agli usi della società moderna, attonito, sbalordito, io somigliava ad uno di quei gaglioffi montanari, che dopo aver vissuto quarant'anni fra le capre, si trovano balzati in una splendida capitale, nel faragginoso brulichio della attività cittadina. Urtava nella gente; mi pareva strana ogni foggia di vestito; mi arrestava istupidito dinanzi alle statue che rappresentavano personaggi divenuti famosi negli ultimi tempi. Gli edifizii recenti, gli spazii aperti dalle demolizioni, i nuovi nomi delle vie sostituiti agli antichi, mi imbarazzavano siffattamente, che io mi stringevo colla mano alla zimarra dei colleghi per paura di smarrirmi. Fui condotto ad un albergo. I fratelli incaricandosi di andare al palazzo di città per attingere informazioni sul conto della marchesa, mi lasciarono solo. Allora io trassi dal petto l'effige della mia Sara, e contemplando, ribaciando mille volte le angeliche sembianze di quella tanto cara, diedi in uno scoppio di lacrime.—Avrò io la consolazione di rivederti, o creatura adorata?—E dopo questo, mi sentii assalito da una tetra melanconia. Le più amare riflessioni si succedevano nel mio spirito.—Perchè son venuti a ridestarmi? Di qual modo potrò io riannodare la mia alla esistenza di questa generazione? Non si vive bene che fra i contemporanei; la gente che ora mi brulica dattorno rappresenta la mia posterità. Nulla oggimai vi può essere di comune fra me e costoro. Io non li comprendo; essi dovranno deridermi. In un mezzo secolo si rinnovano le idee, le tendenze, le istituzioni. Chi non ha preso parte alla graduale metamorfosi, non può essere capace di apprezzarla.

«Che diverrò io il giorno in cui mi toccherà presentarmi al Comizio per dichiarare la mia dottrina? Potrò io dire cosa che già non sia stata le mille volte ripetuta, con linguaggio più eletto, dai miei correligionarii? Non ho veduto i miei dieci apostoli sogghignare sotto i baffi ogni volta che io dirigeva ad essi una domanda? Io era un dotto, io era un illustre or fanno cinquant'anni, nell'ambiente formato da me e dai miei contemporanei. Trasferito nel nuovo ambiente, in una epoca sulla quale è trascorso lo spirito e l'attività di due generazioni, io debbo necessariamente rappresentare la figura dell'idiota.—Dio... Che vedo? Due figure umane che volano rasenti ai tetti del palazzo di faccia! Sta a vedere che è comparsa nel mondo una specie di uomini alati!

«I fratelli non rientrarono all'albergo quella notte, nè a me diè l'animo d'uscire. All'indomani, verso le 10 del mattino, li vidi entrare nella mia stanza e salutarmi con espressione sì beffarda che fui sul punto di prenderli a schiaffi. Mi annunziarono che la marchesa Sara era in vita, che abitava un sontuoso palazzo in via dei Lunatici, ch'essi l'avevano prevenuta della mia prossima visita. Balzai dal letto: come il cuore mi batteva! Di là a pochi minuti, io saliva le scale del palazzo indicato; i miei apostoli erano rimasti ad attendermi in un salotto al piano terreno. Una giovane e bella cameriera m'introdusse in un gabinetto elegantissimo, mi pregò di sedere e corse ad avvertire la signora.

«Imaginate con quali ansie io invocava l'amplesso di quella donna, che già si era data a me coi voluttuosi abbandoni dell'amante! Sventurato! Io dimenticava di aver dormito mezzo secolo, poichè quel mezzo secolo per me era stato breve come una notte.

Potevo io figurarmi quella donna altrimenti, che vestita delle sue forme giovanili, della sua splendida bellezza?

«La porticella del gabinetto si dischiuse. Il fruscio di una veste di seta mi annunziò che ella entrava.

«—Angelo mio!—gridai gettandomi a terra per abbracciarle la tunica che sporgeva dai cortinaggi.

«—Tu! il mio caro Eugenietto!—rispose una voce rantolosa da vecchia decrepita;—qua dunque un bel bacio! Dio! come sei ben conservato!... Lascia dunque...

«E mentre al mio orecchio ringhiava quella voce da nonna, due labbra di cartapecora si imposero con violenza alle mie, e mi inchiodarono sulla lingua un paio di denti posticci... Io balzai in piedi esterrefatto... Sputai sul pavimento i due corpi eterogenei... e dopo aver guardato fissamente quella scarna figura di ottuagenaria, mi lasciai cadere sul divano come tramortito.

«Era dessa—era proprio dessa—la mia Sara—la mia marchesa—quella che un mezzo secolo addietro mi aveva dato un paradiso di ebbrezze!... Non riferirò tutto quello che avvenne in appresso fra me e quella donna. Noi conversammo due buone ore senza mai comprenderci; quello strano dialogo terminò con una scarica di singhiozzi. Allora la pregai perchè mi fornisse l'occorrente per scrivere. E mentre io, dopo aver scritto poche linee, tornava a lei per congedarmi con un supremo e disperato addio, mi accorsi, all'immobilità del suo corpo, al pallore del suo volto, alla rigidezza della sua mano, ch'ella era morta di sincope...

«La cameriera, che entrerà fra poco nel gabinetto, troverà qui due cadaveri. A lei commetto l'incarico di consegnare ai fratelli il mio ultimo autografo, perchè venga letto al Comizio. Un uomo, per quanto nobile e grande, non ha più il diritto di vivere, dacchè il suo spirito, il suo cuore, la sua esperienza son diventati un anacronismo.

«MALTHUS».

—Che ne dite?—chiese l'Albani al Virey, dopo aver letto.

—Io dico che quell'uomo ha dato, togliendosi la vita, una prova di gran senno. Il suicidio è una delle manifestazioni più evidenti della superiorità dell'intelligenza umana. È nullameno deplorabile che la nostra razza sia tanto percossa dalla infelicità che in molti casi ci convenga invocare la morte quale unico rimedio alle angosce della nostra travagliata esistenza.

Il teatro si andava spopolando, e la gente si disperdeva lentamente, in preda ad una profonda mestizia.

L'Albani, svolgendo il giornale per gettare gli occhi sulla quarta pagina, nella rubrica dei Reclami privati lesse le seguenti righe a lui indirizzate:

«In nome della umanità e della religione divina, il Primate Redento Albani è invitato a recarsi immediatamente a Milano nella casa a lui ben nota del sottoscritto per ricevere comunicazione di un importante avvenimento che lo riguarda.

«FRATELLO CONSOLATORE».

—Perchè così turbato?—chiese il Virey al fratello.

—Io parto per Milano—rispose l'Albani;—volete profittare della mia volante e tenermi compagnia?

—Impossibile. Devo trovarmi a Pietroburgo questa sera per prender parte ad un Consulto finale(36) al letto dello Czarre, gravemente tormentato dai calcoli. Con dolore mi separo dai voi.

—Ci rivedremo?

—Ne dubito. Ho l'anima percossa da sinistri presentimenti. La lettera dello sfortunato Malthus ha scosso la mia fede... Temo che ogni sforzo della scienza per migliorare le sorti dell'umanità sia opera vana. Forse provvederà la... natura.

I due primati si separarano, e ciascuno prese la sua via negli spazii dell'aria.

CAPITOLO XXIX. IL SEGRETO DI CARDANO.

—Eccomi a te—disse l'Albani entrando nel vestibolo dove lo attendeva il compagno de' suoi giorni di espiazione.

Fratello Consolatore gli stese la mano e lo introdusse nel parlatorio.

—Dio ti riconduce—disse il Levita;—Dio vuol darti un'altra prova della sua misericordia infinita...

—Mettiamo da parte questo tuo fantasima invisibile, creato dall'immaginazione, fors'anco dalla furfanteria umana—interruppe l'Albani con impazienza;—da oltre un mese ho abbracciato la religione dei naturalisti. Il vostro Dio non lo comprendo; io credo nella natura.

—Dio e natura sono due potenze del pari inesplicabili...

—Mi hai tu richiamato per farmi subire una lezione di catechismo?

—No, fratello. Io debbo comunicarti delle notizie importanti. Vedi tu là (e così parlando il Levita accennava ad un letticciuolo), vedi tu là quel bambino di cinque anni che sporge dalle coltrici bianche la sua testolina coronata di ricci biondi?

—Bello come un amore...

—Bello, dovresti dire, come tutti i bimbi generati da una forza di carità sublime. Ah! tu lo abbracci... lo accarezzi... ed egli ti sorride... vorrebbe parlarti... E a sua madre non sarà dunque più concesso di baciarlo!

—Orfano... forse?

—Non può chiamarsi orfano un bimbo che gioisce nelle carezze d'un padre...

—Mio figlio...

—Sì: tuo figlio, nato da quella santa, che un tempo, nel suo umile paesello, si chiamava Maria; nato da colei, che or fanno sei anni, co' suoi vergini baci...

—Maria!—esclamò l'Albani coll'accento della più viva commozione;—ma tu... poco dianzi... dicevi...

—Calmati, fratello! coll'aiuto di Dio e colla forza dell'amore è da sperarsi che noi riusciamo a salvarla. Leggi questo scritto ch'ella ti ha indirizzato. In altra lettera a me diretta quella infelice aggiunge delle spiegazioni che io non tralascerò di comunicarti, se ciò mi parrà utile...

L'Albani spiegò il foglio, lo scorse rapidamente coll'occhio; poi, ricoricato il bimbo sul letticciuolo, esclamava:

—In nome del tuo Dio, in nome della natura, del Padre Eterno, di tutti i diavoli... dell'antecristo... qui bisogna agire... bisogna accorrere... dar l'avviso ai Capi di Sorveglianza... mandar sul luogo dei militi...

—Non affannarti—disse il Levita trattenendo il desolato che correva dall'un all'altro capo della stanza come uscito di senno;—il Consiglio di sorveglianza è informato, i militi sono in marcia. Quello stesso messaggiero che ieri a notte mi consegnò il bambino e le lettere, si è incaricato di far appello agli esecutori di giustizia e di comunicare ai giornali la notizia di un fatto al quale si annodano tanti interessi.

Mentre il Levita parlava, si udì nel vestibolo un rumore somigliante a quello di due grandi parapioggia che si chiudono.

—Eccoli di ritorno!—esclamò con gioia fratello Consolatore.

E uscito per un istante, rientrò nell'aula in compagnia di due gentili figure di giovinetto e di fanciulla, entrambi ravvolti in due grandi ali, che proteggevano, a guisa di manto, le rosee delicatezze dei corpi leggiadri.

Quelle due figure, che in forma plastica e vivente traducevano l'angelo dei cristiani, si chiamavano Rondine e Lucarino. Noi abbiam veduto questi due alati portentosi scendere a volo e sostare sulla guglia maggiore della cattedrale di Milano, il giorno in cui l'Albani produceva il miracolo della pioggia artificiale. L'opera di Fourrier, perfettamente riuscita, consolidata dall'esercizio, prometteva alla specie umana una trasformazione stupenda.

—I due che ti stanno dinanzi—disse il Levita presentando all'Albani quella coppia di alati,—potranno informarti di ciò che ora si sta operando in favore della buona Maria. Dopo averti restituito il figlio, è giusto che essi ti riferiscano sulle sorti della madre.

Lucarino prese la parola:

—Ieri, al cader del giorno, noi traversavamo di volo gli spazii sovrastanti a quel monte gigantesco, sempre coperto di nevi, che si chiama il Gottardo. Essendoci di molto abbassati per sottrarci alle punture dell'aria rigidissima, giunsero al nostro orecchio dei suoni che parevano strida da pappagalli, misti ad ululati da jena.

«Sostammo, e raccogliendo il volo sovra una superficie lucente, che da lungi ci era parsa un enorme ammasso di ghiaccio, il nostro piede avvertì una gradita esalazione di tepore. Immaginate la nostra meraviglia! Noi passeggiavamo sovra una tettoia di cristallo leggermente riscaldato, e sotto i nostri piedi si sprofondavano le muraglie di un vasto palazzo popolato di esseri viventi. Che mistero è codesto? quali saranno gli abitatori di questo immenso edilizio fabbricato sulle alture di una montagna oggimai divenuta inaccessibile?

«Aggirandoci intorno al quadrilatero, osservando, ascoltando, ci avvenne di scorgere una giovane donna che correva, invocando soccorso, fra gli scoscendimenti di una valle poco discosta. Quel grido ci trafisse l'anima; accorremmo, e in meno ch'io ve lo dico, ci trovammo al fianco di quella donna.

«—Se voi siete due angeli—esclamò ella con accento desolato—prendete sotto la vostra custodia questa mia creatura innocente; è un figlio dell'amore, del primo, dell'unico amore che abbia fatto trasalire le mie viscere.

«Così parlando, la tapina ci sporse un paniere, dove tra bianchi pannilini giacea sopito il grazioso bimbo che ora posa su quel letto.

«—Io sono inseguita—riprese ella con terrore;—inseguita da un uomo potente e feroce. Presto! esaudite il voto di una povera madre. Prendete quel fanciullo, dirigetevi su Milano e fate di scendere alla casa di quel santo che si chiama il fratello Consolatore. Nel paniere vi hanno due lettere, dirette l'una al buon Levita, l'altra a colui...

«Ma la tapina non potè proseguire, sgomentata da uno strepito di passi.

«Chi avrebbe esitato? Noi afferrammo il paniere dai due lati, e ansanti, desolati di non poter alla misera donna giovare altrimenti, con rapido volo ci allontanammo dal luogo nefasto.

—Povera Maria!—sciamò l'Albani;—quel Cardano... quel mostro... l'avrà uccisa.

—Egli l'amava troppo per ucciderla—disse il Levita.—Fui io stesso, che consigliai alla povera immolata il più grande dei sacrifizi, inducendola a seguire quell'uomo. Ed ecco, per mezzo di lei, alla provvidenza è piaciuto svelarmi l'autore della misteriosa disparizione di tanti neonati. Sì; avete ragione; Cardano è un mostro; ma egli è uno di quei mostri generati dall'orgoglio e della manìa di sapere, che in tanta copia si producono all'età nostra. Volendo conoscere le prime espressioni della favella umana e studiare gli istinti ingeniti della nostra specie, quello scienziato abbominevole esercitava la tratta dei neonati. Le piccole creature rapite alle madri venivano accolte e allattate da mute nutrici nel vasto edifizio destinato alle atroci esperienze. Parecchie centinaia di fanciulli d'ambo i sessi erano là da parecchi anni a stridere, ad ululare come animali selvaggi, avvoltolandosi nella terra, commettendo tutte le stranezze e gli abbominii suggeriti dall'istinto sfrenato...

—Orrore! orrore!—gridava l'Albani percorrendo la stanza a passi concitati.

—Il dolore delle madri è salito al cielo!—disse il Levita.

—E la giustizia umana compirà l'opera sua—soggiunse Lucarino.—Il fatto è segnalato. A quest'ora, sulle alture del Gottardo, migliaia e migliaia di cuori gridano: morte a Cardano.

—E noi siamo ancora qui?

Ciò detto, l'Albani con ardore paterno baciò in fronte il bambino, e ricoricatolo sul letticciuolo, uscì a passi precipitati dalla casa del Levita.

CAPITOLO XXX. DELADROMO.

In quel giorno all'Assemblea della Unione si discutevano dei nuovi articoli di legge.

Una sensibile trasformazione di partiti si era prodotta nella Camera elettiva, in seguito ai moti anarchici avvenuti recentemente. Gli equilibristi transigevano, e una notevole maggioranza si dichiarava favorevole ad ogni proposta del partito naturalista.

I seguenti ordini del giorno erano stati approvati per acclamazione:

I. Considerando che le esagerazioni della viabilità hanno negli Stati d'Europa usurpato all'agricoltura tanta superficie di terreno quanta basterebbe ad alimentare annualmente due milioni di famiglie; visto che al trasporto delle derrate e delle merci possono oggidì largamente provvedere le navi aereostatiche e le volanti di cielo; il Governo decreta la immediata soppressione di un milione e ottocentomila chilometri di ferrovia, di strade rotabili e sphortene; ordinando al medesimo tempo una leva straordinaria di trecentomila coscritti agricoli, acciò le dette aree improduttive vengano, nel termine di un anno, ridotte a coltivazione;

II. Considerando che al cane ed all'uomo occorrono per sostentarsi degli identici alimenti; visto che ad alimentare ogni individuo canino si richiede la spesa di mezzo lusso al giorno; visto che negli Stati d'Europa esistono attualmente sessanta milioni di cani, il cui mantenimento esige una spesa quotidiana di trenta milioni all'incirca e un relativo consumo di commestibili, evidentemente detratti alla nutrizione della famiglia umana; il Governo decreta l'immediata e totale distruzione della razza canina, da effettuarsi e compirsi spontaneamente dai singoli cittadini, o altrimenti, con ogni mezzo coercitivo, dagli agenti di ordine pubblico.

Perchè un Governo ricorra a tali misure è d'uopo che il malessere generale sia giunto al colmo. E già il rappresentante Cavalloni sorgeva a protestare contro il secondo articolo di legge, dichiarandolo pericoloso alla sicurezza dei cantanti, quando dalla valvula di salute pubblica venne ad irrompere sulla testa del presidente una pioggia di foglietti.

—Dio ci scampi!—esclamò il Presidente;—abbiamo duemila telegrammi. Leggiamo il primo che ci viene tra le mani; degli altri si incaricheranno i posteri:

«Assembramento minaccioso sulle alture del Gottardo, grande avvenimento politico-scientifico, imminente guerra civile».

—È tempo di finirla!—grida il Casanova levandosi in piedi;—il Governo, colla sua longanimità, non ha fatto che incoraggiare l'anarchia. Io propongo di nominare una Commissione di inchiesta.

—Una Commissione! Una Commissione!—risposero mille voci.—L'onorevole Casanova, si incarichi di comporla e si rechi immediatamente con quella sul campo del disordine.

In meno ch'io ve lo dica, la Commissione era costituita, e gli onorevoli potevano, di là a pochi istanti, contemplare da una volante di prima classe, uno spettacolo non più veduto; il più vasto ondulamento di massi nevosi che immaginare si possa, popolato e stipato di gente come nol fu mai un teatro di capitale in una serata di prima rappresentazione.

Perchè si era adunata quella gente?

Di qua si gridava: morte a Cardano! morte al rapitore di faciulli!

Di là si muggiva: viva Cardano! viva la libera scienza!

Chi sviscera i gruppi, chi riproduce gli episodi di quella scena tumultuosa e fantastica?

Ciò che a noi preme, è di raggiungere i principali personaggi del nostro dramma e di assistere alle estreme peripezie (ohimè! estreme per essi e per tutti) della loro travagliata esistenza.

Eccoli! L'Albani giungendo sul luogo, è riuscito, seguendo le indicazioni di Rondine e Lucarino, a calare sulla tettoia del palazzo di cristallo. Altri padri, esasperati dalla disparizione de' figli, erano accorsi ad abbattere con martelli e picconi l'infame edilizio.

Una breccia era aperta...

Cardano, vedendosi perduto, si disponeva a fuggire traendo seco l'immolata. Quell'uomo amava Glicinia disperatamente, come il mostro soltanto può amare ciò che è bello e perfetto. Mentre egli stava per sciogliere la slitta, dove aveva collocata la sua donna, l'Albani gli fu sopra, gli spaccò il cranio con un colpo di mazza, e stesa la mano a Glicinia, se la attirò al petto per abbracciarla e coprirla di baci.

Sul corpo quasi esanime di Cardano si curvò un uomo esclamando: sventura! sventura! il martello della vendetta ha spezzato un cranio che racchiudeva i più importanti segreti della scienza. Io spenderò un milione di lussi per possedere questa meravigliosa scatola di intelligenza e di sapere.

Quegli che così parlava era il Virey.

Frattanto, l'Albani colla sua donna al braccio tentava allontanarsi da quel luogo facendosi largo colla voce e col manico della mazza.

Il palazzo di cristallo era quasi demolito. Un migliaio di essere umani si agitavano ignudi fra le rovine di quel piccolo mondo sotterraneo, spauriti dalla folla, rifuggenti da ogni carezza, emettendo grida selvaggie. Taluni, i più adulti, mordevano i pietosi che a loro si accostavano. Si vedevano delle ignude fanciulle ancora impuberi avvinghiarsi ai garzonetti parimenti nudi, invocando protezione con gemiti strazianti, con gesticolazioni che parevano licenziose ed erano ingenue. Il monte era letteralmente coperto di persone. I curiosi serrati in battaglione urtavano la massa degli inerti. Tutti miravano ad un punto, anelavano di vedere l'ignoto. Le grida di viva e di morte formavano un tal frastuono che le creste del monte ne oscillavano. Le nevi smosse precipitavano dai culmini più elevati, formando delle valanghe. Nessuno parea preoccuparsi di un singolare fenomeno atmosferico che si andava sviluppando; nessuno pareva accorgersi che il cielo si copriva di nuvole sinistre, che l'aria tratto tratto era scossa da un cupo rombo di tuono.

Eppure lo scioglimento era prossimo, e quale!... Una voce che parlava da un immane tubo saxopelitto echeggiò improvvisamente di vetta in vetta.

—Deladromo! Deladromo!—gridò la folla convergendosi ad una delle creste più elevate del monte, dov'era apparso un personaggio a tutti noto.

A quel grido di moltitudine succedette un silenzio da deserto.

Deladromo (polchè era ben desso, il celebre primate di astronomia, l'uomo acclamato dalla moltitudine) tuffò la bocca nello stromento fonico che centuplicava la sonorità della sua voce, e parlò di tal guisa:

—Mentecatti, buffoni e bricconi della razza superiore, alla quale non mi son mai gloriato di appartenere, ascoltate bene ciò che sta per dirvi chi non vi ha mai ingannati. Questa mattina, alle ore sette antimeridiane precise, il pianeta Osiride ha cominciato la sua corsa di precipitazione verso il nostro globo. Questa corsa periodica, che suole effettuarsi ad ogni scadenza di diecimila anni, si compie inevitabilmente nello spazio di quindici giorni. La qual cosa significa, badate bene, o mamalucchi, che allo spirare di quindici giorni, tutta la superficie del nostro globo sarà sconvolta e rinnovata dalle acque. Io vi annunzio il fenomeno; voi, se le forze vi bastano, provvedete! Ohimè! le vostre forze non basteranno. La superficie terrestre esige di rinnovarsi ad epoche fisse; ciò è nell'ordine indeclinabile della natura. Quali trasformazioni subirà la razza umana nella nuova genesi che sta per iniziarsi? Mistero. Questo solo apparisce evidente, che l'umanità vissuta sin qui, perisce nella completa ignoranza della sua missione fisica ed intellettuale, perisce attestando la sua incapacità a migliorarsi. Tutti i nostri sforzi per giungere al meglio hanno sempre abortito; qualche cosa di abberrato era in noi per condurci costantemente sul cammino dell'errore e della infelicità. Consoliamoci! Fra quindici giorni la nostra generazione sarà spenta, e i nostri successori dovranno ignorare che noi abbiamo esistito, come noi ignorammo la vita delle epoche a noi precedenti. E sarà pel loro meglio; poichè almeno i venturi non erediteranno i nostri errori, le nostre follie, e forse...

Ma una scossa di terremoto che fece traballare il gran monte, impose un termine alle parole dell'astronomo.

Degli enormi crepacci si apersero come voragini sotto i piedi degli uditori. Alcune vette crollarono.

Dio! quante grida di dolore e di imprecazione! E quanti vuoti in quella folla poco dianzi sì compatta! I superstiti non osavano più muoversi, e l'uno all'altro si addossavano per sorreggersi.

L'Albani, uscito incolume da quella scossa, nella slitta del Cardano scivolava dal monte, abbracciato a Glicinia tramortita di spavento.

Fratello Consolatore predicava da un masso: «Cristiani! maceratevi le membra! cingetevi i lombi di cilizii! invocate l'Altissimo! Egli solo è grande... egli è buono».

—Tante grazie della bontà sua!—bestemmiavano i naturalisti.

Antonio Casanova, nella sua gondola aerea vertiginosamente sbattuta dal vento, esilarava, ebbro di sciampagna, i membri infrolliti della Commissione di inchiesta, esponendo la sincera diagnosi della sua vita. «Dal canto mio ho sempre pigliato il mondo come vuol essere preso da ogni persona che abbia senno: ho sempre mangiato e bevuto lautamente; ho goduto quanto si può godere, ho gabbato il prossimo quanto il prossimo avrebbe voluto gabbarmi; ho vissuto da gran signore rasentando la galera; e i miei concittadini mandandomi alla camera elettiva, hanno dichiarato che ero degno di rappresentarli. Viva dunque il pianeta Osiride! Era ben tempo di farla finita con questa generazione di imbecilli!»

Di là a quindici giorni, giusta la profezia del Deladromo, la superficie del globo terrestre era sparita sotto uno strato di acque.

E al sedicesimo giorno, il pianeta Osiride ricominciò il suo moto ascendente, e le piogge cessarono, e uno splendido sole sfolgorò sulla muta solitudine.

E in appresso spuntarono dalle acque le cime dei nuovi monti; e due esseri umani, forniti di ali, uscendo dall'ultimo battello di scampo, dove l'Albani, fratello Consolatore e Glicinia erano periti, drizzarono il volo ad uno scoglio...

E su quello scoglio, i due alati, che si chiamavano Rondine e Lucarino, con assicelle e fogliami depositati dalle acque edificarono la loro capanna e vissero parecchi mesi di pescagione. E Rondine, di là a un anno, concepì...

E Lucarino si rallegrava pensando: nostro figlio avrà le ali come noi, e così sarà dei nostri discendenti.

E il figlio di Rondine nacque senza ali, perchè l'uomo alato sarebbe un mostro; e Lucarino, turbato da gravi sospetti, pianse amaramente.

E in seguito, Rondine e Lucarino ebbero degli altri figliuoli d'ambo i sessi, i quali crebbero e si moltiplicarono sulla faccia della terra, per rinnovare le stravaganze e le follie delle generazioni ignorate che li avevano preceduti.

FINE.

INDICE

www.ingramcontent.com/pod-product-compliance
Lightning Source LLC
Chambersburg PA
CBHW081148020726
47504CB00009B/2032